AF398388

Fiona Leitch ist eine Roman- und Drehbuchautorin mit einer bewegten Vergangenheit. Sie hat für Fußball- und Automagazine, Geburtsvideos und Versandhauskataloge geschrieben, als DJ auf illegalen Raves in London aufgelegt, wurde von einer Kinderfernsehmoderatorin während einer Studiodebatte zurechtgewiesen und war das australische Gesicht einer Reihe von Fernsehspots für ein Reinigungsmittel. Durch all das kennt sie sich sehr gut mit dem Albernen aus, was ihr dabei hilft, humorvolle Geschichten zu schreiben.

Fiona Leitch

*Für Lucas, dessen Ankunft wie alle Weihnachten auf
einmal war*

KAPITEL 1

„Wow!"

„Verdammte Axt!"

„Heiliges Kanonenrohr!"

„Wuff!"

Die Ausrufe meiner Beifahrer spiegelten meine Gedanken wider, während wir durch das eiserne Tor hindurchfuhren und uns über die verschneite Einfahrt quälten. Das Haus, unzweifelhaft beeindruckend, lag immer noch ein Stück weit entfernt vor uns, eingerahmt von einer Allee kahler, skelettartiger Bäume, deren dunkle Silhouette sich vor einem blassblauen Himmel abhob.

„Ja, es ist ganz in Ordnung, oder?", sagte ich ruhig, als ob ich es gewohnt wäre, in großen, schicken Landhäusern zu arbeiten. Aber, um ehrlich zu sein, war ich wahnsinnig aufgeregt wegen dieses Jobs. Der würde lustig werden.

Der Motor des Pornomobils, meines antiken, aber geliebten (und unanständig beklebten) Catering-Vans, knatterte unschön, als ich in den zweiten Gang schaltete, um uns zu verlangsamen, während wir auf die Vorderseite des Hauses zuhielten. Ich nahm an, dass meine heutigen Arbeitgeber meinen klapprigen alten Wagen nicht unbedingt hier geparkt sehen wollten, wo die Gäste ihn entdecken konnten, aber bei diesem Wetter war ich nicht ganz überzeugt, dass er wieder anspringen würde. Ich drückte auf die Hupe und hoffte, dass ein fröhliches *Tuut! Tuut!* erklingen würde, das den Einwohnern mitteilte, dass wir angekommen waren. Ich wurde mit einer Art gequältem Wimmern belohnt, das mich irgendwie an das Jahr erinnerte, in dem ich in Mathe neben Colin ‚Donnerbalken‘ Dobson sitzen musste. Die Kombination aus den Hartschalenstühlen der Schule und die Folgen des seltsamen Essens, das ihm seine Mutter servierte, verursachte recht ähnliche Geräusche und machte es mir unmöglich, mich auf irgendeine Art von mathematischer Gleichung zu konzentrieren, ohne dass meine Augen unweigerlich tränten.

Wie ich gehofft hatte, öffnete sich die große, hölzerne Tür und Lily Swann, eine alte Freundin von mir aus eben derselben Schule (allerdings mit einem besseren Verdauungstrakt), stürmte heraus, winkte mir und wies uns zur Rückseite des Hauses. Das Pornomobil ächzte, aber wir schafften es um die Ecke des Hauses, bevor ich Mitleid mit ihm empfand und parkte. Sobald der Motor stoppte, sprang ich aus dem Wagen.

Mum kletterte stöhnend vom Beifahrersitz, hielt inne, um sich zu dehnen, und sperrte somit meine Teenagertochter Daisy ein, die versucht hatte, ihr zu folgen.

„Mach schneller, Oma“, sagte Daisy. „Germaine kreuzt schon seit Launceston die Pfoten.“

„Da ist sie nicht die Einzige“, murmelte Mum und zappelte. „Das liegt an der Kälte.“

Unsere Spitzhündin, Germaine, die wir ‚zeitweilig‘ geerbt hatten, nachdem ihre Besitzerin verstorben war, und die einen Weg in das Herz der Familie gefunden hatte, indem sie einfach nur süßer und fluffiger als erlaubt war, hielt es nicht länger aus, kletterte über beide hinweg und hüpfte hinunter in den Schnee. Sie jaulte auf; aufgrund ihrer kurzen Beinchen war ihr pelziges Bäuchlein nur Zentimeter von dem kalten Zeug entfernt. Ich hatte ihr einen niedlichen, kleinen Mantel gekauft; nicht, dass ich so eine Tussi bin, oder dass ich sie wie mein Baby oder so was behandele (hust!), aber der würde ihre Pfoten nicht warmhalten. Sie tapste um den Van herum, hob ihre Pfötchen übertrieben hoch, um zu vermeiden, dass diese den Boden besonders lange berührten, und pinkelte einen der Autoreifen an. Ich konnte ihren Seufzer der Erleichterung beinahe hören.

Ich bückte mich, um sie hochzuheben, dann belehrte mich ein Blick auf ihre Pfoten eines Besseren, an welchen Schnee klebte, der gelb war und noch ein wenig dampfte. Stattdessen brachte ich ihre Leine an, während das fünfte Mitglied meiner wilden Bande von Helfern, Debbie, aus der Fahrerseite des Wagens ausstieg. Es war vorne ein bisschen eng geworden – die Sitzbank des Vans war eigentlich nur für zwei Beifahrer geeignet, nicht drei plus Hund – aber, wenn man bedenkt, wie kalt es auf der Reise von zu Hause, der am Meer gelegenen Stadt Penstowan, über das Bodmin Moor nach Kingseat Abbey gewesen war, hatte es sich eher gemütlich als zu eng angefühlt.

„Verdammt nochmal, das ist mal ein Haus, was?“, sagte Debbie, deren Manchester Akzent ungeahnte Zeichen von Bewunderung erkennen ließ. Sie besaß einen sehr trockenen Humor und war normalerweise schwer zu beeindrucken, wahrscheinlich aufgrund ihrer jahrelangen Beschäftigung als Krankenschwester, damals in Manchester, wo sie, wie sie uns stolz berichtete, schon alles gesehen hatte. Sie lebte erst seit etwa drei Monaten in Cornwall und obwohl sie es nicht wirklich bereute, umgezogen zu sein, wusste ich, dass sie sich gelegentlich nach den Einkaufsmöglichkeiten und der großen Stadt sehnte, die sie zurückgelassen hatte. Hätte ihr Ehemann Callum (Penstowans Highschool Schwarm des Jahrgangs 1996, obwohl – Gott segne ihn – das heutzutage, wenn man ihn sieht, schwer zu glauben ist) ein Haus wie *dieses* für sie gefunden, hätte sie keinen Gedanken mehr an ihre Heimatstadt verschwendet.

„Jodie!" Lily war ins Haus zurückgekehrt und tauchte nun wieder an der Hintertür auf, die eine weniger große Sache war; ich nahm an, dass es einmal der Personaleingang gewesen war. Sie trug einen schicken Anzug, die Hosen waren eilig in ein paar Gummistiefel gestopft und die pinke Daunenjacke um ihre Schultern passte nicht so recht dazu. Um sich warmzuhalten, stampfte sie mit ihren Füßen auf dem Schnee und Eis im Hinterhof. „Danke, dass du das hier so kurzfristig übernimmst. Ich war mir nicht sicher, ob du es bei dem Wetter herschaffst." Sie trat vor und wir umarmten uns.

Ich hatte mit ihr telefoniert und die meisten Dinge für heute per E-Mail arrangiert, aber wir hatten uns tatsächlich seit einigen Jahren nicht persönlich getroffen. Ich war mit neunzehn, fast zwanzig, nach London gezogen, um bei der Metropolitan Police anzufangen. Ich hatte mich bei meinen regelmäßigen Heimatbesuchen immer bemüht, auch meine alten Freunde zu treffen, aber Penstowan war so ein Ort, von dem die Leute normalerweise wegzogen, und jedes Mal, wenn ich zurückkam, waren wieder ein paar weniger von der alten Mannschaft da. Lily war eine von denen, die weggezogen waren, im Ausland gearbeitet und weit weg von Cornwall eine Familie gegründet hatten.

Nachdem mein Dad vor sieben Jahren gestorben war, hatte ich mit dem Gedanken gespielt, für immer zurückzukehren, aber ich hatte den Sprung erst in diesem Jahr gewagt. Ich war heimgekehrt, um ein Cateringgeschäft zu starten und ein ruhiges Leben mit Daisy zu führen, weit weg von den Gefahren meines früheren Jobs und der Tatsache, dass mein unnützer Ex-Ehemann und ewiger Anwärter des Postens des „Schlechtesten Vaters des Universums", Richard (oder auch Das Betrügerische Schwein), die Straße runter wohnte. Lily war ebenso erst vor Kurzem zurückgekommen.

Lily lächelte, während sie zurücktrat und mich von oben bis unten betrachtete. „Tony sagte schon, dass du dich nicht verändert hast. Hast du wirklich nicht."

Tony Penhaligon war mein ältester Freund auf der Welt. Er kannte jeden in Penstowan und wusste von allem, das vor sich ging, und er war wohl eine genauso große Tratschtante wie meine Mutter. „Shirley, du siehst gut aus. Daisy, du warst noch ein Baby, als ich dich das letzte Mal gesehen habe! Und du musst Debbie sein. Kommt rein, ich zeig euch, wo die Küche ist, und ihr könnt euch aufwärmen, bevor ihr alles ausladet."

Wir folgten ihr nach drinnen, froh, der Kälte entfliehen zu können. Es hatte zu schneien begonnen, als wir

Penstowan verließen, dann hatte es aufgehört, als wir das Moor überquerten, aber nun schien es ernsthaft wieder anzufangen und ich fürchtete die Heimfahrt bereits. Aber die lag noch einige Stunden vor uns. Hoffentlich würde sich das Wetter von selbst klären. Wir bekamen so kurz vor Weihnachten eigentlich keinen Schnee, die Tage waren normalerweise eher grau und trist, als weiß und schön.

„Das Haus ist *wundervoll*", sagte ich.

„Aber ein wenig anders als Singapur" Lily lachte.

„Ja, und viel kälter."

„Du hast in Singapur gewohnt?" Daisys Augen weiteten sich. Wir hatten im Fernsehen eine Sendung über die weltberühmten botanischen Gärten in Singapur gesehen und jetzt war sie besessen von dem Gedanken, dort hinzufliegen. Ich hatte es ihr nicht erzählt, aber ich träumte davon, zu sparen und zu ihrem achtzehnten Geburtstag mit ihr dorthin zu reisen. Gut nur, dass das noch ein paar Jahre dauerte.

„Ja, wir haben dort acht Jahre lang gelebt. Ich habe im Hotelmanagement gearbeitet –"

„Hast du in dem *Wahnsinnshotel* mit dem Pool auf dem Dach gearbeitet?" Daisy hatte recherchiert. Ich war mir allerdings nicht sicher, ob mein Budget jemals groß genug sein würde, um in diesem besonderen Hotel unterkommen zu können …

„Nein, aber ich kannte Leute, die dort arbeiteten, und ich habe mich manchmal reingeschlichen und war im Pool", bekannte Lily. „Hast du schon mal vom Raffles gehört? Da hab ich gearbeitet."

„Wow", sagte Debbie, wieder beeindruckt. Ich machte mir eine gedankliche Notiz, dass ich Callum sagen würde, er solle anfangen zu sparen, damit wir gemeinsam nach Singapur reisen könnten, aber ich bezweifelte, dass wir uns auch das Raffles leisten konnten. „Da wollte ich schon immer mal hin."

„Wieso bist du denn überhaupt zurückgekommen?", sagte Daisy, was auch unhöflich hätte klingen können – ich meine, das Haus, in dem wir standen, war nicht gerade primitiv –, aber in einem der schönsten und geschichtsträchtigsten Hotels der Welt zu leben und zu arbeiten, setzt die Messlatte definitiv hoch.

„Es fühlte sich einfach richtig an, nach Hause zu kommen." Lily lächelte mir zu. „Du weißt, wie sich das anfühlt."

Das Haus war innen genauso eindrucksvoll, wie von außen, selbst in diesem Teil, wo sich wohl der Dienstbotenbereich befunden hatte. Der steinerne Boden war von jahrhundertelangem Gebrauch glatt und poliert, fühlte sich unter dem Fuß aber dennoch fest und sicher an. Die Wände waren mindestens einen Fuß breit; riesige Stücke des regionalen Granits hielten die Kälte fern. Die Fenster waren klein und eng, ließen nicht viel Licht eindringen; aber schließlich war dies auch der geschäftige Teil des Hauses und ich nahm an, dass die dekorativeren Bogenfenster und aus Stein gehauenen Fensterstürze, die ich entdeckt hatte, als wir uns langsam am Haupteingang vorbeigeschlichen hatten, für den Teil reserviert waren, der vom Adel gesehen wurde.

Wenigstens würde es hier nicht zugig werden.

Lily schlüpfte aus ihren Gummistiefeln und der Daunenjacke, hängte sie in einen Schrank nahe der Hintertür, dann führte sie uns in einen Korridor in Richtung

einer kalkweißen Halle, von der mehrere Türen fort-
führten. Sie zeigte auf eine.

„Da ist eine Toilette, falls ihr mal –", begann sie. Mum
stürmte wortlos voraus. Wir alle hielten inne und warteten auf sie, Germaine nutzte die Gelegenheit, um Lilys
Hosentaschen zu beschnuppern. Man wusste nie, wo
sich Hundeleckerlis versteckten, und sie lebte in stän-
diger Hoffnung, welche zu finden.

„Danke übrigens, dass ich den Hund mitbringen
durfte", sagte ich. „Sie wird keine Probleme machen.
Alle meine Hundesitter sind ja mitgekommen." Ich
wies auf Debbie und Daisy hin, die beide neugierig das
Haus beäugten.

„Dein neuer Freund hatte keine Zeit, nach ihr zu sehen?", sagte Lily grinsend und bestätigte mir, dass Tony
wirklich getratscht hatte. Er war ein altes Waschweib.

„Nathan muss arbeiten", sagte ich und nahm ein warmes Gefühl in meinem Bauch wahr, denn DCI Nathan
Withers, einst beim Royal Merseyside Polizeibezirk,
aber nun heimisch bei der Devon und Cornwall Polizei
(und in meinem Herzen), war tatsächlich mein ‚neuer
Freund'. Zu behaupten, es wäre Liebe auf den ersten
Blick gewesen, wäre eine fette Lüge – ich hatte mich in
seine erste große Ermittlung hier eingemischt und im
Gegenzug hatte er mir drei Mal damit gedroht, mich zu
verhaften – aber als er einmal begriffen hatte, dass es
besser war mit mir, statt gegen mich zu arbeiten, denn
ich würde nicht nachgeben, und als ich begriffen hatte,
dass ich seine Arroganz fehlgedeutet hatte und er nur
versuchte, seinen Platz in einer neuen Stadt zu finden,
dauerte es nicht lange, bis sie sich entwickelte. Es war
immer noch frisch, dass wir ein Paar waren – in fünf

Tagen wäre unser Zwei-Monats-Jubiläum, direkt am Weihnachtstag – aber ich fand, dass es gut lief

„Alles klar, Shirl?", fragte Debbie, als Mum wieder zu uns stieß. „Du kannst jetzt aufhören, die Beine zu kreuzen."

„Das liegt an der Kälte", erklärte Mum. Germaine japste zustimmend.

„Gibt es irgendwo einen Platz, an dem wir ihr Bettchen und ein bisschen Wasser bereitstellen können?", fragte ich. „Für den Hund, meine ich, nicht Mum. Obwohl ..."

„Es gibt die alte Vorratskammer des Butlers." Lily zeigte auf eine Tür neben der Küche. „Wir verwenden sie als eine Art Garderobenzimmer. Das sollte ausreichen."

Wir erreichten die Küche und gingen hinein, ich hielt Germaines Leine fest umklammert. Einen Hund mit zu einem Catering Job zu bringen, war nicht ideal und normalerweise hätte ich ihn mit Daisy zu Hause gelassen und sie und ihre beste Freundin Jade aufpassen lassen, die nur ein paar Häuser weiter wohnte. Jades Mutter Nancy war immer bereit, auf Daisy aufzupassen, und der Hund fühlte sich bei ihr beinahe genauso zu Hause wie bei uns. Aber sie waren weggefahren, besuchten über Weihnachten Verwandte. Normalerweise hätte ich auch Tony fragen können, wenn man bedenkt, dass er derjenige war, der ursprünglich vorgeschlagen hatte, dass wir den Hund aufnehmen, aber er war auch unterwegs, genoss ein sommerliches Weihnachtsfest bei seiner Schwester in Neuseeland. Verdammter Glückspilz. Ich wusste von ihren Facebook Fotos, dass es an Weihnachten dort auch nicht immer sonnig war, aber auf gar keinen Fall würde es dort schneien. Tony hatte allerdings ein recht hartes Jahr gehabt und ich konnte es ihm kaum übelnehmen, dass er die Chance nutzte, dem ein bisschen zu entfliehen.

Und dann war da Nathan, *mein* Nathan, der auf der Arbeit festsaß und versuchte, eine Reihe Einbrüche aufzuklären, die Penstowan und die umliegenden Dörfer heimgesucht hatten. Cornwall mag zwar wunderschön sein, aber es war schwer, hier Arbeit zu finden, und nichts macht einen ärmer als die Weihnachtszeit. Diebstahl schien immer um den Sommer herum anzusteigen, wenn die Touristen kamen, um unsere Strände zu genießen. Manchmal entspannten die sich ein wenig zu sehr, ließen ihre teuren Mobiltelefone, Uhren und Geldbörsen in unbeobachteten Rucksäcken im Sand rumliegen, während sie schwimmen gingen. Und natürlich stiegen sie um Weihnachten, wenn die Versuchung nach anderer Leute Geschenke etwas zu groß wurde.

Ich war mir nicht sicher, was ich von der Küche erwartet hatte, vielleicht einen alten Herd und einen großen geschrubbten hölzernen Arbeitstisch in der Mitte – aber das war nicht, was vor mir lag. Es war Liebe auf den ersten Blick.

„Wow", stieß ich hervor. Lily sah mich besorgt an.

„Ist das in Ordnung? Trevor hat das Ganze erst renovieren lassen."

„Es ist perfekt", sagte ich und fuhr mit der Hand über die Edelstahlarbeitsplatte, während ich die beiden großen Öfen und den Gasherd mit acht Feldern ansah, die alle glänzten. „Das ist eine richtig professionelle Küche."

„Ich bin froh, dass sie dir gefällt." Lily lächelte begeistert. „Das wird das erste große Event, das Trevor veranstaltet, seit er das Haus gekauft hat. Ich habe ihm gesagt, dass das Erste, was das hier zu einem Luxushotel macht, eine ordentliche Küche ist, von der aus man die Gäste verköstigen kann."

„Dieser Trevor-Typ, ist das dein neuer Freund?", fragte Mum. Also ehrlich, und die sagen, *ich* wäre die Neugierige.

„Oma!" Daisy verdrehte die Augen in Richtung Mum, die versuchte, ganz unschuldig auszusehen, im Sinne von *Wer, ich?*

Lily errötete. „Nein, nein, er ist mein Chef."

„Aber er hat ordentlich Geld, oder? Und ich hab von deiner Mutter gehört, dass du und Nick euch vor ein paar Jahren getrennt habt –"

„Mum!", zischte ich. „Mach so weiter und ich setze dich auf dem Rückweg nach Penstowan im Seniorenheim ab."

„Alles gut." Lily lachte. „Ich erinnere mich daran, wie das mit dem Dorftratsch ist. Okay. Trevor ist achtundvierzig, geschieden, hat drei Kinder und teilt sich das Sorgerecht mit seiner Ex-Frau, die tatsächlich sehr nett ist und mit der er sich gut verträgt. Er war Immobilienmakler in Yorkshire, hauptsächlich bei Häusern in Wohngebieten, aber er beschloss, dass er genug davon hatte, Häuser anzupreisen, und wollte sich niederlassen. Er hat diesen Ort gefunden und beschlossen, es in ein Hotel zu verwandeln. Hab ich irgendetwas ausgelassen?"

„Wie groß ist sein –"

„Oh mein Gott, Oma, hörst du bitte damit auf?"

„Bankkonto? Wie groß ist sein Vermögen, das ist alles, was ich sagen wollte!"

„Wie bist du nur an diesen Job gekommen?", fragte Debbie. Ich warf ihr einen *Fang du nicht auch noch an* Blick zu, den sie einfach ignorierte.

„Ich war Teil des Teams, das mit Raffles umgezogen ist –"

„Warte, was? Ein ganzes Hotel ist *umgezogen*?" Oh Gott, jetzt quetschte ich sie aus.

„Ja. Sie haben das Hotel abgerissen und es 2019 in einem anderen Teil der Stadt wieder aufgebaut", erklärte sie, als ob wir das alles hätten wissen sollen. Ich verfolgte natürlich alle Entwicklungen der Hotelbranchen in Übersee. „Wir haben es wieder aufgebaut und es in seiner alten prächtigen Form zurückgebracht. So konnte Trevor sehen, dass ich ein, zwei Sachen darüber wusste, wie man ein Hotel aus dem Nichts aufbaut, obwohl das Budget hier natürlich etwas niedriger ist."

„Dann ist er nicht dein –" Mum hielt abrupt den Mund, als ich sie anfunkelte, aber ich konnte nicht übersehen, dass Lily wieder errötete.

„Werdet ihr hier dann auch Hochzeiten schmeißen und so was?", fragte Debbie, die das Thema, mit einem Grinsen in meine Richtung, wechselte.

„Das ist der Plan."

„Oh, wär das nicht ein schöner Ort für eine Hochzeit?", sagte Mum enthusiastisch. Sie sah mich mit einem Funkeln in ihren Augen an. „Findest du das nicht auch, Jodie, Liebling?"

Ich warf Debbie ein *Danke, dass du sie darauf hingewiesen hast!* Funkeln zu, aber wenigstens hatte Mum deshalb aufgehört, die arme Lily zu befragen, die jetzt sehr amüsiert aussah. Wenn Mum schon so drauf war, wenn Nathan und ich uns erst ein paar Monate kannten, dann helfe mir Gott, wenn wir tatsächlich unseren Jahrestag feiern würden.

Lily warf einen Blick auf die Uhr an der Wand über der Tür und nahm eine geschäftsmäßige Haltung an. „Alles klar, fühlt euch wie zu Hause. Nehmt euch Tee und Kaffee, um euch aufzuwärmen. Braucht ihr Hilfe beim Ausladen? Es sind leider nur ich und Pippa da, und natürlich Trevor, aber wenn ihr uns braucht ..."

Ich merkte, dass sie hoffte, wir würden sagen, dass wir es allein schafften – vermutlich hatte sie selbst noch eine Menge zu tun – also sagte ich ihr, wir kämen klar. Lily eilte davon, eine beschäftigte Frau, die viel zu tun hatte. Ich band Germaines Leine an ein Tischbein, weit weg vom Hauptzubereitungsbereich, rieb mir meine Hände vor Eifer aneinander und sagte: „Okay, zuallererst, wer will eine Tasse –" Dann hielt ich inne, denn Mum hatte den Wasserkocher schon gefüllt und angeschaltet, Tassen gefunden und Teebeutel lokalisiert. Diese Frau war wie einer dieser Drogenhunde am Flughafen, wenn es um guten Tee ging. Wenn wir ihr noch ein paar Minuten gaben, würde sie auch noch Kekse finden.

***

Wir tranken eine Tasse, um uns aufzuwärmen und uns zu rehydrieren (als Engländerin gab es nichts, das mir mehr Angst machte, als die Tatsache, mein Tee-Level könnte unter eine bestimmte Grenze fallen und dass ich eine Dehydrierung riskieren würde). Dann machten wir uns daran, den Van auszuladen. Ich hatte einige zusätzliche Töpfe und Pfannen mitgebracht und sogar ein paar Backbleche, weil ich mir nicht sicher gewesen war, was für eine Ausstattung ich hier vorfinden würde, aber die neue Küche war so gut ausgestattet, dass ich das Meiste im Van ließ.

Die Veranstaltung am heutigen Tag war kein feines Dinner zu Tisch. Man erwartete keine Rezepte des Cordon-Bleu oder vornehme Zutaten. Die Gäste, die vielleicht ein wenig pingelig sein und vermutlich nichts Grünes essen würden, wenn es Gemüse war, würden nicht zu anspruchsvoll sein, wenn nur genug Zucker darauf sein würde. Wir würden für eine riesige weihnachtliche Kinderfeier kochen.

Die Abbey war von einem Multimillionär, dem Unternehmer und Philanthrop Isaac Barnes, gemietet worden. Barnes war ursprünglich aus St Austell, wo er in großer Armut und schwierigen Verhältnissen aufgewachsen war. Man kennt ja diese pittoresken, hübschen kleinen Dörfer und Häfen, die man im Urlaub auf den Postkarten findet; diese sauberen, aber rauen Strände, goldener Sand, die kleinen Fischkutter? Ja, die Touristenorte sind so, aber wenn man hier lebt, besteht Cornwall nicht nur aus Pasteten, sahnigem Tee und daraus, dass man Dinge ‚demnächst‘ erledigt. Städte wie St Austell, Orte, in denen sich die Menschen auf die Zinnminen verlassen mussten und nicht auf die Urlauber, hatten darunter gelitten, dass die Rohstoffe irgendwann ausgegangen waren oder dass es zu teuer geworden war, sie sicher genug abzubauen, um sich finanziell noch zu lohnen. Selbst in den Urlaubsorten war es schwierig zu leben, mit wenig Arbeit über das Jahr.

Orte, wie St Austell und Penzance hatten eine hohe Arbeitslosenquote und damit ebenso die Art von Problemen, die viele dieser heruntergekommenen Gegenden heimsuchte: eine ansteigende Kriminalitätsrate, eine schwindende Population und die höchste Nutzungsrate von Heroin des Landes. Kein Wunder, dass der junge Isaac nicht geblieben war. Mit sechzehn Jahren hatte er sein Zuhause verlassen und war ausgezogen, um sein Glück in der Welt zu suchen, und anders als der Rest von uns, hatte er es tatsächlich gefunden. Er hatte sich seinen Weg in eine kleine Technikfirma erschwindelt und obwohl er keine Ausbildung, aber eine extrem schnelle Auffassungsgabe und einen kreativen Kopf hatte, nahm ihn der Firmengründer unter seine Fittiche. Er arbeitete sich durch die Ränge hinauf bis an die Firmenspitze. Die Firma wurde ein riesiger Erfolg und Barnes war mit fünfunddreißig zum ersten Mal auf der Liste der Reichsten in der *Sunday Times* gelandet.

Aber nachdem ihm eine persönliche Tragödie passierte – seine Frau starb im Kindbett – war er von den Geschäften zurückgetreten und hatte eine Wohltätigkeitsorganisation gegründet, die sich für junge Menschen, die in schwierigen Verhältnissen leben, einsetzte. Er war jetzt (noch) berühmter, mehr aufgrund seiner Hintergrundgeschichte und seiner Wohltätigkeitsarbeit, als für seine Geschäfte. Jeder kannte und liebte Isaac Barnes. Er war überall (in England zumindest) als ‚guter Kerl‘ bekannt.

Jedes Jahr schmiss er eine große Weihnachtsfeier für benachteiligte Kinder in verschiedenen Teilen des Landes und dieses Jahr war er damit nach Hause zurückgekehrt. Und hier kamen ich und meine zusammengewürfelte Gruppe glamouröser Assistentinnen ins Spiel, die Santa-Cake-Pops, Schneemänner aus Baiser und Schoko-Rentier-Muffins lieferten – alles Süße und Zuckrige, dass verfestlicht (das Wort gibt es auf jeden Fall) werden konnte – wie auch die üblichen Sandwiches und Würstchen im Schlafrock. Ich hatte schon alle Kuchen und Kekse gebacken, aber ich hatte es noch nicht gewagt, sie zu glasieren oder zu dekorieren, denn der unsteten Bewegung des Pornomobils war nicht zu trauen und sobald wir Kingseat erreicht hätten, wäre der Bart des Weihnachtsmanns wahrscheinlich zu seinen Knien hinunter gewandert, die Schneemänner wären geschmolzen und der Weihnachtsscheit aus Schokolade sähe wohl mehr wie ein ‚Unfall‘ Rudolphs auf dem Teppich aus.

Ich schluckte meine zweite Tasse Tee herunter und sagte: „Dann legen wir mal los."

Kapitel 2

„Gott sei Dank, ist das endlich vorbei", sagte der Mann in Rot, während er in die Küche stapfte. „Neben dem Kamin ist es so heiß und diese Hosen reiben wirklich heftig." Er zupfte an dem rauen Material, zog es aus der Ritze seines Hintern, ohne auch nur zu beschönigen, was er da tat.

Triff niemals deine Helden. Das sagt man doch so, oder? Obwohl Santa bzw. der Weihnachtsmann nicht gerade einer meiner Helden war und Daisy schon seit Jahren nicht mehr an ihn glaubte, zerstörte dieser Blick hinter die Kulissen des Mannes doch ein wenig den Zauber der Weihnacht.

„Mögen Sie denn keine Kinder?", fragte Mum und gab ihm eine Tasse Tee in die Hände. Er nickte ihr dankend zu.

„Oh nein. Ich liebe Kinder, aber ich könnte kein ganzes aufessen." Er rieb behutsam seinen Bart. „Wissen Sie, wie viele von den kleinen Engeln dachten, der hier wäre falsch, und versucht haben, ihn abzureißen? Fünf. Fünf von diesen kleinen Teufeln haben an meinen Haaren gezogen. Ich hätte mehr verlangen sollen. Gott weiß, dass Barnes es sich leisten kann."

Debbie und ich tauschten Blicke aus – es gab wirklich ein paar Menschen, die den Weihnachtsmann nicht spielen sollten, und dieser Typ, Steve aus Plymouth, war wahrscheinlich einer von ihnen, auch wenn er das perfekte Aussehen hatte.

Aus meiner Sicht war die Party ein voller Erfolg. Drei Busladungen voller Kinder waren aufgetaucht und stürmten durch die Abbey. Der Besitzer, Trevor (dem ich kurz vorgestellt worden war, aber mit dem ich sonst nicht weiter geredet hatte, denn wir waren damit beschäftigt, alles fertig zu machen), war tief schockiert und anschließend auch entsetzt über die klebrigen, aufgeregten kleinen Menschen, die herumrannten und all seine wunderschönen, weichen Möbel anfassten. Einmal war er gezwungen, ein paar von ihnen zurechtzuweisen, die versuchten, eine Glasvitrine in der Eingangshalle zu öffnen, in der sich ein langes, antikes, aber dennoch scharfes Schwert befand. Die Kinder wurden streng von der potenziell tödlichen (aber interessanten) Waffe weggebracht, während Pippa, eine müde aussehende Frau in ihren Mittvierzigern, die im Haus sauber machte und Mädchen für alles war, das Schwert vorsichtig herausnahm und es in der Butlerkammer versteckte.

Die Kinder spielten Partyspielchen, das Auspackspiel, Steck dem Rentier den Schwanz an (kein lebendiges, Gott sei Dank), und wurden mit Zucker vollgestopft. Nachdem sie Santa im Nebenzimmer besucht hatten, gefragt wurden, was sie mal werden wollten, wenn sie groß waren, und ihnen gesagt wurde, dass sie in der Schule aufpassen sollten, wurden ihnen gewöhnliche, aber nicht gerade billige Geschenke aus dem Sack des alten Mannes übergeben. Während der Party war die lokale Presse aufgetaucht, hatte ein paar Fotos von Isaac und dem Manager seiner Organisation – James, ein dreißigjähriger, dauergrinsender Schnösel aus Eton, – gemacht, wie sie den Leitern eines örtlichen Kindervereins, der zugegen war, einen riesigen Scheck überreichten.

Ich hatte mir Sorgen gemacht, dass Daisy sich langweilen würde, aber sie hatte auch einen netten Tag. Ich dachte, sie könnte während der Party mit Germaine über das Gelände stromern, unser Fellbaby sowohl von kleinen grapschenden Händen als auch den Würstchen im Schlafrock fernhalten (für die sie beide etwas übrig hatte), aber der Schnee bedeutete, dass der Hund lieber drinnen bleiben wollte, es sei denn, um sich ein oder zwei Mal zu erleichtern und sich die Beine zu vertreten. Germaine war zufrieden damit gewesen, sich die meiste Zeit des Tages in ihrem Bett in der Vorratskammer zusammenzurollen, obwohl sie einmal einen Lauf über die Treppe gewagt hatte, weg von der Party, denn Pippa hatte sie aus Versehen rausgelassen. Debbie hatte sie gerade entdeckt, als sie es sich auf dem großen, aus Holz geschnitzten Himmelbett in der Wohnung des Eigentümers bequem machen wollte, deren Tür er dummerweise offen gelassen hatte. Germaine war nicht glücklich darüber, hinausgejagt zu werden, und, um ehrlich zu sein, konnte ich es ihr nicht verübeln; ich wollte auch schon immer mal in einem Himmelbett schlafen.

Daisy hatte sich ihre Kamera geschnappt, nachdem die Kinder angekommen waren – Mum und ich hatten uns zusammengetan, um ihr eine geeignete Kameraausrüstung zu ihrem dreizehnten Geburtstag vor ein paar Wochen zu schenken –, und war losgezogen, um sich das Haus anzusehen, sowohl drinnen als auch draußen. Ich bekam den Eindruck, dass ein Teil von ihr auch an der Party teilnehmen wollte, aber es war für Kinder und sie war beinahe erwachsen (wie sie selbst sagte), also warum sollte sie losgehen und Santa besuchen, sich ein Geschenk abholen und all das köstliche Essen verschlingen ...? Eines Tages, dachte ich, würde sie begreifen, dass es keine Eile hatte, erwachsen zu werden, und man eine Menge Spaß ausließ, wenn man sich damit zu sehr beeilte.

Mum saß in der Küche (sie schaffte es immer, einen Stuhl zu finden, und wann auch immer sie mir bei einem Job half, fand ich sie immer bequem neben dem Wasserkocher vor; sie tratschte mit den Kunden, wenn es Frauen waren, oder flirtete hemmungslos und peinlich mit ihnen, wenn sie männlich waren), quatschte mit Steve, dem Weihnachtsmann, während Debbie und ich in das Speisezimmer gingen, wo das Buffet für die Kinder aufgebaut war. Es sah aus wie eine Mischung aus dem letzten Abendmahl und Armageddon; eine lange Tafel, voll mit Tellern und Tabletts, auf denen sich die Reste von tausenden zerstörten Puffreis-Weihnachtsbäumen, Rudolph-Keksen und Würstchen im Schlafrock befanden. Alles, was vom Weihnachtsscheit übrig geblieben war, war eine Spur Schokoladenglasur, die sich über das leere Tablett zog, verdächtig glatt, als hätte sie jemand angehoben und abgeleckt. Was schmeichelhaft war – wenn es offenbar *so* gut schmeckte –, wenn auch etwas eklig.

Debbie nahm sich einen Obstspieß von einem Teller, der fast unangetastet geblieben war. „Die waren ja heiß begehrt", sagte sie. Ich lachte.

„Ich mochte sie, aber die waren wohl viel zu gesund für die meisten meiner Gäste." Wir wirbelten herum und sahen Isaac Barnes hinter uns stehen, ein breites Grinsen im Gesicht. Für einen Mann um die fünfundvierzig, sechsundvierzig, war er ein attraktiver Mann. Sein hellbraunes Haar war recht lang und ein bisschen zottelig, was ihm eine künstlerische Art verlieh, und er war leger (aber teuer, wie ich vermutete) gekleidet; er sah eher wie ein arbeitsloser Schauspieler aus als wie ein Geschäftsmann. Neben ihm stand sein Sohn, Joshua, der etwa acht oder neun war. Er hatte ein rotes Gesicht, vor Aufregung und Zucker. „Was mochtest du am liebsten, Joshy?"

„Die Würstchen im Schlafrock", sagte Joshua schüchtern.

Ich nickte. „Gute Wahl! Das sind auch meine liebsten. Meine Hündin hat gehofft, dass für sie was übrig bleibt, aber sie sind alle weg. Wahrscheinlich ist es besser so."

Isaac lächelte. „Danke für Ihre harte Arbeit. Das Essen war exzellent. Sogar die Obstspieße."

„Die hatten keine Chance gegen die Santa-Cake-Pops", gab ich zu.

Er lachte. „Nein, wahrscheinlich nicht. Arbeiten Sie bei vielen Festen wie diesem?"

„Oh, ja", sagte ich, denn ich wollte nicht zugeben, dass dies hier erst mein sechster bezahlter Job war und drei davon waren von Leichen, in der einen oder anderen Form, gecrasht worden. „Ich bin recht neu im Geschäft und ich würde unheimlich gerne auf mehr solcher Events arbeiten."

„Interessant ... Sie haben offenbar ein gutes Team um sich." Isaac sah zu Debbie und ich konnte an dem Grinsen in ihrem Gesicht erkennen, dass sie sich überlegte, zu knicksen oder so was. Mein Team bestand aus einer sarkastischen (aber gutherzigen) ehemaligen Krankenschwester, die es eher gewohnt war, eine Wunde zu versorgen, als Gemüse zu schneiden; eine Seniorin, deren Idee eines feinen Abendessens, ganz unironisch, aus einem Krabbencocktail, serviert in einer halben Avocado, bestand; und einer unwilligen Teenagerin, die Töpfe spülte und gerade wahrscheinlich künstlerische Fotos von einer Kartoffelschale machte.

„Das sind alles Küchenprofis", sagte ich und kreuzte die Finger hinter dem Rücken.

Er nickte. „Mailen Sie Ihre Kontaktdaten an meine Assistentin", sagte er und klopfte seine Taschen ab. Er zog eine Visitenkarte hervor. „Ich habe in diesem Teil der Welt ein paar Events anstehen, da kann ich Ihnen vielleicht ein bisschen Arbeit zuschustern."

„Oh, das ist fantastisch, danke!", rief ich aus, mir bewusst, dass ich wahrscheinlich ein bisschen zu fröhlich klang, aber mir war genauso bewusst, dass meine Ersparnisse stetig schwanden und dass das Geschäft nach Weihnachten wirklich Fahrt aufnehmen musste, wenn ich Erfolg haben wollte. Isaac lächelte und griff nach einem Obstspieß, dann zwinkerte er mir zu, während er sich entfernte und daran knabberte.

„Ein Hoch auf dich, die, die Nummern der Millionäre kriegt", sagte Debbie. „Reich *und* gutaussehend."

„Ist er das?", fragte ich, aber ich konnte nicht leugnen, dass er das war. Sie lachte.

„Oh, du bist ja SO verliebt, was? Nicht einmal ein Millionär kann dich von Nathan abbringen.“

„Nicht einmal ein *Milliardär*“, erklärte ich. „Aber sag es nicht Mum, sonst kauft sie sich gleich einen neuen Hut und engagiert den Priester.“

Wir begannen damit, aufzuräumen. Ein paar Dinge, wie die Obstspieße und langweiligen Sachen wie die Sandwiches, wirkten unberührt, aber der Rest sah aus, wie Essen, das bei dem Versuch herauszufinden, um was es sich handelte, angestupst und angefasst worden war. Das kam alles in den Müll. Ich hasste es, Essen wegzuwerfen, aber kleine Kinder waren nicht gerade hygienisch dabei, sich an einem Buffet zu bedienen, und ich würde diese Reste auf keinen Fall jemanden essen lassen.

„Ich bin am Verhungern“, sagte Debbie und ich musste zugeben, dass es mir genauso ging.

„Wir holen uns auf dem Rückweg was zum Mitnehmen“, sagte ich. „Wenn der Schnee heftiger wird, fahren wir am besten durch Bodmin und dann auf die A39, anstatt übers Moor zu fahren. Da muss doch ein McDonalds oder ein Dominos oder so was in Bodmin sein.“

„Für eine Meat Supreme Pizza mit extra Käse würde ich töten“, sagte Debbie verträumt. Ich stöhnte.

„Oh mein Gott, *ja*. Komm schon, beeilen wir uns und gehen wir.“

Aber zu gehen stellte sich als ein Problem heraus. Gerade als wir alles in der Küche eingepackt hatten, klingelte mein Telefon. Ich holte es hervor, um ranzugehen, und sah, dass es Nathan war, aber es hörte beinahe sofort auf zu klingeln. Lily, die gerade in die Küche gekommen war, lächelte über meinen verwirrten Gesichtsausdruck.

„Unser Handyempfang hier ist schon zu den besten Zeiten bescheiden und bei so schlechtem Wetter ist er praktisch nicht existent", erklärte sie. „Ich bin überrascht, dass es überhaupt geklingelt hat. Du kannst gerne unser Haustelefon verwenden. Oder du kannst hoch in den Turm gehen, da oben hat man normalerweise ein paar Balken. Genug, um eine SMS zu schicken."

„Der Turm?" Daisy holte sich gerade den Teller von Weihnachtsköstlichkeiten, den ich für sie beiseite gestellt hatte, und ich konnte förmlich hören, wie sich ihre Ohren spitzten. Lily lachte.

„Ja, wir haben einen Turm. Einen kleinen, aber immerhin. Willst du mitkommen und ihn ansehen?"

Daisy holte ihre Kamera und wir beide folgten Lily in den Hauptteil des Hauses.

Ich hatte nicht viel Zeit gehabt, das Haus zu bewundern, abgesehen von der gut ausgestatteten Küche und dem Speisezimmer, das, laut Lily, im Moment noch zu ‚gewöhnlich' war, um für aufregende Dinnerpartys, Bankette und Hochzeitsfeiern genutzt zu werden, die sie sich für die Zukunft erhofften, obwohl ich sagen musste, dass es für mich sehr elegant aussah, und ich wäre glücklich, hier meine Hochzeit zu feiern. Nicht, dass ich die Absicht hatte, wieder zu heiraten ... Das Haus war architektonisch ziemlich zusammengewürfelt. Die ältesten Teile stammten von der Abbey und waren eng mit späteren Ergänzungen verbunden. Da war ein eleganter Gipssims in vielen der Räume, aus der Regency Zeit (riet ich, absolut haltlos), während in anderen hölzerne Wandvertäfelungen angebracht waren, die sie sehr warm und gemütlich wirken ließen, wenn auch etwas düster. In einem solchen Raum war ein großer Weihnachtsbaum aufgestellt worden, Lichterketten hingen an seinen Ästen und Stechpalmen- und Efeukränze dekorierten die Fenster. Daisy und ich spitzten hinein, als wir an der Tür vorbeiliefen, an der ein Mistelzweig aufgehängt war. Ein prasselndes Feuer brannte in dem großen Backsteinkamin, neben dem ein breiter, sehr bequem aussehender, knautschiger Ohrensessel stand, der immer noch den Abdruck von Santas Hintern enthielt. Kein Wunder, dass er sich erhitzt fühlte, so nah am Feuer und in diesem dicken, roten Kostüm. Aber es sah wunderschön und sehr, sehr weihnachtlich aus; weihnachtlicher, als ich es in meiner Drei-Zimmer-Doppelhaushälfte der dreißiger Jahre mit Blick auf eine Schafsweide, erreichen könnte.

Lily führte uns durch die große Eingangshalle, zu der ausladenden Treppe, die in das obere Stockwerk führte, wo ein weiterer beeindruckender Weihnachtsbaum aufgebaut worden war. Dieser war mit wunderschönen Glaskugeln und Vintage-Ornamenten dekoriert worden, Lebkuchenmännern aus Porzellan, Zuckerstangen und einem ganzen Engelschor. Auf der Spitze des Baumes saß ein sehr glänzender silberner Stern, der nicht auf das Christuskind in der Wiege wies, sondern auf den Fuß der Treppe.

„Schade, dass heute so viel los war", sagte Lily, „sonst hätte ich euch eine große Tour geben können. Ihr wollt wahrscheinlich bei dem Wetter gleich zurück nach

Hause fahren, oder? Ihr wollt heute Nacht bestimmt nicht bei dem Schnee im Moor stecken bleiben.“

„Auf keinen Fall“, sagte ich. Wir folgten ihr die Treppe hinauf, auf die Galerie, die zu einem breiten Korridor wurde, von welchem Türen wegführten – in die Schlafzimmer, nahm ich an –, dann eine weitere Treppe hinauf, die kleiner und weniger imposant war als die große unten.

„Das muss wohl der Dienstbotentrakt gewesen sein“, erklärte Lily. „Trevor hat die Räume renovieren lassen.“

„Wandelt er sie in Gästezimmer um?“, erkundigte ich mich und trat um Daisy herum, die stehen geblieben war, um ein Bild von ein bisschen abblätternden Gips zu machen. Kunst. Ich weiß nicht viel darüber, aber ich weiß, was ich mag.

„Ja. Das Stockwerk unter uns hat sechs Zimmer, alles große Suiten mit richtig schicken Badezimmern, Himmelbetten in ein paar von ihnen und Sitzecken, von denen man den Garten betrachten kann, während die Zimmer hier gewöhnliche Räume mit je einem Badezimmer werden. Wir – Trevor – möchte für den Hochzeitsmarkt attraktiv wirken.“

„Unten für das glückliche Pärchen und die engen Familienmitglieder, hier oben für die seltsamen Onkel und entfernte Cousinen, die man nur einlädt, weil es sonst Ärger gäbe?“, sagte ich und dachte an meine eigene Hochzeit vor ein paar Jahren mit Richard. Die war garantiert nicht an einem so schönen Ort wie diesem gewesen. Lily grinste.

„Genau so haben wir uns das gedacht.“

Wir gingen den Korridor entlang, der sich sanft zur Linken neigte, und sofort änderte sich die Atmosphäre.

Die Wände verwandelten sich von glattem, kalkweißem Gips zu kaltem, dickem, grauem Stein. Ich zitterte und Daisy, die immer noch hinterherhing und Fotos von Gips und den architektonischen Details machte, die sie interessierten, holte auf und griff nach meiner Hand. Wenn deine dreizehnjährige Tochter nach deiner Hand greift, ist auf jeden Fall was los. Lily sah uns überrascht an.

„Ihr spürt das auch, oder?", sagte sie. Wir beide nickten.

„Was ist das?"

Sie lächelte finster. „Die Geister." Daisy schob sich näher an mich ran und Lily lachte. „Oh, mach dir keine Sorgen, die tun dir nichts. Lass mich dich ihnen vorstellen." Sie hielt vor einer schweren Holztür inne und drehte den Knauf. Daisy und ich hielten den Atem an ... und atmeten gleichzeitig aus, als Lily die Hand ausstreckte und ein dämmriges Licht anschaltete.

„Wir haben dieses Zimmer während der Renovierungsarbeiten entdeckt", sagte sie. „Die Tür war zugemauert worden. Trevor weiß nicht so recht, was er damit machen soll."

„Heilige ... Schaut euch das alles an!" Ich keuchte und trat nach vorne.

Der kleine Raum hatte keine Fenster und sah wie eine Zelle aus. Es war kalt, obwohl, wenn man das kalte Wetter draußen bedachte, nicht so kalt, wie man es erwartete, und es schien keine Feuchtigkeitsschäden zu geben – was bei so einem alten, unbeheizten Raum an ein Wunder grenzte. Die Wände waren aus denselben schweren Steinen gebaut, wie die des Korridors außerhalb, nicht, dass man sie sehen konnte; denn sie waren verdeckt von einer Reihe Bücherregale, jedes einzelne voll mit Büchern.

„Wahnsinn", murmelte Daisy, die sich verwundert umsah. Sie hob ihre Kamera an, beinahe schon instinktiv, und blickte mit ihrem Auge hindurch. Lily hob eine Hand, um sie aufzuhalten.

„Kein Blitz", sagte sie. „Scheinbar kann grelles Licht den Buchrücken schaden, die Farbe zerstören oder so was."

„Verdammt", sagte ich und bewegte mich auf eines der Regale zu und hob eine Hand an, dann stoppte ich mich selbst. Ich wollte wirklich, *wirklich* gerne eines der Bücher nehmen und es durchblättern, aber wenn diese Bücher wirklich so alt waren, wie sie aussahen, dann sollte ich sie nicht mal anfassen. „Wo kommen die alle her?" Ich betrachtete sie näher; viele Titel schienen meinem sehr untrainierten Auge nach in altem Englisch geschrieben zu sein. „Sind die so alt, wie sie aussehen?"

Lily beobachtete Daisy vorsichtig, bereit, sie jederzeit aufzuhalten, aber meine Tochter war dazu erzogen worden, sowohl Bücher als auch das Eigentum anderer zu respektieren, und sie wusste, dass das hier nicht die Art von Bibliothek war, in der man gemütlich das erste (und das letzte, wenn man ein Monster war) Kapitel las, bevor man sich entschied, ob man das Buch auslieh. „Wir sind uns nicht sicher. Es ist eine große Mischung von Büchern. Manche sehen nicht *so* alt aus, etwa hundert Jahre? Wir haben ein paar Fotos von den wirklich alt aussehenden an einen Experten geschickt und er nimmt an, dass sie elisabethanisch sind, wenn nicht sogar älter. Trevor denkt, die Regale sehen aus, als wären sie aus dem frühen zwanzigsten Jahrhundert, vielleicht früher, oder die Besitzer entschlossen sich zu der Zeit einfach, die Regale zu erneuern. Dieser Teil des Gebäudes gehört zur ursprünglichen Abbey, im dreizehnten Jahrhundert gebaut, aber es wurde der Devereaux Familie von Heinrich dem Achten 1539 nach der Säkularisation überlassen –" Sie schwieg, als sie mich lächeln sah. „Was?"

„Ist das dasselbe Mädchen, das aus dem Geschichtsunterricht geworfen wurde, weil sie Miss Peat sagte, dass die Märtyrer von Tolpuddle sie nicht die Bohne interessieren?"

Sie lachte. „Es ist ein bisschen was anderes, wenn es mit deinem Job zu tun hat, oder nicht? Wenn man es so betrachtet, bezahlt die Geschichte momentan mein Gehalt. Wie auch immer, bis wir wissen, was wir mit ihnen tun sollen, dachten wir, bleiben sie einfach hier. Die haben da drinnen so lange überlebt, also ..." Sie sah sich um und erschauderte. „Lasst uns hier rausgehen und uns den Turm anschauen. Ich weiß, es ist nur kalt und dunkel, aber dieses Zimmer jagt mir Angst ein." Sie trat einen Schritt zurück und ließ uns aus dem Zimmer gehen.

„Das war wunderschön", sagte ich, „aber du hast Recht, es war auch ein bisschen seltsam. Gibt es hier wirklich Geister?"

Daisy verdrehte gespielt tapfer die Augen, was niemanden täuschte. „Es gibt keine Geister, Mum."

„Sag das nicht, sie werden dich hören", hauchte ich dramatisch und Lily lachte.

„Ich weiß nicht, ob es sie wirklich gibt, aber um diesen Ort ranken sich einige Legenden", sagte sie. „Man sagt, dass der Geist einer grauen Dame durch diesen Korridor wandelt ..."

Daisy schnaubte. „Es ist immer eine graue Dame, oder?", sagte sie, schaute sich aber nichtsdestotrotz nervös um.

„Hahaha, ja. Man sagt, es wäre der Geist von Lady Francesca Devereaux. Und unten geistert Thomas Dyneley herum, der keine Ruhe findet, nachdem er seinen Herrn betrogen hat ..." Lilys Stimme nahm einen *Wuhuuuu, zittert bei meinem Anblick, ihr mickrigen Sterblichen und rächt meinen Tod*-Ton an, den alle verwenden, wenn sie über Geister reden, aber sie hörte damit auf, als sie Daisys Gesicht sah. Meine zynische Teenagerin war vielleicht nicht so zynisch, wie sie uns glauben machen wollte. „Das sagt man jedenfalls, aber ich kann ehrlich sagen, dass ich hier noch nie etwas gesehen oder gehört habe, genauso wenig wie Trevor und der lebt hier ganz allein, wenn Pippa und ich nicht da sind."

Wir verließen die versteckte Bibliothek mit all ihren Geheimnissen und folgten dem Korridor, bis wir eine steile steinerne Treppe erreichten, die sich nach oben schraubte. Ein kalter Wind schlug uns entgegen.

„Das ist der Turm?", fragte ich. „Ist der nach oben hin offen?"

„Nein, aber er ist nicht gerade wetterfest. Und natürlich kommen wir nur hierher, wenn der Handyempfang schlecht ist, also ist das Wetter immer super, wenn man hier ist ..."

Die Treppe war steil, aber glücklicherweise recht kurz. Der Turm war mehr eine Rotunde als etwas anderes; listige Hexen, die hofften, hier langhaarige Prinzessinnen einzusperren, würden sich schnell veräppelt fühlen. Kleine verbleite Fenster öffneten eine beinahe 360-Grad-Aussicht auf das umliegende Gelände.

Ich sah mir die Aussicht an; sehr schön, aber ich war erschrocken darüber zu sehen, wie dunkel und verschneit es im Moment war. Verschneiter, als ich realisiert hatte, während ich heute die meiste Zeit des Tages in der Küche verbracht hatte. Ich holte mein Telefon hervor und, zu meiner Überraschung, hatte ich ein schwaches Signal. Und verpasste Anrufe – viele verpasste Anrufe, alle von Nathan.

„Gott sei Dank!" Nathan klang erleichtert, als ich ihn zurückrief. „Ich hab mir Sorgen gemacht."

„Entschuldige, aber der Empfang hier ist furchtbar", sagte ich. „Du hast ja keine Ahnung, wo ich gerade stehen muss, um ein bisschen Empfang zu haben. Alles okay bei dir?"

„Bist du immer noch in Kingseat?"

„Ja, wir haben gerade alles aufgeräumt. Wir brechen hier in etwa einer halben Stunde auf, denke ich."

„Gibt es irgendeine Möglichkeit, dass ihr dort bleiben könntet?"

„Was? Wieso, was ist passiert?"

Nathan klang belustigt, wenn auch ein bisschen genervt. „Hast du mal aus dem Fenster geguckt?"

„Ja ... der Schnee ist daheim also auch so schlimm?" Ich sah wieder hinaus in den Garten, diesmal etwas genauer. Die Bäume und Büsche waren mit einer dicken Decke aus Schnee bedeckt, und der sich verdunkelnde Himmel war voller niedriger Wolken, die geschwängert waren mit einem Versprechen auf mehr.

„Um Penstowan herum ist es nicht so schlimm, aber sie haben alle Straßen in der Umgebung und die in den Mooren gesperrt. Es sind schon einige Leute in ihren Fahrzeugen eingesperrt und niemand geht irgendwohin." Nathan klang sehr besorgt. „Um ehrlich zu sein, wenn ihr dort bleibt, seid ihr sicherer. Ich will nicht, dass ihr loszieht und dann die ganze Nacht im Schnee feststeckt."

„Nein, das will ich auch nicht. Die Nacht mit Mum und dem Hund in einem Van zu verbringen, gehört nicht gerade zu meiner Vorstellung eines netten Abends ..." Ich sah zu Lily und ich konnte sehen, dass sie Nathans Teil der Unterhaltung schon erraten hatte.

„Wir haben hier genug Platz, wenn ihr bleiben wollt", sagte sie und ich lächelte sie dankbar an.

„Lily ist hier und sie sagte gerade, dass wir bleiben können."

„Gut!" Nathan seufzte erleichtert und ich fühlte trotz des zugigen Raumes Wärme. Er machte sich Sorgen um mich. Gott segne ihn. „Ich hab mir wirklich Sorgen gemacht, dass du nicht weißt, wie schlimm es ist, und schon losgefahren bist. Sergeant Adams hat heute Nachtschicht, also hab ich ihn gebeten, die Autobahnpolizei zu fragen und es mich wissen zu lassen, falls sich die Lage ändert. Wenn ich was höre, sage ich dir Bescheid. Weil der Empfang schlecht ist, ist es wahrscheinlich besser, wenn ich dir einfach schreibe, als zu versuchen dich anzurufen ..."

„Ja, das funktioniert wahrscheinlich eher. Ich ruf dich morgen früh vom Haustelefon aus an und lass dich wissen, wie es uns geht."

„Gut." Er zögerte. „Na ja, dann lass ich dich mal weitermachen ..."

„Ja. Ich schau mal besser nach, ob Lily mich ihre Vorratskammer plündern lässt. Debbie muss gefüttert werden und du weißt, wie sie ist, wenn sie Hunger hat."

Er lachte auf. „Oh Gott, ja. Also gut, ich spreche dich morgen." Er zögerte erneut. „Ich ..."

Ich wartete. „Ja?"

„Du weißt schon, pass auf dich auf."

„Du auch." Ich legte auf und merkte nicht einmal, dass ich breit grinste und einen dümmlichen Ausdruck im Gesicht hatte, bis ich sah, wie Daisy und Lily mich angrinsten. „Was ist?"

„Nichts, nichts ...", sagte Daisy.

„Süß", sagte Lily.

Ich bemühte mich schnell, den verliebten Ausdruck von meinem Gesicht zu wischen, und wir machten uns auf nach unten, ins Warme.

KAPITEL 3

Wir kamen die Treppe herab und fanden Trevor, James und Isaac vor, die in eine Diskussion vertieft waren. Nicht weit von ihnen entfernt spielte Joshua mit einem kleinen Spielzeugtruck, fuhr mit ihm am Holzpaneel der Wand entlang, machte Autogeräusche und krachte gelegentlich in Dinge.

„Alles okay?", fragte Lily.

„Ich habe nur gerade Mr Barnes –"

Isaac unterbrach Trevor, nicht unfreundlich: „Ich habe dir doch gesagt, ‚Isaac'."

„Entschuldige – Isaac – im Radio sagen sie, dass die Straßen durch das Moor blockiert sind."

„Mein Freund Nathan hat mich gerade angerufen und mir dasselbe gesagt", sagte ich und Lily nickte.

„Jodie und ihre Gang bleiben hier, wenn das in Ordnung ist? Isaac, ich denke ihr drei solltet auch bleiben."

James wirkte skeptisch. „Wir sollten uns wirklich auf den Rückweg machen", sagte er und wandte sich an Isaac.

„Wo seid ihr untergekommen?", fragte ich. „Ihr habt nicht geplant, heute Abend nach London zurückzufahren, oder?"

„Nein, wir übernachten in Fowey. Das ist nur vierzig Minuten von hier", erklärte James.

„Laut Radio ist die A390 um Lostwithiel blockiert“, sagte Trevor. „Und wenn die gesperrt ist, sind die Straßen um Fowey auch nicht passierbar.“

„Ich denke wirklich, wir kommen klar ...“

Isaac ignorierte seinen Kollegen und sprach stattdessen mit Lily. „Könnt ihr uns unterbringen? Ich will keine Umstände machen, aber ich wäre nicht gerade begeistert, mit Joshua im Schnee stecken zu bleiben. Das kalte Wetter ist nicht gut für sein Asthma.“

Lily lächelte. „Natürlich können wir das, wenn es dir nichts ausmacht, ein Bett mit ihm zu teilen. Wir renovieren immer noch einen Großteil der Räume, aber es sollte genug Betten geben.“ Sie sah sich um. „Was ist mit dem Weihnachtsmann? Ist der schon gegangen?“

„Er ist in der Küche und verdrückt die restlichen Mince Pies“, sagte Pippa. Ich hatte sie zuvor gar nicht bemerkt, weil sie sich im Hintergrund gehalten hatte.

„Er bleibt besser auch“, verkündete Lily. Sie blickte zu Trevor. „Das ist in Ordnung, oder? Ich bin so oft hier, ich vergesse manchmal, dass das gar nicht mein Haus ist.“

Er lächelte beinahe schüchtern, wie ein kleiner Junge. „Ich vergesse auch manchmal, dass es nicht deins ist“, sagte er und ich dachte, *oh Hallöchen* ... Lilys Erröten vorhin bei den ungeschickten Fragen meiner Mutter bezüglich ihres Liebeslebens ... und jetzt das. Lag da etwa eine Weihnachtsromanze in der Luft? Vielleicht sollte ich versuchen, die beiden ‚aus Versehen‘ unter einen Mistelzweig zu locken oder so was ... Ich betrachtete Trevor zum ersten Mal richtig – ich war bisher wirklich zu beschäftigt gewesen, aber wenn er Absichten bei einer meiner ältesten Freundinnen hatte, dann sollte ich ihn wirklich noch einmal überprüfen.

Sein grau meliertes Haar war kurz geschoren und er hatte eine ordentlich getrimmte Gesichtsbehaarung – nicht lang genug, um als Bart zu gelten, aber ein bisschen mehr als nur ein paar Stoppeln; irgendetwas dazwischen. Diese war auch von Grau durchzogen, dunkles Braun mit farblosen Flecken. Es ließ ihn sehr distinguiert wirken; wie eine Art kleinerer, dünnerer George Clooney. Er war gut gekleidet, aber lässig; eine schöne Hose und ein Hemd mit einem Feinstrickpullover darüber. Keine Krawatte. Ein George-Clooney-trifft-sich-kurz-mit-seinem-Agenten Outfit.

Das hört sich vielleicht so an, als hätte ich ihn minutenlang von oben bis unten gemustert, aber nach zwanzig Jahren bei der Polizei kann ich das Aussehen von Menschen in Sekunden aufnehmen. Ich bin außerdem (glaube ich) ziemlich gut darin, den Charakter eines Menschen einzuschätzen, und von dem, was ich bisher von ihm gesehen hatte, bekam Trevor meine volle Zustimmung.

Trevor wandte sich an Pippa, die mit den Füßen scharrte und nach unten blickte, während wir alle seinem Blick folgten. Mir fiel ein, dass sie während der Party allen aus dem Weg gegangen war und so viel Zeit wie möglich in der Küche verbracht hatte; sie musste ziemlich schüchtern sein. „Könntest du ein paar Gästezimmer vorbereiten?"

„Ich werde Ihnen helfen", sagte Mum, die gerade in die Eingangshalle geschlurft kam und an einem Mince

Pie knabberte. Es war mir furchtbar unangenehm, dass sie eine Spur von Krümeln hinter sich herzog.

„Danke, Shirley, das ist wirklich sehr nett von dir“, sagte Lily, und ich dachte bei mir, *Glaub ihr bloß nicht, die will sich nur das Haus ansehen.* Sie wandte sich an Trevor und sah ihn bedeutungsvoll an. „Wir müssen uns überlegen, welche Räume wir nehmen.“

„Ich ruf im Hotel an“, gab sich James geschlagen und entfernte sich bereits, das Handy auf der Suche nach Empfang erhoben. *Dem wünsche ich Glück,* dachte ich. Ich fragte mich außerdem, wieso er so versessen darauf war, zu gehen; dachte er, dass in Kingseat zu übernachten ein Abstieg war oder so was? Wie schick musste denn ihr Hotel in Fowey sein? Um ehrlich zu sein, wenn es in Fowey war, war es wahrscheinlich *sehr* vornehm.

„Papa ...“ Joshua hatte seine röhrenden Motorengeräusche unterbrochen, während er seinen Truck neben der leeren Glasvitrine herumschob.

„Ach ja“, sagte Isaac, „Joshy hat vorhin das Schwert darin gesehen und wollte, dass ich euch danach frage. Was steckt da für eine Geschichte dahinter?“

„Witzig, dass du das fragst“, sagte Lily grinsend. „Es gehörte einem deiner Vorfahren, Joshua.“

Joshua sah sie an, dann zu seinem Vater, die Augen weit aufgerissen und sein Mund formte ein stummes *Wow!*

„Thomas Dyneley?“, fragte Isaac.

Sie nickte.

„Wer ist Thomas Dyneley?“, fragte Daisy. „Du hast vorhin von seinem Geist gesprochen ...“

„Er war ein sehr, sehr entfernter Verwandter“, erklärte Isaac. „Ihm gehörte dieses Haus. Ich hatte keine

Ahnung, während ich in einer Sozialwohnung in St Austell wohnte, dass meine Familie mal Teil des Adels war." Er lachte, aber es schwang noch ein Hauch Traurigkeit mit. „Meiner Mum hätte das gefallen."

„Wir haben uns den Stammbaum der vorherigen Besitzer angesehen, nachdem wir das Haus gekauft hatten", erläuterte Trevor. „Als wir die Verbindung zu Isaac entdeckten, meldeten wir uns bei ihm."

„Darum habe ich Kingseat für diese Weihnachtsfeier ausgewählt", sagte er. „Aber ich glaube, meine Vorfahren waren nicht wirklich nette Leute, oder?"

„Nein", sagte Lily. „Thomas Dyneley war hier Verwalter. Er arbeitete für die Familie Devereaux, der das Haus von Heinrich dem Achten geschenkt worden war. Die Mitglieder der Devereaux-Familie waren strenge Katholiken, was Henry nicht gerade gefiel, aber als Elizabeth die Erste auf den Thron kam, erklärte sie der Religion sozusagen den Krieg. Devereaux ließ ein Priesterversteck bauen, einen geheimen Raum, in dem die Familie geächtete Priester versteckte und die Messe feierte. Thomas Dyneley beschloss, die Familie zu verraten, und im Gegenzug wurde ihm dafür das Haus überlassen. Der berühmteste Priesterjäger der Königin, Sir Richard Topcliffe, schenkte ihm sein Schwert als Erinnerung an den großen Dienst, den er ihnen erwiesen hatte. Es war außerdem durch dieses Schwert, durch das, ähm ..." Sie hielt inne und sah zu Joshua, der aufmerksam zuhörte, „... ähm, durch das Edward Devereaux *den Tod fand.*"

„Wow", sagte Daisy.

„Oder?" Lily lachte. „Tatsächlich stellte sich das Ganze als Fluch für die Dyneley Familie heraus, denn Thomas

Dyneley betrachtete es stets als Mahnung des Verrats an seinem alten Herrn, der ihn immer gut behandelt hatte, und schließlich verfiel er dem Wahnsinn."

„Geschah ihm ganz recht", sagte Mum, die immer noch an ihrem Mince Pie knabberte. „Der größte Lump im ganzen Land, das ist und bleibt der Denunziant.'"

***

Wir würden also die Nacht in einem schicken Anwesen auf dem Land verbringen. Es war ein wunderschönes Gebäude (obwohl ich noch nicht gerade viel davon gesehen hatte), und ich konnte mir nur ausmalen, wie romantisch es wohl wäre, in einer dieser schönen Suiten im ersten Stock aufzuwachen, ein knisterndes Feuer in dem dekorativen Kamin, der Blick auf die verschneiten Ländereien ... Wenigstens wäre es das, wenn Nathan bei mir wäre. Mit meiner Teenager-Tochter würde es wohl nicht ganz so romantisch werden.

Es war jetzt fast sechs Uhr und die meisten von uns – die nicht viel vom Buffet genossen hatten – wurden langsam hungrig. Lily ließ mir freie Hand dabei, mich durch die Küchenschränke zu wühlen und herauszufinden, was ich für neun Erwachsene, eine Teenagerin und eine kleine Person zum Abendessen zubereiten konnte. Mum war mit Pippa und Lily unterwegs, um Schlafzimmer für uns herzurichten, Daisy und Germaine unterhielten Joshua, der ein ganz Süßer war, und Debbie zog los, um Callum, ihrem Ehemann (oder dem ‚großen Liebesklops', wie sie ihn liebevoll nannte), per

Telefon mitzuteilen, dass sie nicht nach Hause kommen würde und er den Kindern von ihr Gute Nacht sagte.

Und wo waren die Männer während der ganzen Zeit? Das war eine gute Frage. Als ich meine Suche in der Vorratskammer beendet hatte, wanderte ich in die Eingangshalle und folgte dem Klang von Stimmen. Isaac, James, Trevor und der Weihnachtsmann amüsierten sich prächtig. Sie waren in dem Raum, in dem Santa zuvor die Kinder empfangen hatte – die Stube, wie Lily es nannte, obwohl der Raum für mich persönlich etwas zu groß war, um als ‚Stube‘ bezeichnet zu werden. Da das Feuer noch brannte, war es gemütlich und warm darinnen. Santa hatte sich seinen roten Anzug ausgezogen und war nun wirklich nur noch Steve. Er beäugte eine Flasche Brandy, hatte wohl schon einiges daraus getrunken, während Isaac und Trevor über das Hotelgeschäft sprachen und James zuhörte, gelegentlich warf er einen lustigen Kommentar ein. Die Männer vergnügten sich also, während die Frauen arbeiteten. Typisch. Ich stand im Türrahmen, bemerkte einen grünen Zweig über meinem Kopf und dachte, *wenn doch nur Nathan hier wäre, um sich einen traditionellen Kuss unterm Mistelzweig abzuholen.* Aber vielleicht konnte ich Lily und Trevor davon überzeugen, sich ihn zunutze zu machen ...

„Ähm!“ Ich räusperte mich, woraufhin sie alle innehielten und mich anstarrten. „Während ihr gerade die Getränkevorräte dezimiert habt, habe ich angefangen, mir über das Abendessen Gedanken zu machen. Hat von euch jemand irgendwelche Allergien?“

„Ich esse alles“, erklärte Steve, der bereits etwas lallte.

„Ich auch“, sagte Trevor und wirkte etwas schuldbewusst. „Was immer du kochst, wird sicher wunderbar sein, danke. Ich geh mal besser los und helfe Lily.“ Er eilte davon.

Isaac grinste. „Ich bin kein guter Koch, aber ich kann Kartoffeln schälen“, sagte er. „Und James ist super im Tisch decken und Töpfe schrubben.“

James lächelte und verbeugte sich leicht. „Zu Ihren Diensten, Madam.“

„Klasse! Ihr seid engagiert.“

***

Jetzt, da es Nacht wurde, begann es kälter zu werden, auch im Haus, also beschloss ich, dass wir etwas Warmes und Herzhaftes zu essen brauchen würden. Im Kühlschrank befanden sich vier große Hühnerbrüste und einiges Wurzelgemüse – Karotten, Kartoffeln und ein paar Süßkartoffeln – und ein großer Brokkoli-Kopf, versteckt in einem Küchenschrank.

„Was meinst du?“, fragte Isaac, der mich aufmerksam beobachtete. Ich fühlte mich, als wäre ich bei einer Art Vorstellungsgespräch – ein Test, um zu sehen, ob es richtig war, mir mögliche Cateringjobs für ihn in Aussicht zu stellen. Konnte ich unter Druck arbeiten?

Natürlich konnte ich das.

„Mal nachdenken ...“ Ich überprüfte noch einmal den Küchenschrank. Viele Gewürze, das eröffnete mir verschiedene Möglichkeiten; Kreuzkümmel, Koriander und Kurkuma. Frische Ingwerwurzeln, Tomatenmark und eine Dose Kokosnussmilch ... „Hühnchen- und Gemüsecurry“, verkündete ich. „Wird Joshua das essen?“

„Nur, wenn es dazu auch Naan Brot gibt.“ Isaac warf mir ein hoffungsvolles Grinsen zu und ich lachte.

„Ich bin mir sicher, dass wir da etwas für *Joshua* zusammenwürfeln können“, sagte ich. „Vielleicht ja genug, damit noch etwas für dich übrigbleibt ...“

Ich ließ Isaac arbeiten, einige große Karotten schälen und schneiden, ein paar Kartoffeln und eine riesige Süßkartoffel ... Ich hackte Knoblauch und Ingwer klein, dann warf ich sie gemeinsam mit den Gewürzen, ein wenig Salz und Pfeffer in einen Mörser.

„Du bist ja tiefenentspannt“, sagte Isaac.

Ich grinste. „Was soll das denn heißen?“

„Plötzlich musst du für all diese Leute kochen und das macht dir gar nichts. Ich würde jetzt schon hyperventilieren.“

„Ich bin's gewohnt in schwierigen Situationen ruhig zu bleiben.“

„Verstehe – du hast schon auf ein paar Partys gecatert, die nicht gut ausgingen?“ Er wollte einen Scherz machen, hatte aber Recht. Tonys Hochzeit, das Kunstfestival und das Catering bei einem Film, der vor zwei Monaten in Penstowan gedreht worden war ... Ich lachte auf eine Art, die für mich absolut gekünstelt klang, aber wie hätte er von alldem wissen können?

„So kann man es sagen. Tatsächlich liegt das aber mehr an meinem vorherigen Beruf.“ Er hob seine Augenbrauen. „Ich war zwanzig Jahre lang bei der Polizei.“

„Du warst ein Bulle? Wow, das ist ja mal eine Umschulung. Wieso hast du aufgehört?“

Ich hätte beinahe gesagt: *Ich bin nicht durchgedreht oder so*, was meine automatische, reflexartige Antwort war, wenn mir irgendwer diese Frage stellte, aber ich ließ es dieses Mal sein. Nicht ich hatte die Nerven verloren, sondern Daisy. Ihr hatte es gereicht, mir immer wieder auf Wiedersehen zu sagen, wenn ich zur Arbeit ging, und sich den Rest des Tages Sorgen darüber zu machen, ob ich wohl wieder nach Hause komme oder nicht.

„Ich hab aufgehört, weil es meiner Tochter gegenüber nicht fair war."

„Daisy?"

„Ja. Ich war während eines Terroranschlags vor ein paar Jahren vor Ort, einem bei einer U-Bahn-Station –"

„Der, bei dem so ein Irrer mit einem Van in die Menschenmenge gerast ist? Mann, daran erinnere ich mich. Am Tag davor war ich noch in der Gegend. Gruselig."

„Ja, das war es. Ich habe geholfen, ihn zu entwaffnen – er hatte ein Messer und sprang heraus, wedelte damit herum. Ich spielte es Daisy gegenüber runter, aber natürlich fand einer ihrer Freunde ein Video online und zeigte es ihr. Sie war nur ein paar Jahre älter als es Joshua im Moment ist."

„Oh Gott, das ist furchtbar. Ich kann mir vorstellen, wie aufgewühlt sie gewesen sein muss."

Ich erinnerte mich, dass sie eine Panikattacke überfallen hatte, das Weinen und Nichtwollen, dass ich das Haus verlasse. Jedes Mal, wenn ich die Polizeiarbeit vermisste, erinnerte ich mich daran und weshalb ich aufgehört hatte.

„Ja. Ich konnte ihr das nicht nochmal antun, also kündigte ich und schulte um. Ich war alles, was sie hatte. Ich konnte mich nicht mehr in Gefahr bringen."

„Nein. Das verstehe ich."

James kam pfeifend in die Küche. Seine vorherige schlechte Laune darüber, dass er in Kingseat bleiben musste, schien sich völlig in Luft aufgelöst zu haben.

„Ich habe mit dem Hotel gesprochen, sie wissen, dass sie uns nicht zu erwarten haben", erklärte er Isaac. „Und ich habe mit Gloria aus dem Büro gesprochen, ihr gesagt, dass wir wahrscheinlich später als geplant zurückkommen werden."

„Hier, James, du errätst nie, wer unsere Köchin ist", sagte Isaac. Ich winkte bescheiden ab, aber ich musste zugeben, dass es nett war, als jemand wahrgenommen zu werden, der nicht ‚nur' der Koch war. „Eine Polizei-Heldin."

„Du bist Polizistin?" James sprach höflich, aber ich erkannte diesen Blick. Der, den jeder Polizist kriegt, wenn man sich unter Leute gesellt, die einen nicht gut kennen. Der, der Unterhaltungen beendet, weil der Rest der Gruppe sich plötzlich allzu bewusst wird, dass alles, was sie von nun an sagen oder tun würden, gegen sie verwendet werden könnte.

„Ehemalige Polizistin", sagte ich leichthin. „Ihr könnt mir gerne gestehen, dass ihr Lord Lucan versteckt oder plant, die Kronjuwelen zu stehlen, und es wäre mir egal."

Isaac lachte und klatschte James auf den Rücken. „Deine Geheimnisse sind bei mir und Jodie sicher. Solange du nur den Tisch deckst."

James lächelte. „Puh! Das ist eine Erleichterung. Ich stell das Tafelsilber wieder zurück, bevor wir gehen, Officer, ehrlich."

Wir machten uns wieder ans Kochen. Ich mahlte alles, dann schüttete ich es in einen sehr glänzenden Mixer (von dem ich vermutete, dass ihn noch nie jemand verwendet hatte) jeweils mit derselben Menge an Öl und Tomatenmark, um eine Tikka Masala Paste herzustellen. Es war nicht gerade authentisch, aber es würde schmecken.

Isaac bemerkte, wie ich ihm beim Schneiden zusah, und lachte. „Was?"

„Nichts ... ich bin nur beeindruckt. Ich hätte nicht gedacht, dass du dich in der Küche so gut machst."

„Na ja, zugegeben, ich habe jemanden, der gelegentlich kommt und für mich kocht ..." Er kämmte sich ein paar Strähnen aus dem Gesicht. „Ich versuche, meinen Sohn so normal wie möglich aufwachsen zu lassen. Also kein Kindermädchen oder so was, nur, wenn ich für die Arbeit verreisen muss. Und ich gehe nicht, wenn ich nicht wirklich, wirklich muss."

„Das muss schön für Joshua sein", sagte ich.

„Ja ..." Ich sah zu ihm hinüber. Er starrte eine Karotte nieder, wehmütig – sein Blick zumindest, war wehmütig. Ich war mir sicher, dass es nichts mit der Karotte zu tun hatte. Er schüttelte den Kopf. „Es ist verrückt, oder?" Zum ersten Mal heute hörte ich einen Hauch seines Cornwall-Akzents. „Wenn die Tragödie nicht zugeschlagen hätte – wenn Joshys Mum nicht gestorben wäre –, wäre ich heute nicht hier. Wahrscheinlich wäre ich irgendwo, wo es warm ist, ohne die beiden. Ich wäre immer noch ein richtiges Arschloch."

„Ich bin mir sicher, das wärst du nicht", sagte ich sanft, aber woher sollte ich es wissen?

„Doch, das wäre ich. Ich war kein netter Mensch, bevor mein Sohn geboren wurde." Er schnitt die Karotte weiter und warf die Stücke in eine Pfanne, bevor er sich an die nächste machte. „Ich bin kurz vor meinem siebzehnten Geburtstag von zu Hause weggegangen. Ich konnte es kaum erwarten, abzuhauen, weil mein Dad ein richtiger Idiot war. Er meckerte dauernd darüber, was für ein Unglück er gehabt hatte, dass wir nie Geld hatten, und dann zog er los und gab das bisschen, was wir hatten, für Alkohol aus. Ich habe ihn gehasst."

„Oh", sagte ich und dachte: *Oh Gott, leg jetzt hier keine Beichte ab, ich bin doch nur hier und koche Curry …* Aber manchmal erinnerte der simple, heimelige Akt der Essensvorbereitung die Menschen an ihre Familien – oder er ließ sie an ihre Vergangenheit denken und an die wollte man sich nicht immer erinnern.

„Ich musste um alles kämpfen, als ich am Anfang stand", sagte Isaac, ganz sachlich, während er anfing wieder Gemüse zu schneiden. „Ich habe mich niemals um die Leute gekümmert, die ich ruiniert habe, als ich ihre Geschäfte aufkaufte. Es ist mir nie in den Sinn gekommen, dass ihre Angestellten wegen mir ihre Arbeit verlieren. Ich hatte dieses Wahnsinnsteam von Anwälten, die sich um all die Streitigkeiten gekümmert haben, also war alles, was ich mitbekam, die Konsequenzen dessen, nämlich, dass die Zahlen auf meinem Bankkonto größer und größer wurden. Ich war isoliert vom wahren Leben, selbst als ich Selina heiratete, selbst als sie schwanger wurde." Er hielt einen Moment inne, in Erinnerungen versunken, dann schüttelte er den Kopf. „Natürlich kann dich auch das beste Team von Anwälten nicht vor einer Sache schützen. Dem Tod."

Das ist ja fröhlich, dachte ich. *Frohe Weihnachten.* Aber Issac schien wohl reden zu wollen und da ich eine gute Zuhörerin bin, ließ ich ihn gewähren.

„Ich konnte es nicht glauben, als mir der Arzt sagte, sie wäre tot. Frauen sterben doch nicht mehr im Wochenbett, oder? Ich wusste, dass er sich irren musste."

„Aber das tat er nicht", sagte ich ruhig.

„Nein. Sie hatte unbekannte Herzprobleme und die Anstrengung war zu viel. Für die ersten Monate danach hatten wir bereits eine Nanny engagiert, also ließ ich sie machen. Ich wollte nichts mit dem Baby zu tun haben. Ich hielt ihn kaum. Ich trank zu viel. Ich war furchtbar."

„Trauer …", begann ich, aber er schüttelte den Kopf.

„Nein. Ich war furchtbar. Dann, eines Tages, sagte mir die Nanny die Meinung und ich feuerte sie. Sie spazierte hinaus und ließ mich mit Joshua zurück. Ich war zum allerersten Mal allein mit meinem Sohn." Er sah mich an. „Ich kann mir das jetzt gar nicht mehr vorstellen. Er ist meine ganze Welt."

Ich lächelte. „So ist es, ein Elternteil zu sein."

„Er weinte. Ich ignorierte ihn, solange ich konnte, aber letztendlich musste ich ihn auf den Arm nehmen. Und dann stand ich da und sah auf das wütende kleine Bündel in meinen Armen, das mir schon so ähnlich sah, und ich wusste, dass er, wenn ich so weitermachte, mich genauso hassen würde, wie ich meinen Vater hasste."

„Und das hat alles verändert?"

Er nickte lächelnd. „Ja. Es war natürlich nicht einfach, aber es muss für mich einfacher gewesen sein als für eine arme alleinerziehende Mutter, die kein Geld hat, um sich den Weg zu erleichtern. Und da habe ich realisiert, dass ich anfangen musste, das Geld zurück an Menschen zu geben, die weniger Glück gehabt hatten als ich."

„Da hast du die Wohltätigkeitsorganisation gegründet?"

„Ja. Ich habe die meisten aus meinem Anwaltsteam entlassen und neue Leute eingestellt, welche, die recherchieren und mir sagen würden, wo ich in der Vergangenheit Fehler gemacht hatte, wen ich verletzt hatte, wie ich es besser machen konnte. Es hat mich viel Geld gekostet. Aber wenn man genug verdient hat, um davon leben zu können, was nützt es, noch mehr anzusammeln? Was bringt es, es auf der Bank liegen zu lassen?" Er lachte. „Versteh mich nicht falsch, ich habe immer noch eine Menge auf der Bank ..."

„Das hoffe ich", sagte ich. „Ich bin noch nicht bezahlt worden."

Isaac lachte wieder und brachte das Gemüse zum Kochen. Normalerweise hätte ich sie langsam im Curry selbst kochen lassen, aber alle hatten Hunger und das hier würde ein schnelles Curry werden. Ich gab ihm eine Zwiebel, die er hacken sollte, während ich das Hühnchen in mundgerechte Happen schnitt, froh darüber, dass die einzigen Tränen in seinen Augen von den Zwiebeln kamen und nichts mit seiner Lebensgeschichte zu tun hatten.

James und Daisy kamen in die Küche geschlendert, Germaine folgte ihnen.

„James hat mir gezeigt, wie ich Germaine ein paar Tricks beibringen kann", verkündete Daisy stolz.

„Schau mal." Sie sah Germaine streng an, hob ihre Hand an und zeigte dann nach unten. „Spiel tot!"

Germaine fiel sofort zu Boden, ihr gespielter Tod nur ein wenig unrealistisch durch ihr Hecheln und den Blick der absoluten Verehrung in ihrem Gesicht, während sie ihr Frauchen anhimmelte. Sie wollte Daisy so gern zufriedenstellen.

„Oh, sehr gut, Germaine!", sagte ich, und James lachte.

„Man kann einen Hund dazu bringen beinahe alles zu tun, wenn man nur die richtige Form der Bestechung hat", erklärte er. „Wir haben Germaines Schwachpunkt entdeckt."

„Der wäre ...?"

Daisy öffnete ihre andere Hand und präsentierte einen Brocken Würstchen im Schlafrock.

Ich lachte. „Um ehrlich zu sein, mit einem guten Würstchen im Schlafrock könnte man mich auch bestechen."

„Die Methode funktioniert bei *jedem*", sagte James und grinste mich an. „Man muss nur die richtige Form von Bestechung finden. Essen, oder ... andere Dinge." Er zwinkerte mir zu.

Arroganter, kleiner Charmeur, dachte ich, aber es gefiel mir ein bisschen. Wer genoss denn nicht einen kleinen Flirt?

Daisy schnupperte. „Oooh, es gibt Curry?", fragte sie. Ich nickte. „Gibt es auch Naan Brot?"

„Nur, wenn du es machst", sagte ich. „Ich habe Hefe im Küchenschrank gesehen. Du weißt, was zu tun ist."

Isaac sah bewundernd zu, wie Daisy, nur mit ein paar wenigen Anweisungen von mir, Mehl, Zucker, Hefe und Salz abwog, bevor sie es mit warmem Wasser und

Pflanzenöl zu einem weichen Teig verarbeitete. James drückte sich herum, sah zu; er war nicht zu viel zu gebrauchen, aber er war witzig und nette Gesellschaft.

„Der Apfel fällt nicht weit vom Stamm", sagte Isaac, während er zusah, wie Daisy den klebrigen Teig knetete.

Sie seufzte dramatisch. „Ehrlich, Isaac, ich wurde dazu erzogen, mich selbst zu versorgen. Wenn ich mir manchmal nicht selbst Abendessen machen würde, würde ich verhungern."

Isaac und James tauschten überraschte Blicke aus, bevor Daisy und ich in Gelächter ausbrachen.

„Die macht doch nur Scherze", sagte ich. „Die kleine Madam. Sie wird immer nur gezwungen zu helfen, wenn sie lieber Fernsehen schauen würde."

Ich erhitzte ein wenig Öl in der Pfanne und warf die Zwiebeln hinein, hörte kurz zu, wie sie brutzelten, bevor ich die Curry Paste hinzufügte. Ich ließ das Ganze für ein paar Minuten köcheln, bevor ich das Hühnchen dazugab. Ich drehte die Stückchen um, sah zu, wie sie ihre Farbe von rosa zu weiß änderten, obwohl ich wusste, dass sie zu diesem Zeitpunkt noch roh in der Mitte wären. Isaac goss das Wurzelgemüse ab und gab es in die Pfanne, während ich den Brokkoli in kleine Sträußchen schnitt und diese auch hinzufügte. Dann goss ich die Dose Kokosnussmilch hinein, rührte den Inhalt um, damit alles mit Soße bedeckt war, und dann brachte ich das Ganze zum Kochen. Daisy bedeckte die Schüssel, in dem sich der Teig befand, mit einem Geschirrtuch und wir stellten ihn zum Gehen in den Ofen, der auf niedrige Hitze eingestellt war.

Ich ließ die Pfanne köcheln und deckte sie mit einem Deckel ab.

„Und jetzt warten wir?", fragte Isaac.

„Und jetzt warten wir." Aber nicht lange.

Kapitel 4

Eine halbe Stunde später war alles fertig. Ich schnitt den Naan Brotteig in drei Teile und rollte sie jeweils in der Form einer Träne aus, dann frittierte ich sie in einer heißen Pfanne, sah zu, wie die Luft sie von innen füllte. Fluffiger Basmatireis wurde in einer Schüssel gehäuft und das Curry, das ich auf dem Herd in einem großen Topf gekocht hatte, wurde vorsichtig in den Speisesaal getragen, in dem James den Tisch gedeckt hatte.

Ich war gerade dabei, in die Küche zurückzukehren, um das Naan Brot zu holen, als ein lautes *KLOPF! KLOPF! KLOPF!* an der Vordertür erklang. Ich fuhr beinahe aus der Haut, während alle in die Eingangshalle kamen; das Geräusch vibrierte durch den Raum.

„Wer um Himmels willen ist das bloß?", sagte Trevor und wir alle blickten uns wie ein paar Idioten an, anstatt die Tür zu öffnen und es herauszufinden. Es gab ein weiteres lautes Klopfen, als wer-auch-immer draußen den großen Messing-Türklopfer gegen das harte Holz warf. Wir lösten uns aus der Starre.

„Wir sollten denjenigen wahrscheinlich reinlassen", sagte Isaac ruhig. Der Weihnachtsmann Steve, der überraschend schnell für einen Mann seiner Größe aus der Stube gestolpert kam, hielt die Brandyflasche umklammert und nach oben.

„Geben wir ihm einen Drink zum Aufwärmen“, sagte er.

„Wenn es Weihnachtssänger sind, haben sie sich auf jeden Fall einen verdient“, sagte ich.

Aber es waren keine Weihnachtssänger. Es waren vier extrem unterkühlt aussehende junge japanische Frauen. Nicht, was irgendeiner von uns erwartet hatte. Sie kicherten nervös, als Trevor die Tür öffnete und sie hereinbat, dann standen sie da, mit offenen Mündern, und betrachteten den Raum um sich herum bewundernd.

„Was machen Sie Damen denn da draußen, bei diesem Wetter?“, fragte Trevor. Die Mädchen sahen sich mit leeren Gesichtern an, dann sprachen sie schnell (aber ruhig) miteinander. Eine von ihnen trat, offensichtlich eilig zur Sprecherin auserkoren, nach vorne.

„Entschuldigung, mein Englisch nicht gut. Sie sprechen kein Englisch. Wir, ähm, falsche Straße?“ Sie wirkte beschämt und ich konnte ihr das nicht übelnehmen. Armes Ding.

James trat vor und lächelte sie charmant an. „*Konnichi wa*“, sagte er und verbeugte sich kurz. Sie starrten ihn alle mit weit geöffneten Augen an, dann verbeugten sie sich auch schnell und kicherten. Er fuhr dann mit einem Schwall, der (für mich) nach fließendem Japanisch klang, fort. Die Erleichterung in den Gesichtern der Mädchen – und in ihrer Körpersprache – war beinahe greifbar. Sie sprachen angeregt mit ihm, er lächelte und nickte, während sie sich etwas beruhigten. Er beendete das Gespräch und drehte sich um, offenbar überrascht darüber zu sehen, dass der Rest von uns ihn mit offenen Mündern anstarrte.

„Was?“

„Wie hast du das gemacht?“, hauchte Daisy, und ich dachte nur: *Oh, oh, der ist viel zu alt für dich, Missy!* Allerdings hatte ich auch einen Schulmädchen-Schwarm gehabt, als ich in ihrem Alter war; Colin Firth (na ja, Mr Darcy). James zuckte mit den Schultern.

„Ich hatte, als ich klein war, ein Kindermädchen der Aichi Präfektur“, erklärte er. Über seine Schulter hinweg sah ich, wie Debbie das Gesicht verzog und *Uh, ich hatte eine Nanny von der Aichi Präfektur! Nimm mich!* mimte und ich musste ein Grinsen unterdrücken und schnell wegsehen.

„Angeber“, sagte Isaac, allerdings im Scherz.

„Also diese jungen Damen haben das Eden Projekt besucht, aber wegen des Schnees gab es ein paar Umleitungen und sie haben sich total verirrt.“ Er wandte sich an Trevor. „Und ihr Mietwagen liegt jetzt in einem Graben am Ende deiner Einfahrt.“

„Ach du je! Geht es Ihnen gut? Von Ihnen ist doch keine verletzt, oder?“ Lily stürmte auf sie zu, besorgt, während James übersetzte. Zwei der Mädchen brachen in Tränen aus. Die Männer sahen sich alle verwirrt an, während Debbie und ich hinübergingen und sie sanft in Richtung der Stube schoben, damit sie sich am Feuer aufwärmen konnten.

Die Sprecherin der Mädchen, Hina, dankte uns, ihre Freundinnen verbeugten sich, lächelten und trockneten ihre Tränen. Germaine, die bis hierhin von Daisy zurückgehalten worden war, beschloss, als emotionales Unterstützertier zu agieren, und eilte, schwanzwedelnd und fröhlich, zu ihnen. Sie riefen alle begeistert auf und stürzten sich auf sie.

„Ich denke, es geht ihnen besser", murmelte Debbie. Ich nickte. „Gott sei Dank hatte der *kleine Lord Fauntleroy* da drüben eine Nanny von der Aichi Präfektur, was?"

Ich grunzte. „Lass das!"

„Ich hatte kein Kindermädchen, ich hatte einen Babysitter aus Moss Side."

„Wie schön für dich, ich hatte keine Babysitterin mehr, seit ich vier war. Ich war zu beschäftigt, in den Zinnminen zu schuften." Debbie lachte schallend und das gab mir den Rest. Dann grummelte ihr Magen wahnsinnig laut, was uns noch heftiger lachen ließ.

„Oh, hör auf", keuchte sie. „Ich brauche Curry."

***

Wir gingen zurück in die Küche und begegneten Trevor und Lily, die in ein Gespräch vertieft waren.

„Essen ist fertig, wenn alle so weit sind", verkündete ich. „Alles okay?"

„Ja, wir überlegen nur, wo wir alle unterbringen", sagte Lily. „Wir müssen ein bisschen jonglieren, aber wir finden einen Platz für sie. Es wird niemand kommen und ihr Auto abschleppen, und sie können wohl kaum darin schlafen."

„Wir kommen klar, wenn nur nicht noch jemand auftaucht", sagte Trevor; seine Worte hingen in der Luft. Debbie und ich sahen einander an und dachten: *Oje, jetzt hast du es provoziert!* Wir starrten beide auf die schwere hölzerne Eingangstür, während sie geschlossen und ruhig blieb. Ich entspannte mich.

„Lasst uns essen."

***

In der Küche zog Pippa sich einen langen wattierten Mantel und einen dicken Schal an.

„Bleibst du nicht zum Essen hier? Ich habe genug für alle gemacht", sagte ich. „Auch für die Neuzugänge." Lily kam herein und begann eine große Kanne mit Wasser zu füllen.

„Du gehst doch nicht nach Hause, Pip? Bleib und iss mit uns. Das ist das Mindeste, was wir tun können, um dir für die harte Arbeit heute zu danken."

„Danke, aber es ist ein langer Tag gewesen und ich würde wirklich lieber nach Hause gehen", sagte sie mit deutlichem Unbehagen.

„Wirst du überhaupt nach Hause kommen?", fragte ich. „Wenn die Straßen gesperrt sind ..."

Lily schüttelte den Kopf. „Pippa wohnt im Pförtnerhaus", sagte sie und ich erinnerte mich an ein kleines Gebäude mit Charakter, das wie eine steinerne Version eines Lebkuchenhauses ausgesehen hatte und an dem wir heute Morgen vorbeigekommen waren.

„Trotzdem, es ist dunkel, es schneit und du hast wahrscheinlich ein verunglücktes Mietsauto als neue Dekoration im Garten ..."

„Es hat aufgehört", sagte Pippa und ich wusste, wir würden sie nicht überreden können. „Mir passiert nichts. Ich will euch nicht länger aufhalten, euer Essen wird kalt."

Ich sah Lily an, die mit den Schultern zuckte. Wir wünschten Pippa eine gute Nacht und trugen unser (leckeres, aber absolut unauthentisches) indisches Essen in das Speisezimmer.

***

Aber wir hatten nicht einmal die Chance uns zu setzen, denn in der Eingangshalle erklang ein lauter Schrei. Wir alle sahen einander an, dachten ohne Zweifel: *Was ist denn JETZT wieder los?*, bevor wir aus dem Zimmer stürmten.

Pippa bemerkte uns.

„Tut mir leid", sagte sie verlegen. „Es war nur so überraschend. Ich habe die Tür aufgemacht und da waren sie."

‚Sie' war ein verwirrt aussehendes Pärchen, das immer noch in der offenen Tür stand und die Kälte hereinließ.

„Kommen Sie rein, um Himmels willen!", rief Lily, die vorbeieilte und die Tür schloss. „Wer sind Sie?"

„Es tut mir *so* leid", sagte die Frau. Sie war in ihren Fünfzigern, grauhaarig, aber mit stechend blauen Augen, die einen lebendigen, intelligenten Geist versprachen. Der Mann neben ihr war jünger und ich bekam den Eindruck, dass er es wahrscheinlich gewohnt war, sich zurückzulehnen und sie sprechen zu lassen. „Wir besuchten ein paar Freunde, die vor kurzem hierhergezogen sind, und waren gerade aufgebrochen, als der Schneefall schlimmer wurde, und dann haben wir uns verirrt. Wir sind eine Stunde herumgefahren, haben versucht, den Weg zurück zu ihrem Haus zu finden, aber es ist so dunkel und alles ist gesperrt ..." Sie lächelte – „Ich fürchte, ich war bei dem Gedanken, über Nacht im Auto eingeschlossen zu sein, dabei, etwas hysterisch zu werden. Als wir Ihre Lichter durch die Bäume entdeckten, sind wir einfach hergefahren."

„Nun, Sie sind willkommen, die Nacht hier zu verbringen", sagte Lily, aber ein Blick hinüber in Trevors Gesicht war genug, um uns zu versichern, dass jeder weitere Besucher, der an seine Tür klopfen würde, Pech haben würde. „Wir haben eine ganz schöne Truppe angesammelt."

„Vielen Dank!", sagte die Frau. „Ich bin übrigens Bea und das ist Liam." Liam nickte uns allen begrüßend zu, sagte aber nichts.

„Wir wollten gerade essen", sagte ich und hoffte, dass sie sagen würden: *Oh, danke, das passt schon, wir hatten ein großes Mittagessen*, oder so etwas, denn ich hatte für elf Leute gekocht (zwei Kinder eingeschlossen, den Hund nicht mitgezählt) und als ich das letzte Mal gezählt hatte, waren wir bei siebzehn Leuten angelangt und ich war mir nicht sicher, wie weit es reichen würde. Wenigstens hatte Pippa ihre Meinung nicht geändert und beschlossen zu bleiben. Aber beide lächelten und schienen hungrig.

„Das ist fantastisch, danke!"

***

Nach einem köstlichen, wenn auch gestreckten Essen, während dem Germaine unter dem Tisch saß und ihre kalte Nase gegen mein Bein presste, mich daran erinnerte, dass sie da war, und sehr gerne ungewollte

Hühnchenstückchen aus meiner Hand fressen würde (nur, um mir zu helfen, natürlich), stand Lily entschlossen auf.

„Wer möchte durchs Haus geführt werden?", fragte sie. Es war erst etwa halb neun, aber wir bewegten uns in die Stube und die Kombination aus vollen Bäuchen, einem langen Tag und einem prasselnden Feuer war genug, um einige von uns gähnen zu lassen und sich schläfrig zu fühlen. Ich wusste, dass, wenn ich noch länger sitzen bleiben würde, ich nicht mehr aufstehen könnte.

„Ich", sagte ich. Daisy nickte. James saß vor dem Feuer, sprach mit den japanischen Mädchen, die ihn mit andachtsvoller Aufmerksamkeit anhimmelten. Er sah auf und bemerkte, wie ich sie beobachtete, und zwinkerte mir zu. Debbie ‚Adlerauge' bemerkte es natürlich und verdrehte ihre Augen.

„Der ist ganz schön arrogant, oder? Voll überzeugt von sich."

„Ich weiß. Ich hatte zwar keine Nanny von der was-weiß-ich Präfektur, aber ich erkenne einen Casanova in jeder Sprache." Ich lachte. „Er ist allerdings harmlos und sie genießen es."

„Ich gehe davon aus, dass du nicht mitkommst, James?", rief Debbie rüber, in ihrem breitesten Manchester Akzent. „Hast ja allerhand zu tun."

Er grinste bloß und drehte sich wieder den Mädchen zu. Isaac lachte.

„Du hast ihn durchschaut."

„Kommt noch jemand mit?", fragte Lily. Bea und Liam schüttelten die Köpfe und streckten sich in ihren Sesseln aus. Santa Steve sah aus, als sei er schon fast eingeschlafen und reagierte nicht. Joshua, dessen Augenlider immer schwerer geworden waren, setzte sich schnell kerzengerade in seinem Stuhl auf.

„Darf ich mit, Dad?", fragte er.

Isaac lächelte. „Na klar, Joshy. Ich muss mich erst noch mit Trevor unterhalten."

„Wir können auf ihn aufpassen, wenn du noch etwas zu tun hast", sagte ich. „Wenn das für dich in Ordnung ist, Joshua?"

Es war in Ordnung für Joshua, der eine gewisse Begeisterung für Daisy, und Germaine im Besonderen, entwickelt hatte. Ich war mir nicht sicher, ob wir den Hund mit uns nehmen sollten, doch sie heulte, als wir sie zurücklassen wollten.

„Sie kann mitkommen", erklärte Lily. Trevor sah skeptisch aus, sagte aber nichts. Isaac klopfte ihm auf den Rücken.

„Lassen wir die Damen auf Entdeckungstour gehen, während wir den Abwasch machen", sagte er.

„Gutaussehend, Millionär *und* er kennt sich mit einem Paar Spülhandschuhe und -lappen aus", murmelte Debbie neben mir. „Du kannst James behalten, aber wenn du Isaac nicht willst, kann ich ihn haben?"

„Dein großer Liebesklops wird vielleicht etwas dazu sagen wollen. Und nein, ich will immer noch keinen von den beiden."

KAPITEL 5

Lily war eine super Gästeführerin. Sie wusste über jede Einzelheit des Hauses Bescheid und für jemanden, der in der Schule von Geschichte gelangweilt gewesen war, fühlte sie sehr große Leidenschaft, was die Vergangenheit der Abbey anging. Sie zeigte uns stolz das Priesterversteck im Erdgeschoss, den geheimen Raum, in dem die Devereaux Familie verbotene Messen abgehalten und geächtete Priester versteckt hatte. Von einer Wand mit Holzpaneelen verborgen, war der Eingang komplett unsichtbar, es sei denn, man wusste, wonach man suchte – eine sehr schmale Einbuchtung im Eck eines der Felder, welches, wenn man es eindrückte, aufsprang und einen niedrigen, schmalen Eingang enthüllte. Priester zu dieser Zeit – diejenigen jedenfalls, die lange genug überlebt hatten, um ein solches Versteck zu benötigen – waren offenbar klein und dürr gewesen und sich nicht zu fein, sich beim Eintreten zu bücken.

Lily hatte sich am Anfang unserer Tour eine Taschenlampe geschnappt, worüber wir im Nachhinein froh waren, als wir uns hinter ihr in den kleinen Raum gequetscht hatten, denn das Licht der Lampe war schwach und der Raum beinahe zappenduster. Es gab keine Fenster, also kein natürliches Licht; nicht mal das Licht des Vollmonds über uns konnte in die Zelle eindringen. Genauso fühlte es sich nämlich an: mehr wie eine Gefängniszelle als ein Rückzugsort. Lily griff nach vorne und schaltete eine Arbeitsleuchte auf einem Hocker an, woraufhin wir alle, wegen der plötzlichen Helligkeit, die Augen zusammenkniffen. Das Zimmer war nicht komplett spartanisch eingerichtet. Die Wände waren mit demselben dunklen Holz verkleidet, wie der Hauptraum und es hing ein großes, dekoratives Kreuz an der Wand gegenüber dem Eingang, dessen Vergoldung im Schein des Lichts glänzte. Ein kleiner, funktioneller und schmuckloser Kamin war ebenfalls in eine Wand eingelassen und ich nahm an, dass der Abzug mit dem des großen steinernen Kamins im Hauptzimmer, verbunden war.

Daisy war fasziniert. „Haben hier drinnen wirklich Menschen gelebt?", fragte sie und sah sich im Raum um. Lily nickte.

„Wenn sie es mussten, ja. Es war sicher nicht angenehm, aber mit einem Kamin und einigen Kerzen, etwas zu essen und ein paar Möbeln konnten sie es hier so lange aushalten, wie sie mussten. Es war besser, als erwischt zu werden."

„Was ist mit denen passiert, die erwischt wurden?", fragte Joshua mit großen Augen.

„Gehängt, ausgeweidet und geviertelt", sagte Mum plötzlich hinter uns, was uns alle erschreckte. Ich dachte, sie wäre im Hauptzimmer geblieben; Gott weiß, dass sie sich schon genug über ihren Rücken beschwerte, also hatte ich nicht erwartet, dass sie sich durch den Eingang quetschen würde.

„Was heißt das?" Joshua verstand nicht, aber er ahnte offensichtlich schon, dass es nichts Gutes war. Ich funkelte Mum an; das Letzte, was wir noch brauchten, war ein armes Kind zu erschrecken und ihm Albträume zu bescheren.

„Es ist nichts Nettes", warf Debbie schnell ein. „Man hat sie für lange Zeit ins Gefängnis geworfen."

***

Lily zeigte uns danach unsere Zimmer. Wir waren im zweiten Stock untergebracht, der, in dem sich wohl mal die Zimmer des Personals befunden haben mussten, und der eines Tages (wenn sie Glück hatten) für die weniger beliebten Mitglieder von zukünftigen Hochzeitsgesellschaften reserviert sein würde. Daisy und ich würden uns ein Zimmer teilen – es war ein Doppelbettzimmer, aber wir hatten uns zuvor schon im Notfall eines geteilt und wenigstens würde uns so in der Nacht nicht kalt werden, denn wir könnten uns aneinander kuscheln (ohne Zweifel würde Germaine ihren haarigen, warmen Hundekörper auch noch dazu gesellen). Mum und Debbie würden im Zweibettzimmer nebenan schlafen. Mir tat Debbie leid, welche die Nacht damit verbringen müsste, sich Mums Geschnarche anzuhören, aber wenigstens hatten sie getrennte Betten. Lily entschuldigte sich dafür, dass wir teilen mussten, aber sie waren immer noch am Renovieren und es gab nicht genug Zimmer, sodass jeder sein eigenes haben könnte. Ich war ein wenig enttäuscht, dass wir nicht die schicke Suite im Stock unter uns bekamen, aber scheinbar wurden einige von diesen ebenfalls umgebaut und waren noch nicht bereit für Übernachtungsgäste. Ich würde wohl irgendwann nochmal mit Nathan hierherkommen müssen. Nur für eine Nacht, nicht wegen einer Hochzeit oder so … Mir fiel auf, dass Lily Joshua nicht das Zimmer zeigte, in dem er und sein Vater schlafen würden, und ich hatte den schleichenden Verdacht, dass für den Multimillionär definitiv eine der schicken Suiten bereitstehen würde.

„Wo übernachtest du?“, fragte ich Lily. „Sind genug Schlafzimmer verfügbar?“

Sie schüttelte den Kopf. „Nicht mit all den Neuankömmlingen. Es gibt vier hier oben und zwei auf dem Stock unter uns, eines davon ist Trevors Wohnung, aber wir haben immer noch ein paar alte Betten in einer der Suiten abgestellt, also werde ich wahrscheinlich ein paar von den Matratzen in das Speisezimmer bringen. Alle anderen werden es sich auf dem Sofa oder in einem Sessel gemütlich machen müssen. Zum Glück haben wir wenigstens genug Decken.“

„Wartet zu Hause jemand auf dich?“

„Nein. Die Kinder sind alle schon erwachsen, also kommen die allein klar. Luke ist zweiundzwanzig! Ist das zu glauben?“

Es war etwa neun Uhr, eigentlich Daisys Schlafenszeit und sicher schon weit über Joshuas, aber es war ein aufregender Tag gewesen und nach unserer Haustour waren wir alle wieder etwas wacher.

„Gibt es noch mehr geheime Räume?“, fragte Daisy. Ihre Aufmerksamkeit hing wirklich an den versteckten Türen und ich konnte es ihr nicht verübeln. Ich hatte schon immer eine Bibliothek mit einer Geheimtür gewollt, die durch ein bestimmtes Buch, das man herausziehen musste, geöffnet wurde, oder einen Kerzenständer an der Wand oder so etwas, und in meinem gesamten Erwachsenenleben war ich bisher gezwungen gewesen, in normalen, langweiligen Häusern, ohne eine geheime Tür zu leben. Lily schüttelte den Kopf.

„Leider nicht. Es gibt einen Durchgang, der von der Vorratskammer nach oben in eines der Schlafzimmer führt, aber der vorherige Besitzer nutzte ihn, um Verbindungen neuer elektrischer Leitungen und Abwasserrohre zu legen. Er war schon vorher eng, aber jetzt würde nicht mal mehr Joshua durchpassen." Sie lächelte. „Aber schließlich wusste auch noch niemand von der geheimen Bibliothek, bis wir anfingen, dort oben zu renovieren, also wer weiß? Halt die Augen offen und lass es mich wissen, wenn du noch was findest."

Daisy lachte und schüttelte den Kopf, um zu signalisieren, dass sie verstand, dass Lily scherzte, aber ich bemerkte, wie sie die Holzpaneele in den anderen Räumen mit ihren Augen absuchte. Als sie dachte, niemand würde es sehen, zog sie in der Vorratskammer, in der wir Germaines Napf gelassen hatten, an einer Metallleiste, die scheinbar grundlos an einer Wand angebracht worden war.

Wir gingen zurück zu dem Zimmer mit dem Weihnachtsbaum und dem Kaminfeuer, aber während wir näherkamen, konnte ich laute Stimmen aus der nahegelegenen Lounge hören. Es klang, als hätten der Weihnachtsmann – ich meine Steve – und Isaac eine, wie Mum es euphemistisch bezeichnen würde, ‚heiße Debatte', aber für mich hörte es sich eher an, als seien sie nur Sekunden von einem Faustkampf entfernt. Debbie und ich tauschten Blicke über Joshuas Kopf hinweg aus, als wir Trevors Stimme vernahmen, der versuchte zu schlichten, aber plötzlich war es Mum, die die Situation rettete.

„Ich frage mich, ob Lily noch heiße Schokolade in der Küche hat, Joshua. Was meinst du?"

„Oh ja", sagte Lily schnell. „Ich bin sicher, wir können welche finden. Gehen wir und sehen nach? Kommen alle mit?" Sie warf mir einen bedeutungsvollen Blick zu, den ich als *Bitte, nutz dein Polizeitraining und deine wunderbare Menschenkenntnis, um einzuschreiten und sie zu beruhigen* deutete, aber der gleichzeitig auch etwas ganz anderes bedeuten konnte – ich bin sehr gut darin, Dinge so zu interpretieren, wie ich möchte –, und nickte. Die anderen machten sich auf in die Küche und ich schritt zur Höhle des Löwen.

„Was ist denn hier los?", sagte ich. Ich gab mich vielleicht ein bisschen sehr selbstsicher. Gott, ich vermisste es manchmal, ein Bulle zu sein. „Klingt, als wären die Gemüter ein bisschen erhitzt."

Trevor sah mich dankbar an. Isaac warf mir ein großes, falsches Grinsen zu, während Steve, der zu diesem Zeitpunkt nicht mehr wirklich wie ein Weihnachtsmann aussah, finster dreinblickte und einen Drink in einem Zug hinunterkippte.

„Wir haben uns gerade nur ein bisschen über meine früheren Geschäfte unterhalten", sagte Isaac fröhlich. Steve blieb sauertöpfisch und kippte noch ein Getränk herunter, hielt dann aber inne, als er begriff, dass sein Glas leer war. Er sah sich um, suchte anscheinend nach mehr Alkohol. Wer hätte gedacht, dass der Weihnachtsmann Alkoholiker war? Mit diesem rötlichen

Teint und dem Bierbauch ... Ich griff nach seinem Glas und nahm es ihm aus der Hand.

„Hey!", lallte Steve.

„Ich denke, dass Sie vielleicht die Großzügigkeit Ihrer Gastgeber etwas zu sehr ausnutzen, oder nicht?", sagte ich und er starrte mich feindselig an. Wie viele Männer – besonders ältere, kräftig gebaute – die von einer Frau konfrontiert wurden, erwartete er wohl, dass sie sich zurückzog oder eine Entschuldigung murmelte oder so was, aber das ist und war wirklich nie mein Stil. Ich lächelte ihn an. „Trevor ist bisher der perfekte Gastgeber gewesen. Wir sollten uns bemühen, perfekte Gäste zu sein, oder nicht? Das bedeutet nicht, dass wir kopflos handeln und uns prügeln. Besonders nicht, wenn auch Kinder im Haus sind und eines von ihnen jung genug ist, noch daran zu glauben, dass Sie in engem Kontakt mit dem Nordpol stehen."

Er starrte mich für einige weitere Sekunden an, dann ließ er die Schultern hängen und ich wusste, er würde sich beruhigen.

„Also, Sie können entweder versuchen, sich auf den Weg zu machen und sich im Schnee draußen auszunüchtern, oder Sie können hier sitzen bleiben, einen Kaffee trinken und sich benehmen." Ich lächelte ihn wieder an. Ich bin *so* freundlich, wenn ich ein Ultimatum überbringe. „Was darfs sein?"

Er sah zu Isaac, der erleichtert wirkte, dass der Streit vorbei war, dann wandte er sich an mich und murmelte, „Schwarz mit zwei Stück Zucker, bitte."

„Gute Wahl."

***

Die Küche war warm und hatte eine wesentlich angenehmere Atmosphäre als die Lounge, also blieb ich mit Daisy, Debbie, Mum und Lily dort, wir tranken heiße Schokolade und verwöhnten Joshua, der ein wenig ängstlich gewirkt hatte. Dann brachte ich Steve seinen Kaffee und, man glaubt es kaum, er hatte sich genug beruhigt, um tatsächlich über etwas zu lachen, das Isaac sagte. Ich schüttelte den Kopf. *Männer.* Manchmal benahmen sie sich wie Kinder und man musste sie einfach auch wie welche behandeln.

Ich warf noch einen Blick durch die Tür in die Stube. Die japanischen Mädchen waren auf dem Sofa eingeschlafen und jemand hatte sie mit Decken und Überwürfen zugedeckt. Das Feuer war immer noch am Glühen, aber es würde am Morgen erloschen sein und dann würden sie sie brauchen.

Ich fragte mich, wo James und die neuesten Zugänge, Bea und Liam, waren. Es hätte mich überhaupt nicht überrascht, wenn James auch dort drinnen geschlafen hätte, mit seinem bewundernden Publikum um sich herum. Er schien für mich der Typ Mann zu sein, dem es gefiel, bewundert und angehimmelt zu werden, seine flirtende Art und witzigen Bemerkungen waren Anzeichen für jemanden, der eine sehr gute Meinung von sich selbst hatte, obwohl ich nicht unbedingt so weit gehen würde, zu sagen, er sei eingebildet; er wirkte immer noch wie ein netter Kerl. Ich kannte ein paar ehemalige Privatschultypen von der Met (immer, *immer* weit oben in der Hierarchie) und die hatten alle dieses überlegene Selbstbewusstsein an sich. Das war angeboren. Für mich hatte es etwas mit dem Wissen zu tun, dass ihre Familien (und dadurch natürlich sie selbst auch) wohlhabend genug waren, um sich nie um irgendetwas sorgen zu müssen. Wenn sie eine Prüfung verhauten oder nicht so weit in dem von ihnen gewählten Beruf aufstiegen, wie sie gehofft hatten, war das nicht so schlimm. Sie mussten niemals Angst vor Obdachlosigkeit haben und sich nie dazwischen entscheiden, ob man die Kinder fütterte oder lieber die Stromrechnung bezahlte. Und weil sie sich nie um etwas Sorgen machen mussten und immer so von sich selbst überzeugt rüberkamen, liefen ihre Leben unweigerlich gut. Selbstbewusstsein befeuert Karrieren, auch wenn es manchmal an Kompetenz fehlt ... Trotzdem, ich konnte nicht anders, als ihn zu mögen. Und mein Hund und meine Tochter mochten ihn auch, und die beiden hatten jeweils eine exzellente Menschenkenntnis.

Da war irgendetwas, das ich an Bea und Liam nicht mochte, ich konnte aber nicht genau sagen, was es war. Ich glaubte sofort, dass die japanischen Mädchen sich im Schnee verirrt und in der Panik einen Unfall verursacht hatten, aber Bea und Liam ... Bei denen war ich mir nicht so sicher. Sie sagte, sie wäre bei dem Gedanken daran, die Nacht im Auto verbringen zu müssen, panisch geworden, was eine ganz vernünftige Reaktion in einer solchen Situation war – allerdings kam sie mir nicht wie die Art von Person vor, die sich der Panik hingab. Ich war mir nicht sicher, worauf meine Vermutungen basierten, abgesehen von meinen Instinkten. Mein Sechster-Polizisten-Sinn kitzelte wegen ihnen, aber warum?

Erstens wirkten sie wie ungewöhnliche Reisekumpanen. Bea hatte gesagt, sie hätten Freunde besucht, die vor kurzem von London hierhergezogen waren, und es klang, als wären sie ein Pärchen, das ein anderes Pärchen besuchte; sie hatte es nicht direkt gesagt, aber es schien, als wurde sie darauf hinweisen, und gleichzeitig klang es nicht wie eine Arbeitsreise. Aber, obwohl die beiden sich offensichtlich gut kannten – ich hatte sie bedeutungsvolle Blicke während des Essens austauschen sehen, allerdings wusste ich nicht, was genau sie bedeuteten – wirkten sie auf mich nicht wie ein Liebespaar. Es gab keine Sanftheit oder Wärme zwischen ihnen, nicht die Art, die man von Liebenden erwarten würde, zumindest. Vielleicht waren sie wirklich ein Paar und die Anspannung, die das Herumfahren im Schnee und Dunkel auf verzweigten Landstraßen, die alle gleich aussahen, verursacht hatte, war zum Streit geworden. Sie waren wohl kaum das erste Paar, das während einer Reise einen Riesenkrach hatte. Ich schüttelte den Kopf. Es war egal. Morgen wären wir alle wieder auf dem Weg nach Hause.

Daisy und ich gingen bald darauf zu Bett, aber nicht, bevor ich mich noch einmal auf den Weg in den Turm gemacht hatte, dem kalten Wind zum Trotz, der seinen Weg durch die Lücken des alten Mauerwerks fand. Ich schickte Nathan eine Gute-Nacht-Nachricht. Gott segne ihn, er hatte mir auch schon eine geschickt und die kam gerade an, während ich tippte.

Hoffe, du hast eine gute Nacht im großen, schicken Haus! Ich versuche dich morgen früh anzurufen, mit einem Update zu den Straßen. Halt dich warm und hab süße Träume xxx

Die Nacht in einem großen edlen Haus zu verbringen, wäre mit ihm sicher spaßiger, dachte ich. Ich schickte ihm eine Nachricht, die mit wesentlich mehr *xxxx* endete, als wirklich nötig gewesen wären, dann legte ich mich schlafen.

***

Ich schlief schnell ein und träumte von der geheimen Bibliothek. Ich streckte mich nach einem Buch in dem Regal aus, dann wirbelte ich herum, weil ich das Gefühl hatte, dass mich jemand beobachtete. Auf der anderen Seite des Raumes stand eine Frau, von Kopf bis Fuß in Grau gekleidet. Ihr Gesicht schien jung, aber gezeichnet von Sorge, und ihre Augen waren voller Traurigkeit. Sind sie das nicht immer? Ich war ein bisschen enttäuscht, dass ich solche Klischees zusammenträumte, aber mein Unterbewusstsein war wohl nicht so subtil, wie ich gehofft hatte. Ich wusste, dass sie ein Geist war, so wie ihre Füße über dem Boden schwebten. Das und die Tatsache, dass ich durch ihren Rock auf die Bücher im Regal hinter ihr blicken konnte. Ein bisschen zu offensichtlich.

Ich öffnete meinen Mund, um etwas zu sagen, aber sie legte einen Finger an ihre Lippen und machte *Schhh*. Mit Sicherheit war sie, als sie noch Fleisch und Blut gewesen war, eine Bibliothekarin gewesen. *Ich wollte mir doch bloß die Bücher angucken*, versuchte ich zu sagen, aber sie hob beide Hände, wie ein Las Vegas Zauberer, der gleich einen Verschwindetrick vorführt. Ihre Finger zitterten.

Okay, ich denke, ich sollte jetzt aufwachen, dachte ich, aber das tat ich nicht. Irgendetwas Schlimmes (oder Seltsames, wie ich meine Träume kannte) würde passieren.

Mit einem Zucken ihrer Finger begannen die Bücher zu vibrieren. *Oh*, dachte ich, *sie wird also –*

Die Bücher schossen aus den Regalen und flogen über mir durch die Luft. Ich duckte mich und wich aus, aber ein sehr schwer aussehendes Buch kam in direktem Kollisionskurs auf mein Gesicht zu. Es war wie eine auf mich angesetzte Bombe und ich konnte sie nicht abschütteln, egal wie sehr ich hüpfte und mich verbog und drehte. Ich hörte etwas durch die Luft zischen, und als es auf mich zukam und nah genug war, konnte ich die erste Seite erkennen; es war überhaupt kein elisabethanisches Buch – Lily und ihr Buchexperte hatten sich getäuscht. Nein, es war eine Ausgabe von *Fortgeschrittenes Zuckerwerk und Techniken der Tortendekoration*, eines meiner alten Lehrbücher der Cateringschule, ein Buch, das die ganze Zeit, während ich lernte, Köchin zu werden, ein Dorn in meinem Auge gewesen war. Ich habe den blöden Tortendekorationskurs nie bestanden und nun würde ich es sicher auch nicht mehr.

Das Buch stürzte herab und war nur noch Zentimeter von mir entfernt. Ich konnte seine Luftströmung spüren; wie sich die Luft vor ihm teilte. Näher und näher, es war direkt vor mir und jede Sekunde würde es –

***

Ich schreckte auf, keuchend, während Germaines haariger Schwanz über mein Gesicht fuhr. Ich befreite mich von ihr, versuchte, sie nicht aufzuwecken, aber alles, was sie tat, war schläfrig ihren Kopf zu heben, als ob sie sagen wollte: ‚Was machst du da, Mum?‘, und dann begann sie gleich wieder mit ihrem sanften Hundeschnarchen.

Neben mir war Daisy, Gott sei Dank, noch am Schlafen. Ihr Gesicht sah, beleuchtet von einem Strahl Mondlicht, der sich eine Lücke in Vorhängen gesucht hatte, so friedlich und wunderschön aus. Ich drehte mich, um sie zu beobachten, wurde für einen Moment ganz mütterlich und weinerlich; sie war wirklich das Beste, was mir je passiert war (entschuldige, Nathan). Aber dann wurden meine Beine rastlos und ich konnte es mir nicht mehr bequem machen, egal, wie sehr ich mich streckte, zusammenrollte oder drehte. Ich wollte meine Schlafpartner nicht stören – Gott allein wusste, dass Germaine das ganze Haus leicht aufwecken konnte, wenn sie eingesperrt in diesem Zimmer zu bellen oder zu jaulen begann – also schlüpfte ich sanft aus dem Bett, zitternd vor Kälte.

Ich wusste von früheren Begebenheiten, dass der beste Weg, meine Beine zu beruhigen, ein wenig Bewegung war; ich war im Sommer um Mitternacht tatsächlich einige Male um den Block gelaufen, hatte eine überraschte Germaine als Gesellschaft mitgenommen, aber das würde ich jetzt wohl kaum tun. Das Haus war groß genug für mich, um ein wenig auf dem Korridor auf und ab zu laufen (obwohl, wenn es hier oben eine Graue Dame gab, vielleicht lieber nicht ...) oder ich könnte einfach in die Küche gehen und mir eine Tasse

Tee machen. Ja, Tee. Ich bin Britin, okay? Tee um – ich überprüfte mein Handy – kurz nach Mitternacht ist definitiv nichts Seltsames, wenn man Brite ist.

Ich zog meine Jeans und meinen Pullover über, stopfte mein Telefon in die Hosentasche und drehte leise den Türknauf. Es knarrte leicht, aber weder Daisy noch Germaine bewegten sich. Ich schlich auf Zehenspitzen auf den Korridor. Er war spärlich beleuchtet, nur eines der Oberlichter funktionierte; sie waren wirklich mitten in der Renovierung. Es war genau eine solche Atmosphäre, in der ich mir vorstellen konnte, dass eine graue Frau auf mich zu schweben würde ... Also, das entschied es; auf in die Küche.

Ich hatte mich gerade zu der Treppe gedreht, als ich Schritte hörte, die heraufkamen. Ich erstarrte, dann floh ich den Korridor wieder zurück, Gott allein weiß, warum; ich hatte genauso viel Recht mein Zimmer zu verlassen, wie jeder andere zu dieser Zeit. Aber vielleicht war es die Graue Dame? *Machen Geisterfüße ein Geräusch?*, fragte ich mich selbst. Ich wollte es nicht wirklich herausfinden. Ich lief den Korridor entlang, bis er eine Kurve in Richtung der geheimen Bibliothek machte. Hier befanden sich keine weiteren Schlafzimmer, also sollte ich sicher sein. Warum ich *nicht* sicher sein könnte, wusste ich nicht. Aber es war spät und ich war müde.

Ich lauschte, wie die Schritte näherkamen, und lehnte mich immer näher an die Wand. *Sie kommen in diese Richtung*, dachte ich und verfluchte mich dafür, dass ich nicht einfach zurück in mein Zimmer gegangen war; aber ich hatte Daisy nicht aufwecken wollen.

Dann hielten die Schritte inne und ich hörte ein Klopfen, Knöchel, die auf Holz trafen.

Stille.

Die Knöchel (geisterhaft oder nicht) klopften erneut. Nach ein paar Sekunden hörte ich, wie sich eine Tür öffnete und eine Männerstimme erklang.

„Was zur – was machst du hier? Es ist Mitternacht, um Himmels willen. Lass mich einfach in Ruhe." James. Seine Stimme klang konfus und schläfrig, aber ich konnte auch einen Hauch Zorn ausmachen. Es gab ein leises Murmeln und ich strengte meine Ohren an, die Antwort von James' nächtlichem Besucher zu vernehmen, aber ich konnte es nicht; nur eine Andeutung einer Stimme, vielleicht eine weibliche? Oder bildete ich mir das nur ein? James zischte: „Also gut, also gut! Komm rein, bevor du alle aufweckst." Ich hörte, wie die Tür sich schloss, wartete eine Sekunde, dann streckte ich meinen Kopf um die Ecke; der Korridor war leer. Ich schlich wieder auf Zehenspitzen hervor und stand vor der Tür des nahegelegensten Schlafzimmers, presste mein Ohr gegen das Holz. Ich hoffte, dass James und sein unerwarteter (ungewollter) Gast sich direkt auf der anderen Seite herumdrückten; wenn sie weit in den Raum gegangen wären, bis zum Bett, könnte ich wohl nicht hören, worüber sie sprachen.

„Ich hab dir gesagt, dass ich das nicht tun werde." Es hörte sich so an, als fiele es James schwer ruhig zu bleiben, seine Stimme kaum unter Kontrolle, am Rande des Zorns, der drohte ihn zu überwältigen. „Wie oft muss ich dir das noch sagen?"

Dann gab es eine Pause, in der (nahm ich an) sein Gegenüber antwortete. Ich presste mein Ohr frustriert noch näher an das Holz, aber ich konnte die andere Seite der Unterhaltung nicht hören.

„Oder du tust was?", spie James aus, seine Stimme voller Verachtung. Eine weitere Pause. Dann – „Verschwinde sofort aus meinem Zimmer – Ist mir egal, verschwinde!"

Ich sprang von der Tür und eilte zurück in mein Versteck, wollte aber unbedingt herausspicken und sehen, wer James so zur Weißglut gebracht hatte. Ich blieb so lange aus dem Weg, bis ich hörte, wie sich die Tür schloss, dann wartete ich ein paar Sekunden, um sicherzugehen, dass derjenige sich in Richtung Treppen aufmachte und nicht sehen würde, wie ich ihn beobachten wollte. Ich streckte meinen Kopf wieder um die Ecke und, wie erwartet, sah ich einen echten Menschen, der sich entfernte. Kein Geist. Aber es war so dunkel am Ende des Korridors, es hätte genauso gut ein Geist sein können, denn ich konnte nicht erkennen, wer es war. Letztendlich hätte es sogar die Graue Dame selbst sein können, allerdings bezweifelte ich, dass James mit ihr in seinem Schlafzimmer gestritten hätte. Die einzige Person, von der ich sicher sein konnte, dass er es *nicht* gewesen war, war Santa Steve, denn er war doppelt so groß wie jeder andere im Haus.

Ich gähnte. Was auch immer hier los war, es hatte nichts mit mir zu tun. James war ein großer Junge und er konnte sich um sich selbst kümmern. Und dann war es Zeit für mich, wieder zurück ins Bett zu gehen, bevor ich mein Glück zu sehr herausforderte und tatsächlich einem echten Geist begegnete.

KAPITEL 6

Ich wachte am nächsten Tag aufgrund Germaines Gekratze an der Tür unseres Zimmers auf. Daisy, die, anders als ich, innerhalb von drei Sekunden von tief eingeschlafen zu hellwach wechseln konnte, sprang aus dem Bett und schnappte sich Germaines Halsband, zog sie weg von der Tür, bevor sie die ganze frische Farbe von dem geschnitzten Holz kratzte.

„Sie muss mal", murmelte ich, wach, aber noch nicht bereit, das mir selbst gegenüber zuzugeben.

„Ich weiß, aber es ist immer noch dunkel", flüsterte Daisy. „Ich will da nicht allein rausgehen."

Ich schüttelte den Kopf, um ihn freizukriegen, und setzte mich auf. Ich nahm mein Handy in die Hand und sah auf die Uhr: Es war kurz nach sechs, also nicht *so* früh, besonders, da wir schon vor zehn zu Bett gegangen waren, und ich hatte es geschafft, gleich nach meiner nächtlichen Wanderung wieder einzunicken, aber es war so gemütlich und warm im Bett und ich wollte nicht raus in den Schnee. An Wintermorgen wünschte ich mir manchmal, dass wir keinen Hund hätten.

Als ob sie meine Gedanken gelesen hätte, wimmerte Germaine dramatisch und das gab mir sofort Schuldgefühle. Ich seufzte und schaltete die Nachttischlampe an.

„Na dann komm mal", sagte ich und rüstete mich für die kommende Kälte. Aber es war tatsächlich recht warm – in diesen Räumen, die nicht denselben Beschränkungen wie der älteste Teil des Hauses unterlagen, war es möglich gewesen, eine Heizung einzubauen, und ich konnte meine Kleidung anziehen, ohne Frostbeulen zu riskieren. Daisy zog sich ebenfalls schnell an, dann schlichen wir uns so leise wie möglich die Treppe hinunter. Ein paar der Stufen der ersten Treppe knarrten laut und wir erstarrten, wir wollten unsere Mitgäste nicht aufwecken; aber da Mum im Zimmer neben uns schnarchte, hätten wir mit den Füßen stampfen und Musicalnummern singen können und wir wären *immer noch* leiser als ihre Nachahmung eines Nashorns mit Nasenscheidewandproblemen gewesen. Ich fühlte mich ein bisschen schuldig wegen der armen Debbie, die sich ein Zimmer mit ihr teilen musste. Ich trug Germaine in meinen Armen, für den Fall, dass sie auf die verrückte Idee kam, das Haus erkunden zu wollen; sie hatte immerhin ein Faible für Himmelbetten. Wir hatten unsere Mäntel am Tag zuvor in der Küche gelassen und als wir dort ankamen, versuchten wir, die Hintertür zu öffnen, wo Lily uns gestern hereingelassen hatte und die hinaus in den Garten führte; Germaine würde so früh auf keinen Fall einen ausführlichen Spaziergang im Schnee kriegen, sie würde sich mit einem schnellen Trip nach draußen zufriedengeben müssen – und mit einer kurzen Toilettenpause. Aber die Tür bewegte sich nicht; sie war fest verschlossen und ich konnte nirgendwo einen Schlüssel finden.

„Dann zur Vordertür“, sagte ich zu Daisy und wir gingen auf Zehenspitzen in die Eingangshalle zum Haupteingang. Unsere Schritte hallten auf dem Steinboden wider, aber ich nahm an, dass es so laut wirkte, weil alles andere so still war, und nicht, weil wir so viele Geräusche machten. Ein ruhiges Schnarchen erreichte uns aus Richtung der Stube und wir entspannten uns; die Mädchen waren wenigstens noch im Tiefschlaf.

Die große Holztür weigerte sich zunächst auch, sich zu bewegen, aber dann sah ich, dass sie mit schweren Eisenriegeln verschlossen war, die sich einfach zurückschieben ließen, und wir schafften es, die Tür zu öffnen, bevor der Hund alles vollpinkelte. Ein Zug kalter Luft erfrischte uns, aber als wir einmal draußen waren, gewöhnten wir uns schnell daran. Damit meine ich, dass uns so kalt wurde, dass unsere Körper nach ein paar Minuten taub waren und wir nichts mehr fühlten.

Es war absolut still draußen, die Schneedecke dämpfte die Geräusche von Germaines Hecheln. Es wirkte unnatürlich still, unheimlich; kein Vogelgesang, nicht einmal das Rascheln von Bäumen oder Büschen. Kein Wind ging. Es war, als wäre der Rest der Welt, alles außerhalb der Abbey, tot. Ich zitterte.

Germaine bellte. Daisy, die genauso nervös aufgrund der Stille war, wie ich, schrie auf.

„Was bellt sie da an? Was ist das?“ Wir starrten in die Dunkelheit. Zu dieser morgendlichen Zeit, so tief im Winter, hatte die Sonne noch nicht einmal daran gedacht, aufzugehen, und die Laterne über dem Haupteingang zeigte durch ihren kleinen, künstlichen Lichtkegel nur an, wie dunkel es draußen wirklich war. Formen lauerten vor uns, während wir dem Hund weiter

in den Garten folgten. Sie bellte erneut. Ich bückte mich
und griff nach ihrem Halsband, dann sah ich zu der Figur vor uns.

„Heilige Sch... Oh mein Gott", ich lachte auf.

„Was? Was ist es?", sagte Daisy, immer noch ängstlich. „Ist es die Graue Dame?"

„Es ist der Brunnen. Ich habe ihn gestern von der Auffahrt aus gesehen, als wir hier ankamen. Es ist ein verdammt großer Delfin aus Metall, schau." Daisy atmete
aus und beugte sich hinunter zu Germaine, um sie für
das Bellen und unser Erschrecken auszuschimpfen.

Ich sah mich im Garten um, stampfte mit den Füßen
und pustete auf meine Hände, während Germaine ihr
Geschäft erledigte. Wenigstens schneite es nicht. Glücklicherweise hatte es keinen Neuschnee in der Nacht gegeben, also war der Schnee, der immer noch so tief wie
gestern wirkte, nicht schlimmer geworden. Ich hoffte,
dass die Verkehrspolizei die Straßen freigeben würde
und wir nach Hause fahren konnten. Wie auf Kommando pingte mein Handy (das ich aus Gewohnheit in
meine Tasche geschoben hatte) mit einer Textnachricht. Entweder wurde das Wetter besser oder das hier
war der beste Ort auf dem ganzen Gelände für Empfang.

Nathan:

Morgen, meine Hübsche.

Und schon fühlte sich der Schnee nicht mehr so kalt
an.

Hoffe, du konntest schlafen. Habe gerade gehört, dass die A30 übers Moor wieder freigegeben ist; die nehmen an, dass sie ab 9 auf ist, aber ich würde noch ein bisschen warten. Sag mir, wenn du dich auf den Weg machst xxx

Ich war froh, dass es zu dunkel für Daisy war, mein albernes Grinsen zu erkennen.

Du bist aber früh wach! Der Hund hat uns aufgeweckt. Sind mit ihr draußen im Schnee und warten auf sie … Wir fahren wahrscheinlich um 10 rum, über Bodmin und die A39, statt übers Moor, ist vielleicht einfacher.

Ich wollte irgendetwas Süßes schreiben, dass ich ihn vermisste, aber wir waren nur eine Nacht getrennt gewesen und ich hätte ihn vielleicht nicht einmal gesehen, wenn wir um die Zeit nach Hause gekommen wären, die geplant gewesen war.

Schreibe dir, wenn wir aufbrechen xxx

Germaine war zufrieden, ein Häufchen Schnee dampfte noch neben ihr, als wir uns aufmachten und in unser Zimmer zurückkehrten, jeweils eine schöne heiße Dusche genossen, um unseren Extremitäten wieder ein Gefühl zu verleihen. Wir konnten Bewegungen im Rest des Hauses hören, also gingen wir nach unten und ich machte mir einen Tee und Daisy eine heiße Schokolade, während wir darauf warteten, dass alle anderen aufstanden.

Mum und Debbie kamen zu uns, Mum wirkte quietschfidel, ihre Zimmergenossin weniger.

„Gut geschlafen?", fragte ich. Debbie grunzte.

„Ich habe wunderbar geschlafen!", trillerte Mum gutgelaunt. „Ein wundervolles bequemes Bett und es ist so ruhig hier."

Debbie grunzte wieder, die dunklen Ringe unter ihren Augen bewiesen, dass nicht alle eine solche Erholung genossen hatten.

„Gute Nacht gehabt?", fragte ich Debbie, während Mum den Wasserkocher einschaltete. Sie sah mich einen Moment an, während sie überlegte, ob ich versuchte, sie zu veräppeln, oder nicht.

„Ich habe eine Weile gebraucht einzuschlafen", sagte sie und sah eine Sekunde rüber zu Mum, „und dann, als ich es endlich geschafft hatte, hatte ich diesen seltsamen Traum, dass ich in einem Wald war und von so einem Kerl mit einer Kettensäge gejagt wurde, so einem lauten, motorisierten Teil."

„Was für eine seltsame Sache, von der du da träumst", sagte Mum und goss sich kochendes Wasser in eine Tasse. „Ich frage mich, wie du darauf kommst?"

Sie grunzte laut auf, während Germaine ihren eigenen Schwanz jagte. Debbie blickte mich mit einem düsteren Ausdruck an. „Das frag ich mich auch ..."

Pippa kam herein, die Wangen und Nasenspitze von der Kälte gerötet, während sie ihren dicken Mantel und ihre wollene Mütze auszog. Lily kam wenig später zu uns, sah fast genauso müde wie Debbie aus, aber war immerhin besser gelaunt. „Na, gut geschlafen?", fragte sie, wartete aber nicht auf eine Antwort. „Ich hoffe, ihr habt alles gehabt, was ihr braucht. Habt ihr die Badezusätze und Shampoos gefunden, die ich in eure Zimmer gelegt hatte? Es waren Proben von möglichen Lieferanten für das Hotel." Sie rieb sich die Hände, als wollte sie sagen ‚Los geht's.' „Okay, wer hat Hunger?", fragte sie und tänzelte rüber zum Küchenschrank. „Lasst uns ein bisschen Frühstück machen!" Debbie war zu beschäftigt damit, den Boden ihrer Kaffeetasse anzustarren, aber Mum und ich tauschten Blicke aus. Lily war *sehr* gut gelaunt ...

***

Ich trug ein Blech voll mit Rührei in das Frühstückszimmer und stellte es auf dem Tisch ab, zusammen mit einem Teller voll Speck. Die Eier waren weich und cremig, mit ein bisschen schwarzem Pfeffer und einer Prise Meersalz, um ihnen ein bisschen Extrageschmack zu verleihen. Eier waren eine der ersten Zutaten, auf die wir in der Cateringschule losgelassen wurden, und *alle* hatten sie beim ersten Mal versaut. Unser Tutor war an die Decke gegangen und hatte uns alle beschuldigt, nicht mehr als Mikrowellenköche zu sein (die schlimmste Beleidigung, mit der er aufwarten konnte). Es wurde uns eingetrichtert, dass Rührei wenigstens noch ein bisschen zerlaufenes Eigelb beinhalten sollte, anstatt die Textur von Gummi oder diesen Verpackungserdnüssen aus Styropor zu haben (was leider genau die Art war, wie Mum sie machte, und ich konnte sie einfach nicht eines Besseren belehren). Wenigstens bedeutete es, dass es mehr Eier für alle gab. Auf der Seitenkommode stand ein Toaster, daneben lag ein Laib

Brot, also konnte sich jeder bedienen. Daisy wartete darauf, dass zwei Scheiben fertig wurden.

Ich sah mich um. Mum, die am Tisch saß, hatte sich sofort an den Eiern bedient (von denen sie wohl enttäuscht sein würde) und Trevor goss Debbie eine Tasse Tee ein. James saß an der Stirnseite des Tisches, entfernt von uns anderen, und wirkte, als hätte er so gut wie überhaupt nicht geschlafen; sein sonst so fröhliches Wesen schien ihn komplett verlassen zu haben. Vielleicht hatte sein ungewollter nächtlicher Zimmergast ihn wirklich verstört. Vielleicht war er auch einfach kein Morgenmensch.

„Eine Tasse Tee, James?", fragte ich. „Oder möchtest du lieber Kaffee?"

Er sah auf und warf mir ein großes, falsches Lächeln zu, das seine Augen nicht erreichte. „Oh, Tee für mich, bitte. Die beste Art, den Tag zu starten."

Trevor goss eine weitere Tasse ein und ich reichte sie ihm.

„Gut geschlafen?", fragte ich, aber es war offensichtlich, dass er es nicht getan hatte.

„Ach – weißt du – es ist nicht dasselbe, wie im eigenen Bett, nicht wahr?"

„Guten Morgen, alle zusammen!" Bea und Liam kamen gerade in das Speisezimmer. „Wow, das sieht toll aus! Ich bin so froh, dass wir diesen Ort letzte Nacht entdeckt haben, du nicht auch, Liam?" Er nickte.

„Ja, wir hatten wirklich Glück, oder?" Er zog sich einen Stuhl neben James vor, der launisch in seine Teetasse starrte. Bea lächelte.

„Hartnäckigkeit zahlt sich aus", sagte sie, was für mich keinen Sinn ergab, aber ich nahm an, dass sie meinte, dass sie weitergefahren waren, bis sie einen Ort gefunden hatten, anstatt irgendwo anzuhalten und im Auto zu schlafen. Sie zog einen Stuhl auf der anderen Seite von James vor und plötzlich hatte ich eine starke Vermutung, dass ich die Identität von James' nächtlichem Besucher kannte.

Die japanischen Mädchen kamen herein, sahen alle frisch aus, die Haare waren gemacht, die Kleidung glatt ... Ich fuhr mir mit der Hand durch die Haare, die immer noch von der Dusche nass waren, und plötzlich war ich mir bewusst, wie durcheinander ich aussehen musste. Sie lächelten alle und sagten mit ihrem besten Englisch „Guten Morgen" und verbeugten sich. Ich merkte, wie ich die Verbeugung erwiderte. James sah auf und warf ihnen ein kleines, schmales Lächeln zu, dann konzentrierte er sich wieder auf seinen Tee. Die Mädchen schienen nichts zu bemerken, denn sie waren zu beschäftigt damit, herauszufinden, was wir frühstückten.

Lily brachte einen Teller voller Würstchen und stellte ihn ab.

„Sind Isaac und Joshua noch nicht unten?", fragte ich. Sie schüttelte den Kopf.

„Nein. Ich habe, um ehrlich zu sein, erwartet, dass sie die Ersten wären, die wach sein würden", sagte sie. „Kinder sind normalerweise schon bei Sonnenaufgang wach, oder nicht? Steve ist auch noch nicht auf, aber so, wie er Trevors Brandy gestern Nacht weggekippt hat, überrascht mich das nicht. Ich habe Pippa raufgeschickt, um sie zu wecken. Wenn sie heute versuchen wollen, nach Hause zu fahren, sollten sie besser früher als später los."

„Ja", sagte ich. „Nathan hat mir heute früh eine Nachricht geschickt und er nimmt an, dass die Notfallteams die Moorstraße freimachen."

Ich fühlte mich ein bisschen schlecht, dass wir nicht warteten, bis die anderen herunterkamen – ich nahm an, dass die Wahrscheinlichkeit, dass der Speck übrigbleiben würde, bis sie zu uns stießen, nicht besonders hoch war, nicht wenn Germaine unter dem Tisch danach bettelte – aber es war ihre eigene Schuld, wenn sie ausschliefen. Ich hatte mir gerade einen Teller genommen und begonnen, mir ein Specksandwich zusammenzustellen, als ein furchterregender Schrei uns erreichte.

Ich sah zu meinen Mitgästen und sprang auf. „Bleibt hier", befahl ich Daisy und Mum, denn meine Polizisteninstinkte meldeten sich. Ich rannte hinaus in die Eingangshalle, gefolgt von Lily, Trevor und Debbie, gerade rechtzeitig, um Pippa die Treppe heruntereilen zu sehen. Mum und Daisy (und der Hund) hatten mich, wie immer, ignoriert und waren mir aus dem Zimmer gefolgt, allerdings etwas zögerlicher.

„Was zur Hölle ...?", begann Trevor.

„Er ist tot!", schrie Pippa. Sie erreichte die letzte Stufe und schwankte ein wenig. Ich bemerkte, dass sie etwas in ihren Händen hielt. Einen Schlüssel.

„Was? Wer? Wovon redest du?", sagte James, der zu uns kam. Aber bevor Pippa antworten konnte, stürzten Isaac und Joshua von draußen herein, eingepackt in ihre Mäntel, schüttelten den Schnee von ihren Schuhen und lachten dabei.

„Haben wir was verpasst?", fragte Isaac freundlich. Pippa schwankte wieder, ihre Augen drehten sich in ihrem Kopf nach hinten und dann brach sie zusammen.

„Fang sie auf!", rief ich. Trevor und James stürzten beide nach vorne und fingen sie auf, hielten sie davon ab, sich den Kopf auf dem Steinboden aufzuschlagen. Ich nahm den Schlüssel aus ihrer Hand und rannte die Treppe hinauf.

„Jodie –" Trevor rief mir hinterher, aber ich hörte, dass Isaac ihn aufhielt.

„Sie kommt damit klar, sie war mal Polizistin. Lasst uns die arme Frau irgendwo Bequemeres ablegen, sie hat einen Schock."

***

Ich war auf dem Weg die Treppen hinauf, dann hielt ich auf dem Absatz inne und sah mir den Schlüssel an. Das Schild daran besagte *Dyneley Suite*. An der Wand vor mir war ein Schild, das die Wege zu den verschiedenen Suiten und Zimmern auf dem Stockwerk anzeigte. Ein Pfeil nach rechts wies mich zur Dyneley Suite und ich erkannte, dass sie zu dem ältesten Teil des Hauses gehörte, unter der geheimen Bibliothek, die Lily uns am Tag zuvor gezeigt hatte.

„Mum?" Daisy war mir nach oben gefolgt, Lily hielt sich dicht hinter ihr. „Was ist los?"

„Geh zurück nach unten", sagte ich streng. Bis ich wusste, womit wir es zu tun hatten, wollte ich nicht, dass weitere Leute beteiligt waren. Und wenn jemand – Steve, es konnte nur Steve sein – tot war, wollte ich nicht, dass alle gafften. „Sofort." Daisy wirkte, als wollte

93

sie protestieren, aber Lily erkannte, dass es todernst
war; sie nickte und scheuchte meine aufmüpfige Tochter fort.

Wie die geheime Bibliothek befand sich die Suite am
Ende des langen steinernen Korridors, aber dieser
wurde von einem großen eisernen Heizkörper im Art
déco Stil erwärmt, der offenbar schon vor der Listung
des Gebäudes beim Denkmalschutz eingebaut worden
war – ich konnte mir nicht vorstellen, dass sie es erlaubt hätten, so etwas ‚Modernes' einzubauen. Hier war
auch ein dicker Teppich verlegt und obwohl der historische Charme und Charakter hier noch offensichtlich
waren, fühlte es sich auch luxuriöser und mehr wie ein
Hotel an als das Stockwerk darüber, in dem wir die
Nacht verbracht hatten.

Am Ende des Korridors war eine große, beeindruckende, schwere Holztür. Mit ihren großen eisernen
Scharnieren und Befestigungen sah sie wie eine Tür
aus, die Eindringlinge fernhalten sollte – sogar Albträume hätten Schwierigkeiten, da durchzudringen,
dachte ich. Aber sie stand nun ein kleines bisschen geöffnet und ich fragte mich, ob es schon so gewesen war,
als Pippa hier heraufgekommen war, oder ob sie sie
aufgeschlossen hatte und dann geflohen war.

Ich wurde langsamer, als ich mich der Tür näherte.
Die dicken Wände und der schwere Teppich dämpften
alle Geräusche außer dem meines Herzschlags, der begann, schneller und lauter in meinen Ohren zu klingen.
Die Stille fühlte sich unheimlich, ja prophetisch an.
Aber (das fragte ich mich selbst) wovor sollte ich Angst
haben? Steve war ein älterer Mann, übergewichtig, der
gestern Nacht eine Menge getrunken hatte. Sein rotes

Gesicht und seine Nase passten vielleicht zu seinem Beruf als Weihnachtsmann, aber sie waren außerdem ein Beweis, dass er nicht besonders gut auf sich achtete, und konnten für eine Menge gesundheitliche Probleme stehen: Fettleibigkeit, vielleicht Diabetes, möglicherweise auch ein Herzleiden. Das war es. Dieser arme Mann hatte vermutlich in der Nacht einen Herzinfarkt und Pippa hatte ihn gefunden, als sie am Morgen die Tür geöffnet hatte. Das wäre für jeden genug, um zusammenzubrechen. Armer Weihnachtsmann.

Aber dann war da dieser Geruch; zunächst nur leicht, aber unverwechselbar.

Einer der ersten Fälle, die ich als junge Polizistin hatte, war ein Streit außerhalb eines Nachtclubs. Es waren ein paar Beteiligte gewesen, viele von ihnen so betrunken, dass sie sich kaum noch aufrechthalten konnten, ganz abgesehen davon, jemandem einen Schlag zu versetzen, und sie waren sehr leicht zu beruhigen gewesen. Während die erfahreneren Polizisten, die dabei waren, sich die Namen aufschrieben und sie in den Polizeiwagen verfrachteten, war ich geblieben, um die kleine, aber genauso betrunkene Menge, die sich zum Zuschauen versammelt hatte, zurück in den Club zu schicken. Bis einer von ihnen sagte: „Was ist mit dem Typen, der das Messer hatte?“

Der Typ mit dem Messer war in der Sekunde, als er die Sirenen gehört hatte, weggerannt und ohne Zweifel schon einige Straßen entfernt, als wir ankamen. Ein älterer Polizist hatte vor mir die Augen verdreht und angeordnet, einen Bericht und eine Beschreibung einzuholen, aber da hatte ich schon eine Blutspur entdeckt, die in die Straße hinter dem Club führte.

Ich fand das Opfer gegen ein paar Mülleimer eines Kebab-Ladens gelehnt. Der Himmel weiß, wieso, aber ich nahm an, dass er beim Klang der Sirenen fortgehumpelt war, während das Blut stetig aus der trügerisch kleinen und harmlos aussehenden Wunde an seinem Oberschenkel tropfte. In dem Moment, als er sein Versteck hinter dem Müll gefunden hatte, muss seine Jeans schon durchtränkt gewesen sein, die tödliche Wunde an seiner Oberschenkelarterie pumpte mehr und mehr Blut heraus. Wenn der Dummkopf auf uns gewartet hätte, hätten wir ihn retten können. Aber als ich ihn fand, war er bewusstlos und verlor so viel Blut, dass es nichts mehr für mich zu tun gab, als nach Verstärkung zu rufen und hilflos, ja unnötigerweise Druck auf die Wunde auszuüben. Ich wusste, dass er so gut wie tot war, aber ich musste es versuchen.

Der Geruch hatte meiner Nase noch tagelang angehaftet, selbst nachdem ich mich mehrere Male in der Dusche abgeschrubbt hatte. Ich wusste, dass es nicht wirklich an mir war, es war nur in meiner Vorstellung, aber es dauerte sehr, sehr lange, bis es weg war. Und nun konnte ich es wieder riechen, diesen rostigen, metallischen Geruch, der mein Herz immer mehr schlagen ließ. Ich hatte irgendwo gelesen, dass das evolutionär bedingt war; dass, während Blut einige Tiere, Jäger wie Wölfe, anlockte, andere abstieß – Tiere, die eher gejagt wurden. Und bis zum heutigen Tag gehörte der Mensch dazu. Gehörte Steve auch dazu?

Ich atmete tief ein und bereute es sofort, denn ich inhalierte den Geruch tiefer, als ich gewollt hatte, dann erschrak ich wegen eines Geräusches hinter mir.

„Ich dachte, es wäre das Beste, wenn ich komme und sehe, ob ich helfen kann", sagte Debbie, die hinter mir erschien. Ich bewegte mich wieder vor Erleichterung und wandte mich um zu ihr. „Vielleicht ist er ja nicht tot, sondern nur bewusstlos. Ein reifer Kandidat für einen Herzinfarkt, der da." Sie runzelte die Stirn. „Oh, oh …"

„Du riechst das auch, oder?", sagte ich. Sie nickte. „Willst du immer noch mit reinkommen?"

Sie lachte, ein tiefes Lachen aus dem Hals, das mich daran erinnerte, dass wir beide schon mit einigen wirklich schlimmen Dingen in unseren Berufsleben konfrontiert worden waren, und wir konnten beide damit umgehen. „Liebes, ich war neunzehn Jahre lang Krankenschwester. Du würdest nicht *glauben*, was ich schon alles gesehen habe. Blut ist da das Geringste …"

Wir gingen zögerlich hinein. Das Zimmer war aus dickem, grauem Stein gemauert, der Eingang verbreiterte sich zu einem weiten, offenen Raum, der nichtsdestotrotz dunkel wirkte; anstatt der großen Flügelfenster, durch die man den Garten betrachten konnte, hatte die Außenwand hier, im älteren Teil des Hauses, kleinere Fenster, die von dicken Tapisserie-Vorhängen verdeckt waren, die das geringe Sonnenlicht ausschlossen. Eine innere Wand war hinzugefügt worden, um ein Badezimmer oder Ankleidezimmer abzutrennen. Es war in einem warmen, tiefen Rot gestrichen – *blutrot*, dachte ich. Der Boden war von einer steingrauen Farbe, jedoch mit einem dicken Teppich belegt, der sich unter den Füßen warm und weich anfühlen würde. Das Ganze verlieh dem Raum einen gemütlichen Effekt. Es war ein perfekt romantischer Rückzugsort für den Winter – abgesehen von der Form eines Körpers auf dem wunderbar geschnitzten Himmelbett. Ich streckte mich und betätigte den Lichtschalter.

„Oh, verdammt", stieß Debbie hervor. „Ich denke, einen natürlichen Tod können wir ausschließen."

Weihnachtsmann Steve lag auf dem Bauch, sein blanker Hintern in die Luft gereckt, Kopf (und Bart) vergraben in einem Haufen Kissen, die Beine hingen leblos von der Seite des Bettes. Die Hälfte des Torsos lag halb auf, halb vom Bett, ich war überrascht, dass das Totgewicht seinen Körper nicht hinuntergezogen und ihn auf den Boden hatte fallen lassen.

Um Steves unbewegliches Gesicht herum, in seinem Bart verfangen, waren viele kleine, weiße Federn – oder wenigstens einmal weiß gewesene Federn; die meisten waren nun rot besprenkelt. Sie kamen, wie ich annahm, aus dem Kissen unter seinem Kopf. Es musste während der Attacke aufgeschlitzt worden sein. Sein Körper lag auf dem Spannbetttuch der Matratze. Das Tuch war zuvor wohl identisch mit dem gewesen, das sich auf dem Bett in Daisys und meinem Zimmer befunden hatte: strahlend weiß, gestärkt, gute Qualität. Aber es hatte sich vollgesogen, an der Stelle unter Santas Körper, und nun war es dunkelrot, fast schwarz vor Blut. Ich schluckte schwer, mir war ein wenig übel. Kein Herzinfarkt also.

Die Todesursache war recht einfach herauszufinden. Ohne Zweifel hatte es etwas mit dem verdammt großen Schwert zu tun, das aus seinem Rücken ragte, mit der Spitze nach oben. Das Schwert, das, bis gestern Nachmittag noch sicher verschlossen in der Glasvitrine in der Halle gewesen, aber dann in der Vorratskammer des Butlers untergebracht worden war.

Der Griff des Schwertes wurde von Santas Körper verdeckt, der von weiteren Kissen oder Decken umgeben war. Seltsamerweise war ein großer Ledergürtel um einen der Bettpfosten nahe seines Kopfes gewickelt, aber er hing dort einfach; ich fand nicht heraus, was er dort zu suchen hatte. War er Teil eines seltsamen Sexspiels? Oder sagte die Tatsache, dass dies mein erster Gedanke war, mehr über mich aus als über das Opfer?

„Was zur Hölle –" Debbie ging ein paar Schritte auf die Leiche zu, konnte ihre Augen nicht von ihr nehmen.

„Halt!", rief ich. „Geh nicht zu nah ran und fass nichts an. Wir wollen den Tatort nicht kontaminieren." Sie hielt inne und zeigte auf den Nachttisch neben dem Bett.

„Da sind ein paar Tabletten."

Die Flasche mit Tabletten lag auf der Seite, der Deckel war abgeschraubt und ein paar waren herausgefallen. Vielleicht hatte er ein paar genommen, bevor er schlafen gegangen war, und war zu betrunken gewesen, um den Deckel wieder zuzuschrauben. Ich sah mir das Schildchen an: Zopiclon.

„Was sind das für welche?"

„Schlaftabletten, ziemlich starke." Debbie schüttelte den Kopf. „Sollte man unter keinen Umständen mit Alkohol einnehmen. Ein paar von denen, zusammen mit dem ganzen Brandy – das wäre genug, um dich in einen verfluchten Zombie zu verwandeln. Er hätte Glück gehabt, danach überhaupt wieder aufzuwachen, selbst ohne das Schwert in seiner Brust." Sie zeigte auf den Ledergürtel. „Und was zur Hölle ist *damit* los? Irgendein irres Sexspiel?" Wir sahen beide den unglücklichen (und nackten) Weihnachtsmann auf dem Bett an, dann einander und schüttelten uns dann.

„Ich bin froh, dass ich nicht die Einzige bin, die das gedacht hat", sagte ich.

Ein Türschlüssel lag auf dem Tisch neben der Tablettenflasche: also war der, den ich in meiner Hand hatte, ein Extraschlüssel, der von dem Personal verwendet wurde. Ich sah mich im Raum um, aber es schien sonst nichts ungewöhnlich oder offensichtlich verändert, aber natürlich bin ich vorher nie hier gewesen, also konnte ich es nicht mit Sicherheit sagen.

„Alles klar?", sagte eine Stimme hinter mir. *Daisy!* Debbie und ich wirbelten herum, versuchten, den grausamen Anblick auf dem Bett vor ihren Augen zu verbergen. Ich war dankbar, dass sie nicht weiter als in den Türrahmen gekommen war.

„Was machst du hier?", schrie ich, scheuchte sie zurück. „Ich habe gesagt, du sollst unten warten!"

„Ich hab mir Sorgen um dich gemacht", sagte sie, was süß gewesen wäre, wenn ich nicht bemerkt hätte, dass sie zurückgegangen war, um ihre Kamera zu holen, bevor sie nach mir sah.

„Raus! Sofort!" Ich schob sie (sanft, denn sie ist meine Tochter und ich liebe sie) zurück in den Flur, während Debbie den Lichtschalter betätigte, mir folgte und daraufhin die Tür hinter uns schloss. Ich hörte, wie sie ins Schloss fiel. „Süße, ich weiß, du bist neugierig und willst helfen, aber es gibt Dinge, die du nicht sehen willst." Sie öffnete ihren Mund, um zu protestieren, aber Debbie hielt sie auf.

„Deine Mum hat recht, mein Schatz", sagte sie. „Dreizehn ist viel zu jung, um eine Leiche zu sehen."

„Er ist also tot? Was ist passiert? Hat er zu viel getrunken und ist an seinem eigenen Erbrochenen erstickt?"

„Was zum – Nein, er ist nicht an seinem Erbrochenen erstickt. Oder an etwas anderem, um genau zu sein. Schau, es ist nicht nur, dass du zu jung bist, obwohl du ab und zu daran erinnert werden musst ... Glaub mir, es gibt Dinge, die ich gesehen habe, während ich bei der Einheit war, die ich lieber nicht gesehen hätte. Und dasselbe gilt für Debbie, die im Krankenhaus gearbeitet hat. Mach keinen Ärger, okay?"

„Wenn ich ein bisschen wie du bin, findet mich der Ärger sowieso", murmelte sie und trottete deprimiert davon.

„Wo sie Recht hat", murmelte Debbie und ich konnte es nicht leugnen. Ich packte den Zimmerschlüssel in meine Hosentasche, atmete tief ein und folgte meiner Tochter, weg von der grausamen Szene, die hinter der schweren, hölzernen Tür lag.

KAPITEL 7

Als wir herunterkamen, wartete Trevor unruhig in der Halle auf uns.

„Also, was ist los?", fragte er schnell. „Hatte Pippa recht?"

„Ja", antwortete ich ruhig und sah mich um. Die unappetitlichen Details mussten ja nicht herumposaunt werden und alle panisch machen. „Der Weihnachtsmann – Steve – ist tot."

„Ein Herzinfarkt?"

Debbie und ich tauschten Blicke aus. Ich schüttelte meinen Kopf kaum merklich in ihre Richtung: *Wir sagen es jetzt noch niemandem.*

„Ich denke, dass wir das als Todesursache ausschließen können", erklärte ich. „Kann ich euer Telefon benutzen?"

„Natürlich. Nimm das in der Lounge, da ist es ruhiger." Trevor zeigte auf eine Tür auf der anderen Seite der Halle und ich erinnerte mich daran, dass es der Raum war, in dem der verstorbene Weihnachtsmann am Abend zuvor beinahe in eine Prügelei mit Isaac geraten war.

Ich ließ ihn und Debbie zurück, um nach Pippa zu sehen, dann begab ich mich in die Lounge. Ich hatte am Abend zuvor nicht wirklich die Chance gehabt, sie zu bewundern, da ich damit beschäftigt gewesen war, ein paar Raufbolde voneinander zu trennen, aber sie war wunderschön eingerichtet, mit Möbeln, die alt und teuer, aber gut gepflegt und überraschend bequem aussahen. Ein großer Fernsehbildschirm wirkte an der Wand etwas fehl am Platz, aber Trevor lebte schließlich hier und zukünftige Gäste würden ohne Zweifel auch mal fernsehen wollen. Ich schlenderte hinüber zu einer großen Mahagoni-Kommode am Fenster, auf der sich das Haustelefon befand, eine weitere Erinnerung daran, dass die moderne Welt nicht ganz zu den Antiquitäten hier passte.

Es gab kein Freizeichen. Die Leitung war tot. Hm … Vielleicht hatte der Schnee die Leitungen niedergerissen? Oder vielleicht waren sie vom Mörder durchtrennt worden …

Ich legte den Hörer auf und folgte dem Telefonkabel – es war ja immer noch möglich, dass der Stecker sich aus der Halterung in der Wand gelöst hatte – aber nein. Es gab in der Küche noch einen Apparat, also ging ich und versuchte es dort, aber es blieb genauso still, als ich den Hörer an mein Ohr hob. Das Wi-Fi-Modem, das sich daneben befand, leuchtete mit einer traurigen, einsamen Birne, die sagte: *an-aber-nicht-mit-dem-Internet-verbunden*. Die Leitung war definitiv tot. Ich wanderte langsam zurück in die Eingangshalle, tief in Gedanken versunken.

„Ich mache einen Spaziergang mit Germaine", sagte Daisy und erschreckte mich. Germaine stellte sich auf ihre Hinterbeinchen und sah mich erwartungsvoll an; sie wollte wohl, dass ich ihnen Gesellschaft leistete.

„Okay", sagte ich. „Tu mir den Gefallen und nimm Debbie oder Oma mit, ja?"

„Wieso?“

Weil mir gerade klar wird, dass hier ein Mörder frei herumlaufen könnte. „Ich will einfach nicht, dass du irgendwo allein hingehst, okay?“

„Ich bin nicht allein, ich hab Germaine –“

„Kannst du einmal im Leben einfach das machen, was ich dir sage?“, fuhr ich sie zornig an und fühlte mich sofort schlecht. Sie sah einen Moment lang sauer aus, aber meine Tochter ist ein cleveres Kerlchen (zu clever, wie ich manchmal denke) und ihr Gesichtsausdruck verwandelte sich zu Berechnung.

„Du machst dir Sorgen, oder?“, sagte sie.

„Natürlich tue ich das. Es ist verdammt kalt da draußen und ich will nicht, dass du dir eine Lungenentzündung einfängst“, sagte ich vorsichtig.

„Nicht wegen des Schnees. Santa ist nicht an einem Herzinfarkt gestorben, oder?“ Ich antwortete nicht, aber das musste ich auch gar nicht. Warum war meine Tochter nur so verdammt schlau? *Kommt nach mir*, dachte ich, was mich stolz machte, aber ich musste auch zugeben, dass es ganz schön nervte. „Santa ist ermordet worden, nicht wahr? Und du weißt nicht, wer es war. Und das bedeutet –“

„Das bedeutet, dass *vielleicht* jemand in diesem Haus ihn ermordet hat, was allerdings unwahrscheinlich ist. Um ehrlich zu sein, wenn ich jemanden nachts ermordet hätte, würde ich nicht mehr hier rumhängen; ich wäre schon längst über alle Berge, auch wenn ich zu Fuß durch den Schnee müsste“, unterbrach ich sie, zuversichtlicher, als ich mich tatsächlich fühlte. „Wenn ich hier eingeschneit wäre, wäre das Letzte, was ich tun würde, jemanden umzubringen, denn das würde mich sofort mit allen anderen, die hier eingesperrt sind, zum Verdächtigen machen. Also ist wahrscheinlicher, dass jemand eingebrochen ist, ihn umgebracht hat und wieder gegangen ist." Doch in dem Moment, als ich das sagte, wusste ich, dass dies nicht der Fall war; denn die Hintertür war verschlossen und die Vordertür war von innen verriegelt gewesen. "Aber lauf nicht rum und erzähl das, was ich eben gesagt habe, allen anderen."

"Nicht mal Oma?"

"Oh Gott, nein, *ganz besonders nicht* Oma. Also bitte, wenn du rausgehst, dann nimm Debbie oder Oma mit, wie ich gesagt habe. Ich will nicht, dass du allein hier rumläufst und deine Nase in Dinge steckst, die dich vielleicht in Schwierigkeiten bringen." Die Ironie, dass ich diejenige war, die das sagte – die unbestrittene Königin des Nasehineinsteckens, was mich regelmäßig in Schwierigkeiten brachte – ging nicht an mir vorüber, aber ich würde nicht nachgeben und das wusste Daisy. Sie seufzte und ging in das Speisezimmer, wo den Geräuschen nach, noch gefrühstückt wurde. Nicht jeder hatte gerade etwas gesehen, das ihm den Appetit verdorben hatte. Ich drehte mich um und ging wieder die Treppe rauf. Ich brauchte ein Mobilfunksignal.

***

"Was zur Hölle ist da los?" Nathan war schockiert. Zumindest, denke ich, dass er das war – der Empfang verschwand hin und wieder, unterbrach ihn, sodass ich ihn kaum verstehen konnte. Ich war verwundert, dass er mich überhaupt erreicht hatte.

Ich war die Treppen zum Turm hinaufgeklettert, der kalte Wind biss die freigelegte Haut an meinen Wangen und Händen. Ich hatte den Notruf gewählt, aber mein Handy hatte es abgelehnt, sich zu verbinden, und obwohl ich es immer höher und in einem schrägeren Winkel hochhielt (was absolut dämlich war, denn wenn ich dann Empfang gehabt *hätte*, hätte ich so nicht telefonieren können), erhielt ich gerade genügend Empfangsbalken, um Nathan eine Textnachricht zu schicken.

Es hat einen Mord gegeben. Telefonleitung ist tot, kannst du den Notruf für mich wählen?

Rückblickend hätte ich die Situation vielleicht besser erklären sollen. Wie auch immer, er rief mich sofort an und kam tatsächlich durch und nun erklärte ich ihm, was passiert war. Ich war mir bewusst, dass wir jeden Moment unterbrochen werden konnten.

„Uns geht's gut. Der Weihnachtsmann wurde mit einem historischen Schwert durch den Torso aufgespießt und das Haus war sicher verschlossen, also muss es jemand gewesen sein, der schon hier war." Ich schluckte. „Jemand, der noch hier *ist*, denn es ist noch keiner gegangen."

„Dann lass niemanden gehen", sagte er sofort. „Hast du ihnen gesagt, was passiert ist?"

„Noch nicht. Ich war mir nicht sicher, was ich tun soll. Sie wissen, dass er tot ist, aber ich denke, im Moment vermuten alle, dass es ein natürlicher Tod war. Es sei denn, die arme Frau, die ihn gefunden hat, hat etwas gesagt, aber sie war ziemlich geschockt und ich glaube, sie haben sie irgendwohin gebracht, wo es ruhig ist, damit sie sich allein wieder sammeln kann." Vielleicht sollte sie besser nicht allein sein. Vielleicht hatte sie etwas entdeckt, das den Mörder verraten würde. Ich machte mir eine gedankliche Notiz, dass ich alle so nah wie möglich beieinander halten musste, ohne Panik, Hysterie und wilde Spekulationen aufkommen zu lassen, wenn möglich. „Was soll ich machen? Soll ich es ihnen sagen?"

„Was sagt dir dein Bauchgefühl?"

„Dass ich so wenig wie möglich erzählen sollte. Wenn außer mir und Debbie niemand weiß, was passiert ist, ist es wahrscheinlich, dass die einzige andere Person, die es weiß – der Mörder – etwas sagen wird, das ihn verrät."

„Genau das denke ich auch", sagte Nathan. „Wenn irgendwer ungeduldig wird und gehen möchte, dann sag ihnen, dass es Mord war – es wird sie so schockieren, dass sie hoffentlich bleiben werden. Aber sonst, behalte es für dich. Ich rufe in Carricksmoor an, ich glaube, das ist die nächste Wache mit einer Mordkommission. Die sind gut."

„Aber nicht so gut wie du", sagte ich, treu ergeben, und er lachte.

„Das kann ich nicht beurteilen, denn bei meinen letzten großen Fällen hatte ich ein bisschen Hilfe, oder?" Seine Stimme wurde nun ganz ernst. „Mach nichts ..."

„Nichts was? Dummes?"

„Nichts Jodie-mäßiges, wollte ich sagen. Steck deine Nase nirgends rein, bleib einfach still sitzen und warte, bis sie da sind."

„Nichts anderes hatte ich vor", sagte ich eilig. „Ich hab meine Tochter und meine Mutter dabei. Meine oberste Priorität ist, dass die beiden sicher sind."

„Gut. Pass auch auf dich auf, okay?"

„Das mache ich."

Er hielt einen Moment inne. „Im Ernst, sei vorsichtig. Wenn dir irgendwas passieren würde, würde ich ..." Seine Worte verloren sich in einem statischen Rauschen. „... dich."

„Was? Ich kann dich nicht verstehen."

„Ich sagte, pass auf dich auf, weil ich –" Und dann brach das Gespräch ab. Ich hätte vor Frust schreien können. Stattdessen ging ich nach unten, um den anderen zu sagen, dass der Weihnachtsmann sein letztes „Ho ho ho" gesprochen hatte und nun keinen Kamin mehr hinunterkommen würde.

***

Zu diesem Zeitpunkt hatten die meisten der unfreiwilligen Übernachtungsgäste gefrühstückt und sich in die Stube begeben – alle, abgesehen von Daisy, Mum und Germaine, die sich, wie ich annahm, draußen die Füße vertraten und den Kältetod riskierten, sowie Bea und Liam.

Lily winkte mich in die Ecke des Raumes, wo sie und Trevor bleich und nachdenklich brüteten.

„Trevor hat mir erzählt, was du gesagt hast", sagte sie mit leiser Stimme. „Heißt das, du glaubst nicht, dass es ein natürlicher Tod war? Glaubst du, jemand hat ihn ermordet?"

„So sieht es aus, fürchte ich", sagte ich und dachte an das Schwert, das aus seinem Rücken ragte. „Ich habe das Zimmer abgeschlossen. Ich behalte den Schlüssel, bis die Polizei hier eintrifft, wenn das in Ordnung ist."

Es war eine Art Frage, aber auch irgendwie nicht. Lily nickte trotzdem.

„Natürlich.“

„Der Schlüssel des Opfers lag auf seinem Nachttisch und ich habe den, den Pippa verwendet hat, um die Tür zu öffnen. Gibt es noch mehr Ersatzschlüssel?“

Sie schüttelte den Kopf. „Nein, es gibt nur einen Gästeschlüssel und einen Personalschlüssel pro Zimmer.“

„Gut, wir wollen nicht, dass jemand reingeht und den Tatort verändert.“

„Gut“, sagte Trevor. „Hat die Polizei gesagt, wie lange sie brauchen werden?“

„Nein, ich musste Nathan schreiben und ihn bitten, sie anzurufen. Das ist nämlich das nächste Problem. Die Telefonleitung funktioniert nicht.“ Sie sahen mich schockiert an.

„Denkst du – wer immer auch das getan hat ...?“

„Der Schnee könnte die Leitungen beschädigt haben“, sagte ich. „Es gibt heutzutage keinen Grund, die Telefonleitungen lahmzulegen, oder? Jeder hat sein eigenes Handy. Selbst mit dem miserablen Empfang hier konnte ich trotzdem Hilfe rufen. Ich glaube, das ist nur ein Zufall.“ Ich glaubte nicht wirklich an Zufälle, nicht, wenn es um Verbrechen ging, aber es schien doch sehr sinnlos, das zu tun. Lily und Trevor wechselten einen Blick. „Es könnte nicht gewesen sein, um uns daran zu hindern, die Polizei zu rufen“, sagte Lily langsam.

„Was meinst du damit?“

„Wir haben hier ein wirklich gutes Alarmsystem“, sagte Trevor. „Es gab eine Reihe von Einbrüchen, gleich nachdem ich das Haus gekauft hatte, wirklich schlimme Hausfriedensbrüche, also habe ich in ein Videoüberwachungssystem investiert."

„Welches die Telefonleitung nutzt, um die Sicherheitsfirma zu informieren?", fragte ich. Er nickte. „Was ist mit dem Alarm selbst? Wenn jemand einbrechen würde, würde er trotzdem losgehen?"

„Nein", antwortete Trevor. „Wenn jemand nachts einbrechen würde, durch ein Fenster oder eine der Türen, würde die Sicherheitsfirma sofort alarmiert werden und ich bekäme eine Nachricht auf mein Handy. Weil der Empfang so schlecht ist, wissen sie aber, dass sie das Haustelefon anrufen müssen. Wenn da niemand abnimmt, rufen sie die Polizei."

„Also wurden die Leitungen vielleicht doch absichtlich durchtrennt, um einen Einbruch zu ermöglichen, anstatt uns daran zu hindern, später Hilfe zu rufen?" Ich sagte es gedankenverloren, mehr zu mir selbst als zu den anderen. Ich hatte Daisy gesagt, dass ich glaubte, dass das passiert wäre, aber tatsächlich hatte ich nur gewollt, dass sie sich keine Gedanken darüber machte, in der Nähe eines Mörders zu sein – nicht, dass sie das getan hätte. Ich hatte keine Einbruchsspuren entdeckt, als ich Germaine zu ihrer frühmorgendlichen Runde geführt hatte, aber letztlich war ich noch halb im Schlaf gewesen und hatte nicht nach etwas Verdächtigem Ausschau gehalten.

„Die Eingangstür war von innen verriegelt", sagte ich. Lily nickte. „Was ist mit der Hintertür? Ich habe heute Morgen, als ich mit dem Hund rauswollte, versucht, sie zu öffnen, aber sie war verschlossen. Könnte jemand da durchgekommen sein und sie wieder verschlossen haben, nachdem er gegangen ist?"

Lily schüttelte den Kopf. „Nein. Die Tür hat ein klassisches Schloss, das man mit einem Schlüssel von außen aufschließen kann, und so machen wir es tagsüber. Ich habe einen Schlüssel, ebenso natürlich Pippa und Trevor. Aber wenn abends alle gegangen sind, schließe ich das Schubriegelschloss auch und dafür gibt es nur einen Schlüssel. Und der war heute Morgen, als ich runterkam, immer noch in der Küche, wo ich ihn zurückgelassen habe."

„Wer weiß über dieses Alarmsystem Bescheid? Nur ihr beiden und Pippa, nehme ich an?"

„Und Isaac", sagte Trevor. „Er hat den Überwachungsmonitor am Haupteingang gesehen und er verwendet dasselbe System in seiner Firma. Wir haben uns gestern Abend darüber unterhalten."

„Hmmm", machte ich. Würde ein Multimillionär wirklich so etwas Ungeschicktes tun, wie jemanden zu ermorden, mit dem er am Abend bei einem Streit beobachtet wurde? Und er war schon im Haus, also wieso sollte er, auch wenn er über das Überwachungssystem Bescheid wusste, es außer Gefecht setzen? Ich hatte das Gefühl, dass ich mich mit diesem Gedankengang in eine Sackgasse bewegte, also änderte ich die Richtung.

„Das Schwert ...", begann ich. „Wer wusste, dass es in der Vorratskammer war?"

Lily runzelte die Stirn. „Alle, denke ich. Isaac hat gesehen, wie Pippa es aus der Vitrine genommen hat, und wir haben später am Abend darüber gesprochen, erinnerst du dich? Wieso fragst du?"

„Weil es nicht mehr in der Vorratskammer ist", sagte ich. „Es steckt in Steve." Trevor und Lily keuchten auf und sahen einander verstört an. „Warum habt ihr es nicht zurück in die Vitrine getan, nachdem die Kinder gegangen waren?“

„Mit allem, was sonst so los war – die Zimmer mussten für alle gerichtet werden – habe ich gar nicht mehr daran gedacht, du?“ Lilys Gesicht war blass, als sie sich an Trevor wandte, der nur mit den Schultern zuckte.

„Es war mir entfallen, aber dann habe ich gesehen, dass das Glas voll mit klebrigen Handabdrücken der Kinder war, die versucht hatten, die Vitrine zu öffnen, also habe ich Pippa gebeten, es richtig zu reinigen, bevor sie das Schwert wieder zurückstellte. Ich dachte, dass sie das Schwert wohl auch polieren könnte, wenn es sowieso schon mal draußen war.“ Er seufzte. „Ich dachte nicht, dass es eilig wäre. Hätte ich es nur einfach wieder eingeschlossen ...“

„Der Mörder, wer immer es auch war, hätte etwas anderes gefunden“, sagte ich. „Ein Messer aus der Küche hätte es genauso getan.“

Lily schauderte. „Der arme Mann ...“

„Also, was tun wir jetzt?“, fragte Trevor, der seinen Arm um ihre Schulter legte.

„Niemand darf gehen“, sagte ich. „Alle bleiben hier, bis die Polizei ankommt. Niemand darf den Tatort durcheinanderbringen. Wenn möglich müssen wir versuchen alle hier unten zusammen zu halten, ohne das Panik ausbricht.“ Sie sahen mich verwirrt an. „Lasst niemanden allein umherziehen. Nur für den Fall.“

„Für welchen Fall?“, fragte Lily mit weit aufgerissenen Augen.

„Für den Fall, dass es einen weiteren Mord gibt.“

***

Ich ging zurück in die Eingangshalle, nicht sicher, was ich als nächstes tun sollte. *Nichts* zu tun war nicht wirklich meine Art, aber die Polizei war auf dem Weg und sie würden nicht wollen, dass ich mich in ihre Ermittlung einmischte; sie wären nicht wie Nathan, der (ich hatte eine Weile gebraucht, um das zu verstehen) einen anderen Grund hatte, weshalb er mich gewähren ließ. Er stand auf mich. Ich lächelte und schlang meine Arme um mich selbst, dann, als ich realisierte, dass jeder, der mich so sehen würde, denken würde, ich wäre bescheuert, ließ ich sie fallen. Mein Handy, das bisher nutzlos in meiner Tasche steckte, vibrierte. Eine Textnachricht war tatsächlich durchgekommen; mein Handy hatte es geschafft, sich lange genug mit dem flüchtigen Signal zu verbinden, um den Inhalt herunterzuladen, bevor es sich wieder aus dem Staub machte. Sie war von Nathan.

Habe mit Carricksmoor telefoniert, viele Angestellte kommen nicht zur Arbeit wegen des Schnees; sie kommen so schnell wie möglich, könnte aber eine Stunde dauern, Straßen in umliegenden Dörfern sind immer noch blockiert. Sei vorsichtig xxx

Eine Stunde? Verdammt. Meine mitgefangenen Opfer des Schnees würden bald ungeduldig werden und abhauen wollen, selbst die, die niemanden auf dem Gewissen hatten. Es sei denn, man lebte hier, in dem Fall würde man wahrscheinlich alle aus dem Haus kriegen wollen und so schnell wie möglich zum ‚normalen‘ Alltag zurückkehren. Also was bedeutete das für uns? Nun, ich wusste, dass es weder ich noch Daisy gewesen sein konnten. Mum hatte die Nacht über so laut geschnarcht, dass sie selbst Tote aufgeweckt hätte (eine schlechte und faktisch unwahre Wortwahl, wenn ich jetzt darüber nachdenke, denn Steves Löffel blieb trotz der Kakophonie von Mums Nasenhöhlen abgegeben) und abgesehen davon, war sie kein Killer. Gelegentlich nervig und ein bisschen bekloppt, aber nicht kriminell. Außerdem war sie meine Mutter und ich kannte sie. Debbie – wieso sollte Debbie einen Weihnachtsmann-Imitator umbringen wollen? Gab es da ein tiefsitzendes Kindheitstrauma – die Erinnerung an einen Supermarkt-Weihnachtsmann, der ihr das Eisenbahnset verweigert hatte, weil es ein ‚Jungenspielzeug‘ war, und sie gezwungen hatte, stattdessen eine Barbie-Puppe zu nehmen – das gestern Nacht in ihr eine mörderische Wut beim Anblick des roten Anzugs und des weißen Barts verursacht hatte? Ich meine, ich weiß nicht viel über Debbies Kindheit, aber ich nahm an, dass die Antwort darauf ein widerhallendes ‚Nein‘ war und außerdem hatte sie gesagt, dass er ein wahrscheinlicher Kandidat für einen verfrühten (aber natürlichen) Tod war, besonders mit der Mischung aus Alkohol und starken Schlaftabletten. Wenn sie ihn tot sehen wollte, hätte sie nur warten müssen ...

Wer blieb also übrig? Die japanischen Mädchen. Okay, die konnten *wirklich* ein Wahnsinnsteam aus Undercover-Ninjas sein, ausgesandt, um übellaunige Weihnachtsmänner in den Tiefen Cornwalls auszuschalten, aber das schien unwahrscheinlich. Bea und Liam – nun, da war irgendwas Seltsames an den beiden, aber sie hatten keine zwei Worte mit Steve gewechselt, was entweder bedeutete, dass sie schlauerweise so getan hatten, als kannten sie ihn nicht und hätten darum kein Motiv ihn zu töten, bevor sie es taten, oder sie kannten ihn *tatsächlich* nicht und hatten *wirklich* kein Motiv. Und hatten niemanden getötet.

James ... Nun, James war heute Morgen *wirklich* ein wenig missgelaunt gewesen und da war diese Unterhaltung in der Nacht in seinem Zimmer; er hatte sich geweigert, etwas zu tun, dessen pure Erwähnung ihn schon wütend machte. Aber er war ein alter Eton-Mann, um Himmels willen. Nicht, dass so jemand nicht die Kapazität hätte, jemanden zu ermorden, aber James und Steve hatten wohl kaum in denselben Kreisen verkehrt und was wäre letztlich das Motiv?

Lily. Ich kannte Lily die meiste Zeit meines Lebens, auch wenn wir nicht in engem Kontakt gestanden hatten, seit ich Penstowan verlassen hatte. Ich konnte sie mir nicht als Mörderin vorstellen, was nicht hieß, dass sie es nicht sein *konnte*, aber – sie hatte mit sechzehn quasi einen Nervenzusammenbruch gehabt, als Tony und ich sie dazu überredet hatten, sich *Scream* mit uns im Kino anzusehen – nicht nur, weil der Film gruselig war, sondern auch, weil er erst ab achtzehn Jahren freigegeben war. Sie war überzeugt, dass nach der Hälfte des Films die Lichter angehen würden und uns der Kinomanager hochkant rausschmeißen würde, weil wir noch minderjährig waren. Sie hätte nicht die Nerven, oder den Magen, um einen Mord zu begehen. Trevor schien ein netter Kerl zu sein, ein bisschen gestresst, aber was hätte er für ein mögliches Motiv, den Weihnachtsmann um die Ecke zu bringen?

Pippa – nun, Pippa war nach Hause gegangen, was sie vermutlich ausschloss (obwohl sie später durchaus hätte zurückkommen können, um die schändliche Tat zu begehen), aber auch ohne diese Tatsache, warum sollte sie Steve umbringen?

Warum sollte IRGENDWER Steve umbringen? Welches Motiv hätte irgendwer, einen übergewichtigen Weihnachtsmann mittleren Alters aus Plymouth, mit Tendenz zum Alkoholismus, auf brutale Weise zu erstechen? Soweit ich wusste, kannte ihn niemand im Haus wirklich – er war speziell für die Feier angeheuert worden.

Nur eine Person schien ihn gut genug zu kennen, um einen Streit mit ihm anzufangen. Isaac …

KAPITEL 8

Gerade als ich mit dem Gedanken rang, ob ich losgehen und mich darüber mit Isaac unterhalten sollte, wie gut er das Opfer tatsächlich gekannt hatte, kamen Daisy und Germaine in die Eingangshalle gerannt und brachten einen Schwung eiskalte Luft mit, gefolgt von meiner eher betäubten Mutter.

„Es ist kalt genug, um sich das Mark abzufrieren", sagte Mum und rieb sich dabei die Hände, um wieder etwas Wärme in sie hereinzukriegen.

Man friert bis aufs Mark, dachte ich, aber ich korrigierte sie nicht, denn ich wusste aus früherer Erfahrung, dass genau dann der Wahnsinn losbrach.

„Mum, Mum, ich habe ein bisschen herumgeschnüffelt!", rief Daisy aufgeregt. Germaine japste und hüpfte an mir hoch, eine vierbeinige Version ihres Frauchens. Ich schüttelte den Kopf in Richtung meiner Mutter.

„Du solltest sie vom Ärger fernhalten!", sagte ich und sie lachte.

„Ich? Ich dachte, es wäre genau umgekehrt ..."

„Ich hab ein paar Hinweise gefunden", sagte Daisy und zog an meinem Arm. „Komm und sieh's dir an." Ich war nicht für den Schnee gekleidet, aber ich folgte ihr nach draußen, Germaine leistete uns auch Gesellschaft.

„Okay, was hast du entdeckt?", fragte ich und stampfte auf, um mich warm zu halten. Ich würde wahrscheinlich vor Kälte umkommen, wenn ich hier mit ihr rumalbern würde.

„Es hat über Nacht nicht geschneit", erklärte sie.

„Woher weißt du das?"

Sie zeigte auf das Vogelhäuschen, das direkt neben dem Pfad stand. „Als wir Germaine vor dem Schlafengehen zum Pinkeln rausgebracht haben, hatte es gerade aufgehört zu schneien, oder? Ich bin rüber zu dem Vogelhäuschen gegangen und habe den Schnee abgewischt, damit die Vögel an die Nüsse darunter kommen würden."

Daisy verdrehte die Augen. „Also schau dir die Fußspuren im Schnee an." Sie zeigte auf ein paar Fußspuren, die von zwei recht kleinen Füßen und süßen kleinen Pfoten stammten und von dem Chaos an Spuren vor der Haustür wegführten. „Das sind meine und Omas von gerade eben. Wir haben eine Runde um das Haus gedreht." Sie zeigte auf ein weiteres Paar, das auch von Pfotenspuren begleitet wurde. „Das sind deine und meine von heute Morgen, als wir Germaine rausgebracht haben. Es gibt noch ein weiteres Paar da drüben. Ich glaube, die sind von letzter Nacht, denn da sind meine Spuren, die zum Vogelhäuschen führen, siehst du?" Ich nickte. „Es hat geschneit, als Hina und ihre Freundinnen kamen, also kann man ihre Spuren nicht sehen, aber es gibt zwei Spuren von Leuten, die zum Haus führen – das seltsame Paar." Also dachte Daisy auch, dass Bea und Liam komisch waren? Das war interessant. Ich fragte mich, weshalb sie so dachte.

„Ja ... und da drüben sind auch eine Menge, eine einzelne Person, deren Spur vom Haus weg und diesen Weg entlang führt ..." Ich zeigte darauf.

„Die ist von wie-heißt-sie-noch-gleich, als sie gestern Abend gegangen ist", sagte Daisy.

„Pippa? Ja. Und hier ist ihre Spur von heute Morgen, als sie zurückkam, auf demselben Weg." Ich entdeckte eine weitere Spur, ein Paar große Füße und ein Paar kleine. „Isaac und Joshua, heute Morgen?"

Daisy nickte und führte mich um das Hauseck, wo die Spuren sich um einen beeindruckenden Schneemann sammelten. „Joshua sagte mir, dass er davon geträumt hat, einen Schneemann zu bauen. Als er also heute aufgewacht ist, hat er seinen Dad gefragt, ob sie einen bauen können, bevor sie nach Hause fahren."

„Verstehe …" Ich drehte meinen Kopf, sah mal hierhin, mal dorthin. „Du bist um das Haus gelaufen?" Daisy nickte. „Und da waren keine weiteren Fußspuren?" Sie schüttelte den Kopf.

„Nein. Weißt du, was das heißt? Du lagst falsch mit der Vermutung, dass jemand eingebrochen ist, Santa umgebracht hat und dann wieder gegangen ist. Nachdem Pippa weg war, kam niemand mehr ins Haus, abgesehen von uns, die mit Germaine draußen waren, und den Schneemann-Erbauern heute Morgen, nachdem er schon tot war. Und dann kam natürlich Pippa zurück. Sonst hätte derjenige Fußspuren hinterlassen." Sie warf mir ein zufriedenes Lächeln zu. „Der Mörder ist immer noch im Haus."

Ich sah sie für einen Moment an und seufzte. „Okay, du hast vielleicht Recht. Obwohl ich mir im Leben nicht vorstellen kann, weshalb jemand den Weihnachtsmann umbringen wollte."

„Oh, Mutter …" Daisy schüttelte traurig den Kopf, als sei sie bitter von mir enttäuscht. „Du siehst das Ganze total falsch. Niemand hat den Weihnachtsmann umgebracht. Steve hat nur so getan, als wäre er Santa."

„Ja, schon gut, junge Dame, ich weiß das doch!", sagte ich, genervt, aber ihre Worte weckten etwas in meinem Hinterkopf. Ich hatte über Steve nur als Weihnachtsmann-Darsteller gedacht, aber wieso sollte jemand einen Weihnachtsmann-Darsteller umbringen? Das würde niemand. Steve war nicht nur ein Mann, der einen Monat im Jahr in einem roten Anzug arbeitete. Steve tat so, als sei er der Weihnachtsmann. Er tat so, als wäre er etwas, das er nicht wirklich war. Also war die Frage, wer war er wirklich? Und warum hatte ihn das hierhergeführt?

Daisy sah mich erwartungsvoll an. Ich zog sie in eine Umarmung.

„Sehr gut ermittelt. Ich bin tatsächlich sehr beeindruckt." Sie strahlte. Ich nahm ihr Gesicht in meine Hände und blickte ihr tief in die Augen, damit sie begriff, dass ich es ernst meinte. „Aber nicht mehr, okay? Wenn du Recht hast –"

„Das habe ich."

„*Wenn* du Recht hast, wenn die Person, die Steve getötet hat, noch im Haus ist, dann wird sie nicht erfreut sein, wenn du deine Nase in ihre Angelegenheiten steckst. Und ja, ich weiß, dass ich das auch tue, aber ich bin vom Fach. Ehemals vom Fach, wenigstens. Und ich weiß auch, dass ich aufhören muss, wenn es zu gefährlich wird."

Sie verdrehte die Augen. „Du klingst wie Nathan."

„Vielleicht tue ich das. In diesem Fall hätte Nathan absolut recht. Kein Herumschnüffeln mehr, *bitte.* Bleib bei mir oder Debbie oder Oma, nimm den Hund mit und bleib einfach da, wo alle anderen sind, bis die Polizei da ist. Wir erzählen ihnen von den Fußspuren, okay? Jetzt lass uns reingehen, bevor wir erfrieren."

***

Ich beabsichtigte absolut, meinen eigenen Rat zu befolgen und meine Nase aus dem Mord zu halten. Alles, was ich tun musste, war, die Leute beisammenzuhalten, bis die Polizei eintreffen würde. Sie würden die Aussagen von allen aufnehmen und dann könnten wir endlich nach Hause gehen. Wenn das Pornomobil bei diesem kalten Wetter anspringen würde. Ich hatte da so meine Zweifel.

Zurück in der Eingangshalle konnte ich die Geräusche einer Meinungsverschiedenheit aus Richtung der Stube vernehmen. Debbie kam heraus, entdeckte mich und kam mit einem besorgten Gesichtsausdruck auf mich zu.

„Deine Mum und James bringen sich gegenseitig in Rage", sagte sie. Ich stöhnte.

„Was sagen sie?"

„Sie will nach Hause gehen und versteht nicht, warum wir alle auf die Polizei warten sollten. Und James stimmt ihr zu, er meint, er und Isaac müssen zurück nach London." Sie warf mir ein reumütiges Grinsen zu. „Ich habe ihnen nichts von dem Mord gesagt, also denken sie immer noch, es waren natürliche Umstände. Aber vielleicht sollten wir etwas sagen?"

„Ja, ich denke, das müssen wir vielleicht. Aber wir behalten die Details für uns." Ich runzelte die Stirn. Eigentlich hatte ich still sein wollen, aber wenn es bedeutete, dass wir eine Meuterei verhindern konnten und alle davon abhalten würden, zu ihren Autos zu stürmen, dann musste ich wohl plaudern. Lily und Trevor wussten natürlich schon von der Mordwaffe, aber im Moment wussten nur Debbie und ich (und der Mörder) von den grausamen Details. Vielleicht würde es den Mörder zu einer Aussage verführen, wenn wir ein bisschen mehr über Steves Tod verlauten lassen würden; vielleicht würde er sich selbst verraten, indem er eine Information enthüllen würde, die niemand außer mir und Debbie wissen konnte.

Meine Gedanken kreisten umher, ein Teufelskreis aus *Wenns* und *Warums* und *Wers*, die nirgendwo hinführten. Es schien mir während meiner Zeit bei der Polizei, dass die meisten Morde eine spontane Entscheidung, ein plötzlicher Blutrausch waren, die eine Kette von Beweisen hinterließen. Es war vielleicht nicht offensichtlich, aber sie sind da und alles, was man tun muss, ist, sie zu finden, ihnen zu folgen und V*oilá!* Da hat man seinen Mörder. Aber das hier war ein verschlossener-Raum-Sherlock-Holmes-artiges Rätsel; mehr als das; ein verschlossenes Zimmer in einem verschlossenen Haus. Das war die andere Sache: Ich hatte noch nicht einmal daran *gedacht*, wie der Mörder in das Zimmer gelangt war, zu beschäftigt damit, seinen Eintritt in das Haus zu klären – wenn er nicht schon längst da gewesen war. Aber wenn er schon dort gewesen *war*, dann musste er ein ganz schöner Idiot sein, jemanden zu ermorden, wenn der Verdacht sofort auf jeden fallen würde, der über Nacht im Haus eingesperrt gewesen war ...

„Ich kenne diesen Blick“, sagte Debbie.

„Was?“ Ich kam wieder zu mir.

„Oh mein Gott, und du hast mir gesagt, dass ich mich da raushalten soll!“ Daisy schüttelte den Kopf.

„Ich –“ Ich wurde von dem Vibrieren meines Handys unterbrochen. Das Wetter musste besser werden, wenn Textnachrichten durchkamen. Nathan schrieb:

Alles okay? Habe gerade mit meinem Kontakt bei der Carricksmoor Mordkommission gesprochen und sie sagen, sie wissen nicht, wann sie zu euch kommen können. Es ist so kalt, dass der Diesel in den Geländewagen gefriert, und ihre kleineren Autos kommen nicht durch.

Na, das ist ja super, tippte ich zurück, obwohl es nicht seine Schuld war. Er sollte nicht wissen, dass sich in mir der bekannte Instinkt regte. *Was soll ich denn dann tun?*

TU NICHTS!

Vielleicht wusste er es.

Ich meine es ernst, behalte einfach alle da, sag ihnen, die Straßen über das Moor sind immer noch blockiert – um ehrlich zu sein, sind sie das bei euch vielleicht sogar. Bleibt zusammen. Ich sehe, was ich tun kann.

Ich war mir nicht sicher, was er von Penstowan aus tun konnte, aber ich konnte ihm nicht antworten, weil das Empfangssignal wieder verschwand. Ich sah mir die erwartungsvollen (und, meiner Ansicht nach, ein bisschen zu überzeugten) Gesichter meiner Tochter und meiner Freundin an und sagte, „Ach, Mist.“

***

In der Stube nahmen die Dinge Fahrt auf. Die japanischen Mädchen sahen nervös zu und versuchten dem Gespräch zu folgen, während James und meine Mutter alle zu überzeugen versuchten, dass es okay wäre zu gehen.

„Sie sagten heute Morgen in den Nachrichten, dass sie einen Großteil der Moore freigeräumt haben", sagte Mum. „Und es soll später noch mehr schneien, also sollte man nicht zu spät aufbrechen."

„Du hast Recht", sagte James. „Wir sollten ohnehin zuerst zurück ins Hotel, Gott weiß, wie lange wir dann noch zurück nach London brauchen."

„Ihr solltet wirklich bleiben, bis die Polizei hier ist", sagte Trevor, aber James schüttelte den Kopf.

„Ich verstehe nicht, warum. Ich meine, für den Mann tut es mir leid, aber was hat sein Tod mit uns zu tun? Es ist ja nicht so, dass die Polizei nicht zu uns kommen und unsere Aussagen dann aufnehmen kann."

„Was denkst du?", fragte Bea Isaac. Er schüttelte den Kopf.

„Ich weiß nicht. Natürlich will ich heute nach Hause. Es sind nur noch drei Tage bis Weihnachten und ich habe noch ein paar Sachen vor dem großen Tag zu erledigen. Aber jemand ist gestorben. Seine Familie wird nie wieder Weihnachten mit ihm verbringen können. Es macht doch nichts, wenn wir noch ein paar Minuten länger bleiben."

„Ich glaube, du hast Recht", stimmte Bea zu. Sie wandte sich an James und lächelte. „Du solltest hier mit uns warten. Wieso nicht? Es ist ja nicht so, als hättest du hier niemanden zum Reden." James stieß ungeduldig Luft aus.

„Der Verkehr –“, begann er.

„Es tut mir leid, aber niemand verlässt das Haus, bis die Polizei hier ist“, verkündete ich. Alle wirbelten herum und starrten mich an, wie ich in der Tür stand.

„Wie bitte?“ James klang wütend. „Nichts für ungut, aber ich nehme keine Befehle vom Caterer an. Joshy will nach Hause, Isaac. Wir sollten ihn heimbringen.“

„Niemand geht, denn das Opfer ist nicht an einem Herzinfarkt gestorben. Es waren keine natürlichen Umstände.“ Ich schielte zu Joshua hinüber, aber er war völlig eingenommen von dem Hund und Daisy, Gott segne sie, sorgte dafür, dass es so blieb, während wir Erwachsenen sprachen. „Santa – ich meine, Steve – wurde ermordet.“

Alle keuchten auf. Isaacs Mund klappte entsetzt auf. „Was? Aber wir …“ Er hielt inne und sah zu seinem Sohn hinüber, aber Joshua war abgelenkt.

„Verdammte Axt!“, sagte Mum. „Das ist ein Schocker.“

Sie schwankte ein wenig und Lily führte sie sofort zu einem nahen Stuhl. Ich fragte mich, ob es gemein von mir war, zu bemerken, dass Mum sich nach der Brandyflasche auf dem Tisch neben sich umsah (nicht, dass da noch besonders viel drin war, nachdem Santa sie vergangene Nacht attackiert hatte), aber letztendlich war sie wirklich schockiert, denn, um ehrlich zu sein, endeten die meisten Weihnachtspartys nicht damit, dass der Weihnachtsmann im Gästezimmer verweste. Die Jahre, die sie mit meinem Vater verheiratet gewesen war, dem Hauptkommissar der Penstowan Polizei und der näheren Umgebung, hatten sie in vielerlei Hinsicht abgehärtet, aber auch zu seiner Zeit waren Morde ein seltenes Vorkommnis in der Gegend gewesen.

„Kann ich dir etwas zu trinken bringen, Shirley?“ Lily wirkte besorgt.

„Oh, ja, bitte. Nur einen kleinen Drink, es ist ja noch früh“, sagte Mum. Lily schien überrascht, aber griff trotzdem nach einem Glas.

„Ich denke, sie meinte eine Tasse Tee, Oma“, sagte Daisy. „Und überhaupt hast du draußen zu mir gesagt, dass Mum sich komisch benimmt und dass du denkst, dass sie denkt, dass ihn jemand erledigt hat.“ Mum murmelte etwas darüber, dass sie nicht wisse, worüber sie redete, während sie das angebotene Glas Brandy annahm.

Isaac starrte mich immer noch schockiert an. James starrte mich auch an, aber mit einem feindlicher gesinnten Gesichtsausdruck. „Also, niemand geht“, sagte ich.

„Wer hat dir das Kommando übergeben?“, protestierte er.

„Jodie war mal bei der Polizei“, erklärte Debbie mit ein wenig Stolz in der Stimme. „Und jetzt ist sie Beraterin für die örtliche Polizei *und* private Ermittlerin *und* du hast nicht gelebt, wenn du ihre Safranbrötchen nicht gegessen hast.“ Ich grinste in mich hinein; sie übertrieb ein bisschen, aber das mit den Brötchen stimmte.

„Ich habe es schon gesagt.“ Isaac lächelte mich an. „Sie ist eine Polizeiheldin.“

„Okay, ich weiß, dass das nervt, aber die Polizei braucht nicht mehr lange.“ Ich beschloss, dass ich ihnen nichts über die Transportprobleme der Carricksmoor Mordkommission sagen würde. „Ich denke, es ist das Beste, wenn wir hier alle zusammen warten“, erklärte ich und sah mich um. „Moment mal, wo ist Pippa?“

„In der Küche“, sagte Lily. „Macht den Abwasch des Frühstücks.“ Ich hatte das Frühstück vollkommen vergessen. Ich hatte ein Specksandwich zurückgelassen, als ich losgegangen war, um mir die Leiche anzusehen. Mein Bauch grummelte. „Sie sagte, sie fühle sich besser, aber wollte sich zur Ablenkung beschäftigen.“

„Ok. Ich sollte vielleicht mal nach ihr sehen, sichergehen, dass es ihr gut geht ...“ *Und sichergehen, dass sie nicht auch beiseitegeschafft wird,* dachte ich.

***

Die Küche war leer. *Oh, oh,* dachte ich, aber hinter mir waren Geräusche und da war sie auf einmal, brachte die letzten Teller aus dem Speisezimmer herein, inklusive meinem, mit dem Specksandwich, wie mich mein Magen gerne erinnerte.

Sie wirkte überrascht, mich zu sehen. „Oh! Du hast mich erschreckt. Ich dachte, du warst in dem anderen Zimmer beschäftigt.“

„Ich wollte sichergehen, dass es dir gut geht. Du hattest einen ganz schönen Schock.“ Ich nahm ihr die Teller aus der Hand (keine wirklich selbstlose Geste der Hilfe, denn ich wollte mir mein Frühstück schnappen, bevor sie es in den Müll warf), dann stellte ich sie auf die Seite und lächelte sie an. „Du hättest das alles nicht machen müssen.“

Pippa warf mir ein schmales Lächeln zu. „Ich weiß, ich musste nur irgendwas tun.“

„Um nicht dauernd daran zu denken? Das verstehe ich. Aber übertreib es nicht. Hier, setz dich." Ich zeigte auf den Stuhl, den Mum am Tag zuvor aus der Vorratskammer des Butlers geholt hatte, und Pippa setzte sich, steif und unwillig. In der Nähe stand ein großer Kanister Kochöl, welchen Daisy gestern als Hocker verwendet hatte, also zog ich ihn herüber und platzierte mich darauf, neben ihr. Ich lächelte, versuchte, sie zu beruhigen. Ich hatte gestern schon gedacht, sie wäre nervös und schüchtern, aber auch jetzt noch war sie steif und angespannt; es wunderte mich, dass sie überhaupt ihre Knie beugen konnte, um sitzen zu können. Nicht gerade überraschend. Die Szene, die sich ihr heute Morgen geboten hatte, war besonders grausam gewesen – schlimm genug, dass sogar Debbie und ich uns ein wenig unwohl fühlten, und wir waren den Anblick toter Körper gewohnt – also konnte ich mir nur vorstellen, wie es in ihrem Kopf vorgehen musste. Sie sah jetzt wahrscheinlich jedes Mal, wenn sie die Augen schloss, die blutigen Laken und den leblosen Weihnachtsmann, seinen nackten Hintern voran.

„Warum ruhst du dich nicht aus und ich wasche den Rest ab? Besser noch, geh und setz dich zu den anderen –"

„Nein!", sagte sie. „Nein, danke. Ich wäre ehrlich gesagt lieber allein. Alle werden mit mir reden wollen und ich weiß, dass sie bloß nett sein wollen, aber ehrlich, ich will nur Ruhe und Frieden. Ich mache das hier fertig und dann gehe ich nach Hause."

„Ja … ich denke, es wäre besser, wenn du hier bleibst mit allen anderen. Auch wenn du nicht bei ihnen sein möchtest, kannst du, wenn du willst, hier drinnen bleiben, wo alles ein wenig ruhiger ist. Ich denke nicht, dass du nach Hause gehen solltest."

Ihre Augen füllten sich mit Tränen. „Ich will einfach nur allein sein." Ich streckte mich und nahm ihre Hand. Ich musste ihr klar machen, wie wichtig es war, dass sie in der Nähe blieb, ohne ihr Angst einzujagen oder sie noch mehr aufzuregen.

„Ich weiß, aber die Polizei wird bald hier sein und sie werden mit dir reden wollen." Ihre Augen weiteten sich vor Angst und ich drückte ihre Hand sanft. „Alles gut, sie werden dich nur fragen, wie du Steve gefunden hast. Also wäre es viel praktischer, wenn du hier bleiben würdest und darüber nachdenkst, was du gesehen hast." Ich atmete tief ein. „Nur für den Fall, dass du irgendetwas ... Verdächtiges gesehen hast."

„Habe ich nicht."

„Das kannst du nicht wissen. Und, noch wichtiger, der Mörder weiß das auch nicht." Sie sah mich an, zunächst verwirrt, doch dann schien ihr die Wahrheit aufzugehen.

„Du denkst – der Mörder ist immer noch im Haus?" Ich nickte langsam. „Und der könnte denken, dass ich etwas in dem Zimmer gesehen habe, das ihn verrät?"

Ich nickte wieder. „Ja. Und das hast du vielleicht, ohne es zu merken. Deshalb ist es wichtig, dass du darüber nachdenkst, was du gesehen hast –"

„Du denkst, wenn der Mörder davon ausgeht, dass ich etwas gesehen habe, bin ich die Nächste?" Ihre Augen weiteten sich wieder, diesmal sogar noch mehr, und ich dachte: *Ich höre besser bald auf zu sprechen oder sie wird noch aussehen wie eine Eule.*

„Nun, das weiß ich nicht, aber es gibt eine winzige Chance …“

„Du denkst, er wird mich auch ermorden, um zu verhindern, dass ich rede?“

„Nein, nein, nicht so was …“

„Ich gehe *auf jeden Fall* nach Hause.“ Sie stand auf, aber ich hielt immer noch ihre Hand.

„Pippa“, sagte ich ruhig. „Pippa, setz dich. Ist jemand zu Hause bei dir? Oder lebst du allein?“

„Ich lebe allein.“

„Dann bist du hier bei uns sicherer. Du wärst sogar drüben in dem Raum sicherer mit dem Rest von uns –“ Sie öffnete ihren Mund, doch ich fuhr fort. „Ich weiß, du würdest lieber hier drin bleiben und das ist in Ordnung. Wir müssen nur sichergehen, dass niemand allein zu dir hereinkommt.“

„Du bist hier allein mit mir“, stellte sie fest; nicht gerade unvernünftig.

„Nun – ja, aber das ist was anderes. Ich bin nicht der Mörder.“

„Das weiß ich aber nicht, oder?“, stellte sie ebenso fest, auch wieder nicht unvernünftig. Ich sah sie einen Moment lang an und dann erhob ich mich.

„Das kann ich nicht widerlegen, oder? Okay, sieh mal. Du bleibst hier drinnen. Warte …“ Ich eilte in den Flur und zur Vorratskammer nebenan, suchte nach etwas, das ich gestern entdeckt (und das mich gereizt) hatte, als Germaine dort gelegen hatte. Ich trug es in die Küche und stellte es auf die Arbeitsplatte neben Pippa, die mich überrascht ansah und dann ein kleines Lachen von sich gab.

„Der alte Gong für das Abendessen?“, sagte sie.

„Jap. Wenn du dich unsicher fühlst, komm zu uns, wenn du nicht kannst, schnapp dir den Stab und hau so hart auf den Gong, wie du kannst." Ich nahm den kleinen Metallstab und fuchtelte damit herum. Es nützte nichts, die Versuchung war viel zu groß. Ich holte aus und schlug auf den alten, abgenutzten Messinggong, der ein sehr zufriedenstellendes *GOOOOOOONGGG!* von sich gab. Der Klang hallte durch den Raum, viel lauter, als ich erwartet hatte, und Pippa sah mich überrascht an.

Der Klang von eiligen Schritten kam zu uns. Trevor tauchte im Türrahmen auf.

„Was zur Hölle ist hier los?", schrie er. „Pippa, geht es dir gut?"

Ich lächelte Pippa an. „Siehst du? Hilfe kommt angerannt." Ich reichte ihr den Stab, dann nahm ich mir den Teller mit meinem Specksandwich darauf. Es war kalt, aber immer noch besser als nichts. „Und jetzt lassen wir dich in Ruhe."

KAPITEL 9

Ich folgte Trevor zurück in die Stube. Sie wirkten ein wenig überrascht, dass ich aß – ich weiß nicht, warum, wenn man von dem Mangel an Essensresten auf den Tellern in der Küche ausging, schien die Nachricht des Todes niemandem den Appetit verdorben zu haben, aber von ihnen hatte auch niemand die Leiche gesehen – aber zu meiner Verteidigung, ich denke besser, wenn mein Magen nicht knurrt.

Lily sprach mit den japanischen Mädchen, schien aber Schwierigkeiten zu haben, sich verständlich zu machen. Ich sah ihren erschöpften Gesichtsausdruck und ging hinüber zu ihnen.

„Wie geht's? Alle okay?", sagte ich fröhlich. Hina, das auserwählte Sprachrohr, warf mir ein besorgtes Lächeln zu.

„Ja, danke. Aber wir können Hilfe anrufen für unser Auto, ja?"

„Die Telefonleitung geht leider nicht", sagte Lily, wie ich annahm, nicht zum ersten Mal.

„Ah, richtig. Das Telefon", sagte ich und erhob unfreiwillig meine Stimme und mimte offensichtlich die Bewegung des Hörerabnehmens, „funktioniert nicht."

„Sie sind Japanerinnen, Mum", sagte Daisy, während sie die Augen verdrehte. „Nicht taub."

„Oder dumm“, murmelte Debbie. Ich senkte meine Hand und meine Stimme.

„Wo ist James, wenn man ihn braucht? Haben diese Mädchen irgendeine Ahnung, was los ist?“ Ich wandte mich an Hina. „Die Polizei ist auf dem Weg. Polizei? Ja?“

„Ja. Für den Mann, der gestorben. Die Polizei hilft mit unsere Auto?“

„Ja“, sagte ich, obwohl ich keine Ahnung hatte, ob sie es tun würden. Wenigstens wäre einer ihrer Geländewagen stark genug, um das Auto der Mädchen aus dem Graben zu ziehen. Mit etwas Glück könnte es immer noch fahren. Ich tätschelte Hinas Arm. „Alles wird gut. Bleibt hier bei allen anderen.“

Mum saß verdächtig ruhig im Eck, während Germaine sich auf dem Teppich vor dem Kamin aufwärmte. Ich fragte mich, ob sie sich am Brandy bedient hatte (Mum, nicht der Hund – Germaine ist abstinent) und mit offenen Augen eingeschlafen war. James war nirgends zu sehen, genauso wenig Bea und Liam. Mir gefiel es nicht, dass ich die beiden verloren hatte. Für mich fühlte es sich wirklich so an, als stimmte mit ihnen etwas nicht, aber sie konnten wohl kaum Steves Mörder sein; sie hatten in der vergangenen Nacht kaum miteinander gesprochen und es hatte keinerlei Hinweise gegeben, dass er sie gekannt hatte. Doch auch Isaac und Joshua waren nicht zu sehen.

„Wo sind die anderen?“, fragte ich. Diese Bande an einem Ort zu halten, war schwerer, als eine Schar Flöhe zu hüten.

„Isaac und Joshua sind in der Lounge und sehen fern“, erklärte Daisy. „Oma sagte, da läuft ein Weihnachtsfilm, der Joshua gefallen könnte.“

„*Stirb langsam*“, sagte Mum. Ich hoffte, dass sie scherzte. Das Letzte, was ich wollte, war, dass der achtjährige Sohn des Multimillionärs den Satz ‚Yippie ay yay, Schwei-‘ – ja, genau – lernt, dank meiner Mutter.

„Warum braucht die Polizei so lange?“, fragte Lily und ließ unsere vier Umwelttouristen zurück, die angeregt miteinander quatschten. „Es ist mindestens eine Stunde vergangen, seit du mit ihnen gesprochen hast.“

„Ja, wir könnten schon alle in unseren Betten ermordet worden sein, bis die hier ankommen“, sagte Mum. Sie blickte nach oben an die Decke, dann beugte sie sich nach vorne und bekreuzigte sich. „Verzeih mir, Weihnachtsmann.“

„Du weißt schon, dass Weihnachten ursprünglich ein heidnisches Fest war, Oma?“, sagte Daisy. „Du musst dich nicht bekreuzigen. Ich glaube nicht, dass den Weihnachtsmann anzusprechen schon als Blasphemie gilt.“

„Na, Gott sei Dank.“

Debbie und ich tauschten einen Blick aus; ich schüttelte den Kopf. „Wie auch immer …“, begann ich.

„Ich habe kürzlich im Fernsehen diese True Crime Sache gesehen“, sagte Debbie. „Aus irgendeinem Grund bin ich, seit wir hierher gezogen sind, am Haken. Kann mir nicht erklären, warum.“ Sie grinste mich an. „Die meinen, dass es da diese Sache gibt, die man die goldene Stunde nennt –“

„Die Zeit, direkt nachdem ein Verbrechen begangen wurde“, ergänzte ich. „Wenn die Beweise noch frisch sind, noch alle Zeugen und Verdächtige in der Nähe sind und der Fall höchstwahrscheinlich gelöst werden kann. Ja, ich weiß.“

„Nun, die verpassen die goldene Stunde, oder nicht?“ Sie sah mich bedeutungsvoll an, und ich dachte: *Nein, ermutige mich nicht noch, weil ich nicht viel Ermutigung brauche.*

„Ich hab's Nathan versprochen“, sagte ich schwach, denn ja, ich hatte *technisch gesehen*, versprochen, dass ich mich nicht einmischen würde, aber nicht *tatsächlich*, mit vielen Worten. Ich hatte versprochen, nichts Jodie-mäßiges zu machen. ‚Jodie-mäßiges‘ konnte viel bedeuten. Kochen. Mit dem Hund rausgehen. Nicht unbedingt, meine Nase irgendwo hineinzustecken. Und ich hatte diese Worte *tatsächlich* nicht verwendet: *Ich verspreche.* Ich hatte nur angedeutet, dass ich nicht ermitteln würde. War es meine Schuld, dass er eine vage Andeutung als Versprechen deuten würde?

„Oh, Nathan, Schmathan! Er ist nicht hier, oder? Er ist nicht hier, auf dem Gelände, nicht im Geschehen …“ Debbie ließ sich von ihrer Begeisterung ein wenig hinreißen.

„Es sind erst zwei Monate, Liebes“, mahnte Mum. „Du kannst nicht aufhören, du selbst zu sein, nur weil dein Freund das nicht mag.“

„Vor kurzem wolltest du noch den Hut für die Hochzeit kaufen!“, protestierte ich. „Wie auch immer, er *mag* das. Wir haben uns während einer Ermittlung verliebt, oder nicht?“

„Ermitteln wir? Ich könnte ein paar Fotos vom Tatort machen.“ Daisy hielt ihre Kamera hoch. Germaine setzte sich auf und bellte. Ich schüttelte den Kopf.

„Nein, *wir* ermitteln gar nichts“, sagte ich.

„Du kannst das nicht allein machen“, sagte Debbie. „Du brauchst ein Team. Wir haben dir schon mal geholfen, als du diesen Craig Laity gesucht hast.“

„Nun, ja, aber das war was anderes.“ Ich begriff langsam, dass ich hier einen aussichtslosen Kampf führte, und um ehrlich zu sein, wollte ich ihn verlieren.

„Kommt schon! Wir brauchen keine Polizei! Wir brauchen keine Männer, die hier hereinplatzen und übernehmen.“

Lily hatte unsere Unterhaltung beobachtet, warf ihren Kopf zwischen uns hin und her, als wäre sie bei einem Tennismatch. Sie sah etwas verwirrt aus.

„Das könnten genauso gut weibliche Polizisten sein“, sagte ich. Daisy schüttelte den Kopf.

„Du weißt, dass das nicht stimmt, Mum“, sagte sie. „Frauen sind in der Mordkommission und der Polizei im Allgemeinen immer noch in der Minderheit. Das hast du mir selbst gesagt, als du bei der Met aufgehört hast. Und das ist nicht fair, denn Frauen sind doch die emotional intelligenteren Menschen und genauso gut bei der Problemlösung wie Männer.“ Das hatte ich ihr auch gesagt. Verdammt. „Lasst es uns tun. Oder sollen wir in der Küche warten, bis sie hier auftauchen?“

Ich sah sie bewundernd an. Die kleine Dame wusste genau, welche Knöpfe sie drücken musste, um mich auf ihre Seite zu ziehen, und darauf war ich irgendwie stolz. Und sie hatte tatsächlich zugehört und sich gemerkt, was ich ihr gesagt hatte. Wenn man einen Teenager hat, versteht man, dass das eine große Sache ist.

„Die brauchen *wirklich* lange, um hierherzukommen“, sagte Lily. „Und ich habe gehört, was du für Tony getan hast, als die arme Mel gestorben ist.“

Wie auf Kommando, als ob sie mehr Bedeutung auf diese Unterhaltung legen wollte, sprang Germaine von dem Teppich und tapste zu mir herüber, legte ihre Vorderpfoten auf meine Beine und strahlte mich an, ein treuer Hund, bereit, die Befehle von Frauchen zu befolgen. *Tut mir leid, Nathan,* dachte ich, als das letzte Flämmchen meiner Überzeugung erlosch wie ein feuchtes Lagerfeuer, das sich sinnlos wehrte, bevor es mit einem kleinen *Tschhhh* ausging und nur noch ein Hauch von Schießpulvergeruch in der Luft lag (obwohl das vielleicht auch nur in meiner Fantasie so war).

„Ihr müsst *genau* das machen, was ich sage. Keine Eigeninitiative und allein herumwandern", sagte ich. Alle nickten. „Ich habe hier das Sagen. Wenn ihr etwas findet oder euch etwas einfällt, kommt ihr sofort zu mir und erzählt es. Niemand bringt sich selbst in Gefahr. Ist das klar?" Daisy, Debbie und Mum nickten ergeben. Ein bisschen zu ergeben. Ich seufzte. „Also gut."

„Juhu!"

„Selbst ist die Frau", sagte Debbie und klatschte meine Tochter ab.

„Gebärmutter vor Gebärvater", sagte Mum.

Das war also meine Gang. Wenn der Mörder tatsächlich immer noch im Haus war, tat er mir beinahe leid.

***

Wo sollten wir anfangen? Mit dem toten Mann und der einzigen Person, die, bisher jedenfalls, ein Motiv hatte, ihn zu töten. Der Person, die letzte Nacht mit ihm gestritten hatte.

Trevor kam zu uns. Ich dachte einen Moment lang, er würde seinen Arm um Lilys Hüfte schlingen, aber dann tat er es nicht und ich war mir nicht mehr sicher, ob ich mir das nur eingebildet hatte.

„Ihr Ladys seht aus, als würdet ihr irgendetwas aushecken“, sagte er.

„Jodie wird ermitteln“, erklärte Lily. Trevor sah ein bisschen alarmiert aus, aber sie tätschelte seinen Arm. „Mach dir keine Sorgen, sie weiß, was sie tut. Sie ist diejenige, die meinen Freund Tony gerettet hat.“

„Du warst das?“ Trevor wirkte ungläubig. „Wow. Gut, dass wir dich engagiert haben.“

Ich lachte. „Ich werde nicht mal mehr für meine Detektivarbeit verlangen.“

„Können wir irgendetwas tun?“, fragte Lily. Ich nickte.

„Ja, ihr könntet mit mir kommen und euch das Zimmer ansehen, um sicherzugehen, dass nichts gestohlen wurde. Es scheint mir unwahrscheinlich, dass es ein Überfall war, der schieflief, aber das Haus ist voll mit Antiquitäten und solchen Sachen.“

„Nicht die Schlafzimmer“, sagte Trevor.

„Nein, ich denke auch, dass das unwahrscheinlich ist, aber wir müssen es überprüfen. Aber ich denke, als Allererstes müssen wir mit Isaac reden. Ihr wart dabei, als er sich gestern Abend mit Steve gestritten hat. Könnt ihr uns sagen, worum es ging?“

Er runzelte die Stirn. „Nein, nicht wirklich. Ich war nach draußen gegangen zur Scheune, um noch etwas Holz für das Feuer zu holen, und als ich zurückkam, hatte Steve die Hälfte meines Brandys geleert und stritt mit Isaac. Es schien ihm nicht gut zu gehen und ich versuchte ihn zu beruhigen, aber ich konnte wirklich nicht hören, weshalb er so sauer war."

„Das ist schade ... Wusste Isaac, bevor er herkam, dass er Santa spielen würde? Hatte er dabei etwas zu sagen?"

„Nein, das hat er uns überlassen. Wir haben eine Anzeige in der örtlichen Zeitung geschaltet, die verkündete, dass Isaac seine jährliche Weihnachtsfeier in Kingseat veranstalten würde und dass wir nach jemandem suchen, der den Weihnachtsmann spielt."

„Es hatten sich tatsächlich ein paar Leute bei uns gemeldet, aber Steve machte deutlich, dass er den Part wollte", fügte Lily hinzu. „Er sagte, dass er in der Gegend sein würde und dass er Isaac immer schon bewundert hatte und ihn gerne kennenlernen würde. Er hat sogar angeboten, umsonst zu arbeiten."

„Wir haben ihn natürlich trotzdem bezahlt", sagte Trevor. „Obwohl es, zugegeben, nicht viel war."

„Hm ..." Also schien es, obwohl Isaac Steve vielleicht nicht gekannt hatte, wusste Steve definitiv, wer er ist, und hatte geplant hier zu sein, um ihn zu konfrontieren ...

***

Ich verließ die Stube und schlenderte in die Lounge, wo Isaac ruhig in einem Ohrensessel saß und ins Leere starrte, während Joshua ausgestreckt auf dem Sofa lag und einen Film auf dem Fernsehbildschirm ansah. Ich war froh zu sehen, dass es nicht *Stirb langsam* war (was ein guter Film ist und auf jeden Fall auch ein Weihnachtsfilm, und ich kämpfe gegen jeden, der das Gegenteil behauptet, aber wahrscheinlich nicht die beste Wahl für einen Achtjährigen). Ich erkannte den Film nicht, aber ein runder, fröhlicher Mann mit Bart und einem Lächeln, gekleidet in Cargohosen und einem Hawaiihemd, verkündete gerade, dass er nicht der Weihnachtsmann war, ehrlich, er war bloß der alte Nick Festive aus Hollyville, Arizona, und er war im Urlaub. Für mich klang das alles sehr verdächtig.

„Isaac? Kann ich kurz mit dir reden?" Er erschrak beim Klang meiner Stimme und ich konnte erkennen, dass er tief in Gedanken versunken gewesen war. Er sah hoch zu mir, dann blickte er rüber zu seinem Sohn; aber ich hatte Daisy und Germaine mit mir gebracht, die Joshua Gesellschaft leisten würden. Joshua setzte sich auf und rutschte auf dem Sofa herum, damit sie sich neben ihn setzen konnten, und er sah nur vom Bildschirm weg, als Germaine ihren Kopf in seinen Schoß legte und ihn anblickte, halb bewundernd, halb mit einem Ausdruck, der sagte: *Hey, beachte mich, ich bin wirklich süß!*

„Lass uns einen ruhigen Platz zum Reden finden, okay?", sagte ich und er sah mich an, für einen Moment unentschlossen. „Die Polizei ist auf dem Weg und die machen sich keine Gedanken darüber, ob sie deinen Sohn bei seinem Film nicht mit ihren Fragen stören. Ich kann dir vielleicht helfen." Nach einem Augenblick nickte er und erhob sich aus seinem Ohrensessel, dann folgte er mir in die Eingangshalle. Ich lief zu der Tür gegenüber und versuchte es am Türknauf; die alte Bibliothek. Lilys spontane Tour des Hauses von gestern hatte diesen Raum nicht eingeschlossen.

James, Bea und Liam waren dort. Sie sahen sich um – James wirkte schuldbewusst – als wir eintraten.

„Kein Problem, wir finden einen anderen Ort“, sagte ich und trat zurück, aber James stürzte sofort zur Tür.

„Nein, nein, wir sind hier fertig –“

„Was macht ihr hier?“ Isaac klang skeptisch. Ich fragte mich, ob er auch an Bea und Liam zweifelte. Bea lächelte.

„Wir haben uns nur ein bisschen umgesehen“, sagte sie. „Diese ganzen Bücher! Es ist ein wunderschöner Raum, wenn man so ein begeisterter Leser ist wie ich. Wir hätten Trevor wahrscheinlich zuerst fragen sollen, aber uns war langweilig. Wir überlassen euch das Zimmer.“ Sie wies Liam an, ihr zu folgen, und die drei verließen den Raum; James beeilte sich sehr.

Es war wirklich ein schönes Zimmer. Die Wände waren voller Bücher, die in besserem Zustand zu sein schienen als die in dem geheimen Bücherzimmer, das Lily uns gestern gezeigt hatte. Die Regale waren aus einem edlen, dunklen Mahagoni, aus dem viele Holzpaneele im Haus gefertigt waren, und es schien als wäre das hier so ein Zimmer, in dem sich, nahm man das richtige Buch heraus, eine Geheimtür (Knarren optional) öffnen würde, die in einen langen, dunklen, versteckten Gang führte ... Wenigstens waren hier genug Bücher, um einen ganzen verschneiten Winter zu überleben. Es war die Art von Ort, die ich verzweifelt gerne erkundet hätte, wenn da nicht oben, in dem Zimmer über unseren Köpfen, eine Leiche liegen würde.

„Ich kann es nicht glauben“, sagte Isaac und ließ sich in einen der alten Ledersessel fallen. Ich blieb stehen.

„Warum würde jemand einen Weihnachtsmann-Darsteller umbringen?"

„Wie gut kanntest du ihn?", fragte ich.

„Ich kannte ihn überhaupt nicht."

„Er kannte dich auf jeden Fall. Tatsächlich scheint es so, als wäre er nur hierhergekommen, um dich zu treffen. Warum wohl? Worum ging es bei dem Streit?"

„Das war wohl kaum ein Streit. Er schrie mich an und ich stimmte ihm zu." Er bemerkte meinen verwirrten Gesichtsausdruck und lächelte reumütig. „Ich hatte während der Party keine Ahnung, wer er war, nur irgendein Santa. Ich sprach mit ihm, bevor die Kinder reinkamen und ihn sahen, und er betonte, dass er aus Plymouth war und fragte mich, ob ich die Stadt kannte oder jemanden von dort. Als ich ihm erklärte, dass ich das nicht tat, nickte er bloß, als ob das genau das war, was er von mir als Antwort erwartet hatte."

„Ich nehme dann mal an, dass du jemanden aus Plymouth hättest kennen *sollen*?"

„Ja." Isaac sah mich durchgehend an. „Vor fünfzehn Jahren kaufte ich eine Firma in der Stadt, die Teile für Mobiltelefone herstellte. Es war ein familiengeführtes Unternehmen, nicht groß, aber sie verdienten ganz gut. Sie beschäftigten etwa fünfzig Leute, manche von denen waren seit den Anfängen dabei."

„Ich nehme an, dass die Übernahme für dich besser war als für sie?"

„Er nickte. „Ich hatte sie gekauft, weil sie eine bestimmte Komponente, PCBs, herstellten –" Er bemerkte meinen konfusen Gesichtsausdruck. „Printed Circuit Boards – Leiterplatten. Sie machen aus deinem Smartphone quasi einen Computer und seit Smartphones leistungsfähiger geworden sind, sind PCBs sehr viel komplexer geworden. Diese Firma hatte gerade begonnen, eine bestimmte Art von PCBs herzustellen, und darum wollte ich sie."

„Du wolltest, dass sie diese PCB-Dinger für dich herstellen?"

Isaac schüttelte den Kopf. „Nein. Ich wollte, dass sie *aufhören,* sie zu produzieren, weil meine eigene Firma den zwei größten Mobiltelefon-Herstellern der Welt ein Angebot machen wollte, damit ausschließlich wir sie beliefern würden, und ich wollte nicht, dass die Plymouth-Leute dazukamen und mich unterboten. Also nahm ich ihnen alles, was ihnen nützlich sein könnte – sie hatten ein paar Maschinen, die in Ordnung waren, aber um ehrlich zu sein, waren die recht alt und überholt – und habe sie arbeitslos gemacht." Er sah mich an. „Ich habe dir schon gesagt, dass ich skrupellos war, bevor Joshua geboren wurde. Wie sich herausstellte, war es zweifelhaft, ob sie überhaupt ein Angebot gemacht hätten, denn wahrscheinlich hätten sie nicht genügend Teile herstellen können, aber ich wollte nicht, dass bekannt wurde, dass noch jemand PCBs von derselben Qualität wie unsere produzieren konnte, und auch noch billiger, also ..."

„Also hast du die Firma von jemandem ruiniert und fünfzig Leute auf die Straße gesetzt?"

„Ja. Es war nicht persönlich, sondern geschäftlich."

„Ich bin sicher, dass das ein großer Trost für sie war, als sie zur Arbeitsagentur gehen mussten und sich dort eintrugen. Und dein Anwaltsteam hat dich von allen Konsequenzen geschützt, also warum sich sorgen?" Ich schüttelte den Kopf. „Mann, das ist hart."

„Ich weiß. Deshalb bin ich, nachdem ich Joshua hatte, alle Geschäftsverträge durchgegangen und habe die Dinge richtiggestellt.“

„Aber diesen Vertrag hast du übersehen?“

„Nein, tatsächlich gehörten sie zu den ersten Leuten, zu denen ich ging und die ich korrekt ausbezahlte. Aber einen habe ich wohl vergessen.“

„Steve? Oder jemanden, den er kannte?“

„Seinen Sohn.“

Ich sah ihn an und ein furchtbares Gefühl bildete sich in meinem Magen. „Was ist mit ihm passiert?“

„Er war zwei Jahre lang arbeitslos. Du weißt, wie der Arbeitsmarkt hier unten ist. Er hat sein Haus verloren. Seine Ehe stand unter einer Menge Stress. Schließlich fand er für eine Weile im Ausland Arbeit, was wahrscheinlich der Grund war, warum ihn die Wohltätigkeitsorganisation ausließ, als sie alle ehemaligen Angestellten kontaktierten. Ein paar von ihnen hatten andere Jobs gefunden und ihnen ging es gut, aber jeder, der immer noch finanzielle Probleme hatte, bekam Hilfe.“

„Also was lief schief?“

„Steves Sohn kam nach Hause, nachdem der Job im Ausland platzte, und fand heraus, dass seine Frau die Scheidung eingereicht hatte. Er hatte kein Geld und konnte keinen Ort zum Leben finden, also bekam er das geteilte Sorgerecht für die Kinder nicht.“

„Oh nein. Wo ist er jetzt?“

„Er lebt in einer Einzimmerwohnung, hat keine Arbeit, ist depressiv und Steve sorgt sich um ihn. Er wollte, dass er wieder zu Hause einzieht, aber das tat er nicht, und Steve lebt auch nur von seiner Rente. *Lebte* von seiner Rente. Also konnte er ihm nicht mit Geld helfen."

„Dann hat Steve dich fertiggemacht, weil du sein Leben ruiniert hast?"

„Ja. Und wie gesagt, ich stimmte ihm zu." Isaac sah mich an, fuhr sich mit den Fingern durch das Haar und atmete tief aus. „Ich sagte ihm, dass ich die Schulden seines Sohnes abzahlen und alles tun würde, was ich konnte, um ihm zu helfen, eine Arbeit zu finden – ihn umschulen, für was auch immer er tun wollte. Ich sagte ihm, wir bringen das Leben seines Sohns wieder auf Spur, obwohl ich seine Ehe wohl nicht retten könnte." Er lächelte beschämt. „Er lachte darüber tatsächlich und sagte, dass das für ihn in Ordnung war, denn seine ehemalige Schwiegertochter wäre eine dämliche Kuh. Ich denke, er war zu dem Zeitpunkt schon sehr betrunken."

Ich erinnerte mich, dass Steve am Abend zuvor mit Isaac gelacht hatte, als ich die Tasse Kaffee, um ihn auszunüchtern, brachte. „Dann wart ihr zu dem Zeitpunkt, als alle ins Bett gingen, wieder freundlich zueinander?"

„Ja. Ich meine, er war ziemlich betrunken und ich war mir nicht sicher, ob er sich an alles erinnern würde, was ich gesagt hatte, also schrieb ich gleich eine E-Mail an meine Assistentin, mit allen Infos. Ich bat sie, eine Art Vertrag aufzusetzen, und die Finanzleute sollten herauszufinden, wie viel wir ihm zahlen konnten." Er sah mich offen an. „Ich werde seinem Sohn trotzdem helfen, auch, wenn er nicht mehr da ist, mich belästigt und mir droht, der Presse alles zu erzählen."

„Er hat dich bedroht?"

„Ich denke, das wollte er. Er war da schon ein bisschen zu blau, um sich genau auszudrücken. Und am Ende des Abends war ohnehin alles vergessen." Er stand auf. „Wenn du glaubst, dass ich ihn umgebracht habe und riskiere, meinen Sohn wegen ein paar tausend Pfund zu verlieren, täuscht du dich gewaltig. Ich kann es mir leisten und das ist es wert, mein Gewissen zu beruhigen."

Ich sah ihn nachdenklich an, dann nickte ich. Wenn er die Wahrheit über Steve und seinen Sohn sagte, ergab es keinen Sinn, dass er so viel riskieren würde, wenn es um eine Summe ging, von der er kaum bemerken würde, dass sie sein Bankkonto verließ.

„Die Polizei wird die E-Mail sehen wollen", sagte ich. „Wenn du sie vergangene Nacht abgeschickt hast und darin steht, was du gesagt hast, bist du vermutlich aus dem Schneider."

Er lachte, mit einem Hauch Bitterkeit. „Das ist Karma, nicht wahr? Wenn ich wegen des Mordes an ihm verhaftet werde, ist das meine Bestrafung dafür, dass ich, als ich jung war, ein selbstsüchtiges Arschloch gewesen bin."

„Du hast doch sicher schon genug getan, um das Karma zu besänftigen", sagte ich. Ein erfolgreicher Geschäftsmann wie er hatte sicher einen Killerinstinkt – aber seine Geschichte klang für mich plausibel. Und ich konnte nicht anders, als ihn zu mögen; er war ein guter Vater und ein netter Kerl.

„Ich gehe besser mal und sehe nach meinem Sohn", sagte er und ich nickte.

„Natürlich." Wir gingen zur Tür, aber ich hielt kurz davor inne. „Noch eine Sache ...", sagte ich mit meiner besten Columbo-Imitation; mir war gerade etwas eingefallen. „Gestern Abend, nach dem Essen – während wir unsere Tour durchs Haus gemacht haben und ihr den Abwasch erledigt habt – hast du Joshua gesagt, dass du mit Trevor reden müsstest. Worum ging es da?"

„Was hat das damit zu tun?", fragte er. Es klang, als würde er langsam die Geduld mit mir verlieren. Das passierte mir öfter ... Ich hielt die Hände hoch, um ihn versöhnlich zu stimmen.

„Wahrscheinlich nichts. Wenn überhaupt, hilft es mir, dich komplett auszuschließen. Was solls, oder?"

Er blickte mich an, wog ab, ob er etwas sagen sollte oder nicht, dann lachte er. „Was solls. Okay, Trevor fragte mich, ob ich investieren würde. Er möchte hieraus ein Hotel und eine Hochzeitslocation machen."

„Hat er dich damit überfallen? Wusstest du, dass er das vorhatte, bevor du gestern hier aufgetaucht bist?"

„Nein, aber ich hatte es irgendwie erwartet. Ich habe schon vorher mit ihm Geschäfte gemacht und er ist ein netter Typ, also schließe es nicht aus, wieder mit ihm zu arbeiten. Du würdest es nicht glauben, wo mir Leute schon ihre Geschäftsideen aufgedrängt oder mich um Geld gebeten haben. Jemand hat mir mal eine Investmentmöglichkeit mitgeteilt, als ich in einem Nachtclub auf der Toilette saß. Offenbar hatte er meine Schuhe unter der Lücke der Kabine erkannt, stellte sich davor und redete von seinem Geschäft, während ich, nun ja ..."

„Während du *dein* Geschäft erledigt hast. Ach du meine Güte, wie unhöflich. Das hat Trevor aber nicht gemacht, oder?"

„Nein, so schlimm war er nicht. Ich hatte das Gefühl, dass er mich fragte, ob ich interessiert daran wäre, zu investieren, ohne zu erwarten, dass ich ja sagen würde, sondern eher, weil er es bereuen würde, diese Chance nicht genutzt zu haben.“

„Das klingt logisch. Wirst du investieren?“

Seine Augen schmälerten sich. „Wieso, wenn ich ja sage, willst du dann auch mitmischen? Oder bist du nur neugierig?“

„Ich denke, du kennst die Antwort“, sagte ich und er lachte erneut.

„Ich nehme an, das tue ich. Nein, ich werde nicht investieren. Es ist ein gutes Geschäftsmodell und das Haus und die Location sind schön, aber ... Es gibt da draußen tausende Orte wie diesen. Ich hoffe, sie verdienen genug, um sich zu halten, aber das ist nicht die Art von Sache, an der ich interessiert bin. Die einzigen Dinge, die ich heutzutage noch unterstütze, sind Gemeindeprojekte und solche Sachen, oder Geschäfte, die ich absetzen und das Geld wieder in die Wohltätigkeit stecken kann. Dieser Ort wird nie genug Geld machen, um mein Interesse zu halten.“

„Das klingt ein bisschen hart. Ich nehme an, dass Trevor sich nicht gefreut hat, das zu hören.“

Er zuckte mit den Schultern. „Es ist ehrlich. Versteh mich nicht falsch, ich glaube, dass es für sie laufen wird, aber egal, wie viel sie in das Geschäft stecken werden, es gibt eine Grenze, für das, was sie von den Leuten verlangen können. Hier unten kann man es sich nicht leisten, zu viel von potenziellen Gästen zu verlangen.

Was bedeutet, sie werden nie genug verdienen, um einen Investor wie mich zufriedenzustellen, und müssen dann immer noch ihre Ausgaben begleichen."

„Und wie hat Trevor es aufgenommen?"

„Okay, denke ich. Er war offensichtlich enttäuscht, als ich sagte, dass ich nicht investieren werde, aber ich denke, er schätzte meine Tipps. Wie schon gesagt, wir haben in der Vergangenheit schon miteinander gearbeitet, er weiß, dass das nicht persönlich gemeint ist." Er lächelte. „Und jetzt, Frau Detektiv, darf ich gehen und nach meinem Sohn sehen? Ich verpasse den wahrscheinlich schlechtesten Weihnachtsfilm, der je gedreht wurde."

Ich trat zurück, um ihn durchzulassen. „Nach dir. Ich bin nur froh, dass es nicht *Stirb langsam* ist."

„Nein, den kennt er schon ..."

Kapitel 10

Wo standen wir also mit unseren Ermittlungen? Tatsächlich nirgendwo. Wenn man Isaac Barnes glauben konnte (und ich glaubte ihm), dann hatte mein einziger Hauptverdächtiger – aus Mangel an besseren – nicht mehr länger ein Motiv. Natürlich konnte er auch wie gedruckt lügen, aber dann war da noch diese E-Mail, abgeschickt, bevor die Telefonleitung den Geist aufgegeben und das Wi-Fi mit sich gezogen hatte. Das würde nicht nur seine Geschichte bestätigen, sondern auch seine Behauptung stützen, dass zu der Zeit, zu der er sie angeblich geschickt hatte, er und Steve sich wieder vertragen hatten. Ich hatte den Beweis dafür selbst gesehen, als ich den Kaffee gebracht hatte, obwohl die Atmosphäre im Raum immer noch ein wenig angespannt gewesen war.

Ich lungerte unentschlossen in der Eingangshalle herum, fragte mich, was wohl mein nächster Schritt sein sollte. Ich nahm mein Telefon, aber es gab keine neuen Nachrichten von Nathan und kein Empfangssignal. Wenn er kontaktierbar gewesen wäre, hätte ich alles mit ihm durchgehen und dann das genaue Gegenteil von dem tun können, was er mir sagte (was wahrscheinlich gewesen wäre, dass ich in die Stube gehen, warten und die Polizei ihre Arbeit machen lassen sollte). *Vergiss es.*

Ich konnte aus der Stube Stimmen hören – kein Streit dieses Mal, nur Gerede – und laute Weihnachtsmusik vom Fernseher in der Lounge. Allen schien es scheinbar gut zu gehen. Vielleicht sollte ich nach Pippa sehen, sichergehen, dass niemand sie mit einer antiken Tapisserie erstickt oder sie lebendig in einer Rüstung begraben hatte oder so was ... Ich steckte meinen Kopf durch die Küchentür, aber darin war alles in Ordnung. Mum leistete ihr Gesellschaft und durchsuchte im Moment die Schränke, suchte Kekse für „die Kinder" (ja, klar) und plapperte von Gott und der Welt, während Pippa mit einem abwesenden, etwas verstörten Gesichtsausdruck, den ich recht oft in den Gesichtern der Leute sah, wenn sie Opfer von Shirley Parkers Charme wurden, einfach auf dem Stuhl saß.

„Und *dann* wurde es lila und schwoll auf die doppelte Größe an und ich dachte so bei mir, Shirley, *das* kann nicht gesund sein ..." Ich schlich mich leise wieder fort, bevor ich in, was auch immer für eine widerliche Anekdote Mum da gerade erzählte, verwickelt werden konnte.

Lily kam die Treppe herunter und erschreckte mich.

„Wo bist du gewesen?", sagte ich verärgert. Diese Leute konnten einfach nicht stillsitzen. „Ich habe dir doch gesagt, dass wir alle zusammen bleiben müssen, bis die Polizei hier ist."

„Du warst auch allein unterwegs", erwiderte sie. *Fang bloß nicht so an*, dachte ich. „Wie auch immer, ich musste auf die Toilette. Oder muss ich dahin auch eine Begleitung mitnehmen?"

„Sorry", sagte ich. „Ich bin frustriert. Ich kann einfach nicht verstehen, wieso jemand Steve umbringen sollte.

Was kannst du mir über ihn erzählen? Abgesehen davon, dass er aus Plymouth war und unbedingt Isaac treffen wollte?"

„Nichts. Alles, was wir von ihm wussten, war, dass er ein dicker Kerl mit Bart war und aussah, als würde er einen guten Weihnachtsmann abgeben. Sonst mussten wir nichts wissen und mehr haben wir nicht gefragt."

„Nein ..." Wir standen einen Moment in Stille da, tief in Gedanken versunken. „Wie auch immer, warum gehen wir nicht los und sehen uns schnell mal das Zimmer an? Nur um sicherzugehen, dass nichts fehlt."

„Okay." Lily drehte sich, um wieder die Treppen hinaufzugehen. Ich streckte mich nach ihr und legte meine Hand auf ihren Arm.

„Ich muss dich aber warnen – die Leiche sieht ziemlich schlimm aus." Ich sah ihr ins Gesicht; es war absolut weiß geworden. „Wenn du ein sauberes Laken auf dem Weg holen willst, kann ich zuerst reingehen und sie bedecken. *Ihn* bedecken, meine ich." Sie nickte. „Okay. Du musst dich nur kurz umsehen. Es sah nicht aus, als wäre irgendwas zerstört worden –" *Abgesehen von Steve*, dachte ich. *Er war buchstäblich zerstört worden* ... „Aber natürlich weiß ich nicht, wie das Zimmer sonst aussieht. Vielleicht fehlt irgendetwas, etwas, das der Mörder wollte."

Sie schien skeptisch. „Gut. Das Zimmer war von Anfang an recht leer, aber ich sehe es mir gern an." Recht leer? Es stand voll mit antiken Möbeln und die Wände und Fenster waren mit alten Tapisserien verhangen, aber vielleicht klafften meine und ihre Vorstellung von Minimalismus etwas auseinander. Ich nickte und wir gingen die Treppe hinauf.

Auf dem Absatz wandte ich mich in Richtung Dyneley Suite, aber Lily ging weiter die schmale Treppe hinauf zu den kleineren Zimmern.

„Wo gehst du hin?", rief ich ihr hinterher. Sie stoppte und sah überrascht zu mir zurück.

„Zu Steves Zimmer, wo gehst *du* hin?"

„Zur Dyneley Suite", sagte ich und zeigte auf den Korridor. Sie schüttelte den Kopf.

„Wieso gehst du dahin? Das ist Isaacs Zimmer."

„Nein, ist es nicht."

„Jodie, das ist das beste Zimmer im Haus."

„Vielleicht ist es das. Es ist außerdem der Tatort." Wir starrten einander schockiert an. Es ergab jetzt alles Sinn. Lily hatte gestern Abend gesagt, dass es vier En-Suite-Schlafzimmer gäbe und dass zwei Suiten renoviert worden waren und bereit zur Nutzung. Aber eine der Suiten war Trevors private Unterkunft, also blieb nur ein schicker Raum für spontane Gäste übrig. Abgesehen von zwei Zimmern für mich und meine Crew und einem für James, der wohl eher ein vornehmes Zimmer als das letzte En-Suite-Zimmer bekam – war da noch der Multimillionär-Klient, den man hoffte, noch zu einer Investition in das Hotelgeschäft zu verführen und der grenzwertige Alkoholiker-Weihnachtsmann-Darsteller, dem man fünfzig Tacken die Stunde zahlte. Wenn man jetzt darüber nachdachte, ergab es keinen Sinn, dass Steve den großen, edlen Raum nur für sich hatte.

„Sie haben die Zimmer getauscht ...", hauchte ich. Das eröffnete völlig neue Möglichkeiten. Lily sah mich an.

„Aber wieso? Ich weiß nichts darüber. Soweit ich wusste, war Steve in einem Zimmer ein paar Türen weiter von eurem.“

„Ich weiß nicht ...“ Ich schüttelte den Kopf. „Lass uns jetzt nicht darüber nachdenken. Gehen wir und schauen uns das Zimmer an.“

Lily hielt an einem Wäscheschrank und holte ein sehr großes, sehr weißes Laken heraus. Das wäre bald nicht mehr so weiß, dachte ich, aber letztendlich war das egal; es war besser, als dass sie eine Leiche sehen würde.

Wir gingen den Flur entlang und der Geruch von Blut und Verwesung schien nun sogar noch stärker. Lily, die schon blass ausgesehen hatte, wurde nun noch kalkiger.

„Atme durch den Mund“, sagte ich ihr. „Flach atmen. Dann riechst du es nicht so stark.“ Sie nickte. Ich hatte immer noch den Schlüssel in meiner Tasche, also drehte ich mich zu ihr um, als wir die Tür erreichten. „Ich gehe zuerst rein“, sagte ich. „Ich verdecke es – ihn – und dann rufe ich dich. Fass nichts an, sieh dich nur um. Du musst nicht mal ganz reinkommen, wenn du nicht möchtest. Und sobald du genug hattest, geh einfach, mach dir keine Gedanken, okay?“ Sie nickte wieder. Ich schloss die Tür auf und trat ein.

Drinnen war es erstickend heiß. Mein Kopf schwirrte einen Moment lang wegen des stechenden Geruchs, der die vergangene Stunde über wirklich schlimmer geworden war. Der grausige Anblick auf dem Bett war nicht weniger furchtbar geworden, und so eilte ich hinüber und legte sanft das Laken über den nackten, verstorbenen Weihnachtsmann. Wenigstens blieb ihm so ein wenig Würde. Mit dem Schwert, das aus seinem Rücken ragte, war es unmöglich, seinen ganzen massigen Körper zu verdecken, seinen Kopf *und* seine Beine, also ließ ich diese frei. Ich zitterte, trotz der Hitze im Raum; die schlaffe, leblose Art, wie sie unter dem Laken hervorragten und über die Bettkante hingen, wirkte einfach so unnatürlich. Man konnte sich nur allzu leicht erschrecken, wenn man sie anstarrte und darauf wartete, dass sich die Leiche noch bewegte. Sie waren fleischig und weiß, wirkten wie aufgedunsene Würste.

Ich fühlte die Galle in meinem Hals aufsteigen und stolperte rüber zum Fenster. Es war hier drinnen immer noch sehr dunkel, mit den zugezogenen Vorhängen, also schleuderte ich sie beiseite und öffnete das Fenster weit, um eine willkommene kalte Brise zu begrüßen. Ich atmete tief ein, bevor ich mich wieder dem Raum zuwandte.

„Es ist alles so weit, du kannst reinkommen."

Lily stand zögerlich im Türrahmen, ihre Augen wurden sofort von der Figur auf dem Bett angezogen.

„Oh mein Gott." Sie schnappte nach Luft. Ich ging rüber zu ihr und nahm ihre Hand.

„Ich weiß, es ist schrecklich. Schau nicht hin. Du musst ihn dir nicht ansehen. Du musst dich nur kurz im Zimmer umsehen und mir sagen, ob irgendwas fehlt oder hier nicht hingehört oder einfach nur komisch aussieht. Abgesehen von der Leiche mit dem riesigen Schwert im Rücken natürlich."

Sie warf mir ein schwaches Lächeln zu. „Ja, die war definitiv vorher noch nicht hier drinnen ..." Sie ging ein wenig weiter in den Raum hinein, dann hielt sie inne und sah sich vorsichtig um.

„Es ist wirklich heiß hier drinnen", sagte ich. „Ich denke, darum ist der Geruch auch so schlimm."

Sie schluckte. „Ja, das ist nicht gut. Da ist ein Heizgerät an der Wand gegenüber vom Fenster, das muss er die ganze Nacht an gehabt haben." Sie schluckte schwer. „Wir durften in diesem Teil des Hauses keine Heizung einbauen, also haben wir diese schicken heiß- und-kalt Belüftungs-Heizgeräte angeschafft. Sie sollen auch die Luft filtern." Sie schluckte erneut und ich merkte, dass es ihr übel würde. „Riecht für mich nicht sehr gefiltert."

Ich sah mich um und entdeckte den Heizkörper. Er war ruhig, aber als ich näherkam, fühlte ich, dass er Wärme ausstrahlte. In einem Raum wie diesem wirkten die dicken Steinwände und der Boden wie eine Wärmesenke, welche die Wärme ewig speicherte.

Kein Wunder, dass es sich hier drinnen so drückend heiß anfühlte. Ich erreichte ihn und schaltete ihn ab.

„Die Hitze wird den Verwesungsprozess vermutlich beschleunigt haben", murmelte ich vor mich hin. Sie schüttelte den Kopf.

„Sorry, ich muss hier raus –" Sie verschwand plötzlich, wahrscheinlich auf dem Weg zum nächstgelegenen Badezimmer. Arme Lily. Wenn es um tote Körper ging, war der hier einer der schlimmsten.

Ich wählte meinen Weg vorsichtig am Bett und dem Heizgerät vorbei, achtete darauf, dass ich nichts berührte oder anstieß. Da war eine Tür in die rotgestrichene Trennwand eingelassen und sie stand offen, also ging ich, ohne den Knauf zu berühren, hinein.

Das eingebaute Badezimmer wurde von einem kleinen Fenster beleuchtet. Der Raum roch stark nach Urin und ich konnte sehen, dass sowohl die Brille als auch der Deckel der Toilette oben waren. Ich rümpfte die Nase und sah rüber – jap, der verstorbene Benutzer hatte sich erleichtert und nicht gespült. Wie nett. Wenn wir uns erinnern, nach der Menge an Brandy, die er zu sich genommen hatte, war es ein Wunder, dass er das Ziel überhaupt getroffen hatte. Ich zog eine Grimasse und trat zurück, nur für den Fall, dass er dabei doch nicht so genau gewesen war ...

Ich sah mich ausführlich im Badezimmer und im Schlafzimmer um, aber außer einem kleinen, schlecht platzierten Schreibtisch an einer Wand (ich hätte ihn in der Mitte der Wand aufgestellt und es nervte mein penibles Gemüt, dass er leicht versetzt stand), war alles, was man in einem Schlaf- und in einem Badezimmer erwarten würde, präsent und korrekt. Es war unordentlich, aber das lag am Verstorbenen; seine Kleidung lag zwischen Badezimmer und Bett als Haufen auf dem Boden, seine Schuhe halb unter dem Himmelbett. Und dann war da natürlich noch der Ledergürtel, der um einen Bettpfosten gewickelt war, und der Haufen Bettwäsche. Hatte er irgendein versautes Bettspiel gespielt, wie Debbie vermutet hatte? Und wenn ja, mit wem hatte er es gespielt?

Ich streckte mich und zog das Fenster zu, beschloss, es nur einen Spalt breit geöffnet zu lassen, damit der fürchterliche Gestank entwich und ein bisschen frische Luft einzog, dann eilte ich hinaus, zog die Tür hinter mir zu und ließ dem ehemaligen Heiligen Nikolaus ein wenig mehr Privatsphäre.

KAPITEL 11

Ich ging die Treppen hinunter, tief in Gedanken versunken. Die Offenbarung, dass ursprünglich Isaac in dem Zimmer hätte sein sollen, hatte mich aus dem Konzept geworfen. Hieß das, dass *Isaac* das eigentliche Opfer hätte sein sollen?

Es ergab Sinn. Wie er selbst sagte, hatte er sich in seinem Leben vermutlich viele Feinde gemacht. Er war jetzt vielleicht ein Mr Nice Guy, aber zu seinen Geschäftszeiten war er unheimlich skrupellos gewesen, und obwohl er sich jetzt bemühte, alles wieder in Ordnung zu bringen, konnte es immer noch andere Leute geben, deren Leben er unwissend ruiniert und die er nicht erreicht hatte. Aber die einzige Person, von der wir *wussten*, dass sie einen Grund gehabt hatte, ihn zu hassen – vielleicht sogar Grund genug, ihn zu töten – lag oben, nackt und von einem antiken Schwert aufgespießt. Und Isaac hatte (angeblich) sowieso alle Dinge mit Steve aus dem Weg geräumt; also selbst, wenn er Isaac nicht hatte tot sehen wollen; wenn der philanthropische Multimillionär tot wäre, würde Steves Sohn schließlich gar keine Hilfe bekommen.

Wer sonst wollte Isaac tot sehen? Trevor könnte verärgert über ihn gewesen sein, weil er sich weigerte, in sein Hotel zu investieren. Aber ihn zu töten, würde Trevors Finanzen nicht helfen, also gäbe es keinen Grund für Mord. Was war mit James? Er hatte sich am Morgen sehr seltsam benommen – angespannt und ganz anders als der fröhliche, selbstbewusste, flirtende junge Mann, der er gestern gewesen war. Und dann war diese Sache (was auch immer es war) von letzter Nacht in seinem Zimmer. Aber warum würde er Isaac (oder Steve) töten wollen? Sie schienen sich gut zu verstehen. Er hatte eine hohe Stellung in seiner Wohltätigkeitsorganisation und es gab nichts, was andeutete, dass er finanziell oder beruflich aufsteigen würde, wenn Isaac starb. Außerdem wirkte er auf mich nicht wirklich wie ein Killer. Er war charmant, wenn auch ein bisschen kindisch, aber meiner Erfahrung nach waren das eine Menge der ehemaligen Privatschul-Typen.

Und da war immer noch die Sache, wie es überhaupt jemand in das Zimmer geschafft hatte. Die Tür musste verschlossen gewesen sein; es war die Art von Schloss, die zuschnappte, wenn man die Tür zuzog. Also musste Steve (total betrunken) zu Bett gegangen sein und sie hinter sich geschlossen haben. Wie war der Mörder hereingekommen?

Lily kam mit einem Glas Wasser aus der Küche.

„Geht es dir gut?", fragte ich sie. Sie nickte.

„Ich weiß, du hast mich gewarnt, aber es war viel schlimmer, als ich gedacht hatte", sagte sie. „Es war das erste Mal, dass ich einen toten Menschen gesehen habe."

„Nicht gerade ein gutes erstes Mal. Darf ich dich fragen, wer alles wusste, wer in welchem Zimmer schlafen würde?"

„Ich, Trevor und Pippa", sagte sie. „Trevor und ich haben überlegt, welche Zimmer bereit und nutzbar wären, und Pippa hat mir geholfen, die Betten zu machen. Ich habe euch die Zimmer gezeigt, aber Isaac und Steve wussten nicht, wo sie schlafen würden, bis sie hochgingen, um tatsächlich schlafen zu gehen."

„Und dann sind sie irgendwie in dem Zimmer des anderen gelandet ..." Ich schüttelte den Kopf. „Nichts für ungut, das Zimmer, das Daisy und ich letzte Nacht hatten, ist wunderschön, aber wenn du uns diese Suite gegeben hättest, wäre ich wahrscheinlich eingezogen. Wieso hätte Isaac tauschen wollen?" Lily wusste das natürlich genauso wenig wie ich. „Wo werden die Ersatzschlüssel aufbewahrt? Sind sie weggeschlossen?"

„Die Hausmädchenschlüssel?" Lily wirkte beschämt. „Nein, sind sie nicht. Trevor bewahrt sie im Moment in seinem Schlafzimmer auf. Ich weiß, das ist nicht sicher, aber wie du dich vielleicht erinnerst, haben wir tatsächlich noch nicht als Hotel geöffnet. Wir haben immer noch keine richtige Rezeption. Die Hälfte der Türen hatte bis zur letzten Woche noch keine Schlösser – wir haben sie nur einsetzen lassen, damit wir den Renovierungskram und all das Werkzeug wegschließen konnten, während die Party im Gange war, für den Fall, dass die Kinder nach oben gehen würden."

„Also hätte sich jeder die Schlüssel holen können, wenn er wüsste, wo Trevor sie aufbewahrt?"

„Na ja, nein, nicht wirklich. Nachdem Germaine reingekommen und auf sein Bett gesprungen war, hat er die Tür zu seiner Wohnung abgeschlossen. Und niemand hätte sie vorher gestohlen, denn zu dem Zeitpunkt wussten wir noch nicht, dass ihr übernachtet, oder? Und nur ich und Trevor wussten, wo er sie hingelegt hat. Nicht einmal Pippa wusste, wo sie waren, bis ich es ihr heute Morgen sagte."

„Richtig ..." Das half mir nicht besonders. Ich konnte mir nicht vorstellen, dass Trevor oder Lily ein Motiv für einen Mord hatten. Aber sie hatten beide die Gelegenheit, nicht? Die beiden wussten, wo die Zimmerschlüssel waren. Und keiner von den beiden hatte ein Alibi; Debbie und Mum, ich und Daisy, Isaac und Joshua – keiner von uns hatte allein geschlafen und wir hatten alle jemanden, der dafür bürgen würde, dass wir die ganze Nacht in unseren Zimmern gewesen waren. Dann galt das wohl auch für Bea und Liam (*es sei denn, sie steckten gemeinsam dahinter*, dachte ich) und die japanischen Mädchen. James jedoch hatte allein in einem Zimmer in unserer Nähe geschlafen. Lily hatte die Nacht auf einer Matratze verbracht, in einem der Zimmer unten, während Trevor oben in seiner Wohnung geschlafen hatte.

Lily sah mich neugierig an, offensichtlich wartete sie darauf, dass ich etwas sagte. Ich hoffte, sie bemerkte nicht, dass mir gerade die Möglichkeit durch den Kopf ging, dass sie eine Mörderin sein könnte. Ich räusperte mich.

„Warum hast du Pippa heute Morgen gesagt, dass sie in das Zimmer gehen sollte?"

„Das Frühstück war fertig", erklärte sie. „Und ich wollte sichergehen, dass alle etwas zu Essen bekamen und bereit waren, sich wieder auf den Weg zu machen, falls es noch mehr Schnee geben sollte. Wir hatten die Nachrichten gesehen und sie sagten, dass die Straßen übers Moor frei wären, also dachte ich, dass alle bald los wollten – niemand würde eine weitere Nacht eingeschneit sein wollen.“

„Warum hast du nicht einfach in den Zimmern angerufen?“

„Nicht alle Zimmer haben ein Telefon und selbst die mit einem Apparat sind noch nicht angeschlossen. Ich habe ihr gesagt, sie soll einfach nach oben gehen und anklopfen und wenn sie keine Antwort bekäme, sollte sie den Kopf durch die Tür stecken und rufen.“

Ich nickte. „Okay. Hat Pippa dir irgendetwas darüber gesagt, was sie gesehen hat? Wie sie die Leiche vorgefunden hat?“

„Nein, sie stand total unter Schock. Wir haben sie in die Lounge gebracht, damit sie sich hinlegt, und ich habe versucht sie zu fragen, aber sie wollte einen Moment allein sein. Ich wollte sie nicht drängen. Sie wirkt immer noch ziemlich verstört.“

„Das überrascht mich nicht, das wäre sicher für jeden ein Riesenschock. Ich denke allerdings, dass ich nochmal mit ihr reden muss.“

„Aber sei sanft zu ihr, okay?“ Lily sah mich besorgt an. „Pippa hat viel durchgemacht. Sie hat ihren Ehemann vor ein paar Jahren verloren und hatte allerhand Probleme mit ihrem Sohn, als er klein war. Sie war schon immer ein bisschen instabil. Gott weiß, wie sich das alles noch auf sie auswirken wird.“

„Ich werde nett sein.“ Ich lächelte. „Ich kann nett sein. Aber vielleicht kommst du besser zur moralischen Unterstützung mit.“

***

Pippa war immer noch in der Küche, wurde von Mum zugetextet, die auf einem Stuhl hinter der Kücheninsel saß und eine Packung Schokoladenkekse inhalierte.

„Also *natürlich* musste sich der Doktor das ansehen – so ein netter junger Mann – ein ziemlich gutaussehender – wenn ich nur zwanzig Jahre jünger wäre –"

„Dreißig", korrigierte ich abwesend. „Mum, kannst du bitte mal nach Daisy sehen?"

„Sie ist bei Debbie."

„Dann sieh auch bitte nach Debbie, wenn du schon unterwegs bist." Mum sah mich an, als wäre ich verrückt geworden, dann veränderte sich ihr Gesichtsausdruck zu Verständnis.

„Oh, ja, alles klar, Chef", sagte sie und salutierte spontan. Sie machte auf dem Absatz kehrt und nahm die Schokoladenkekse mit sich. Pippa sah mich in hilfloser Verwirrung an.

„Kümmere dich nicht um sie", sagte ich. „Die ist nicht ganz richtig im Kopf."

„Demenz?"

„Gott, nein, sie ist nur eine Nervensäge, war sie schon immer. Ist es in Ordnung, wenn wir uns kurz unterhalten?" Pippa sah aus, als wollte sie Nein sagen, aber Lily zog einen Stuhl herüber und setzte sich neben sie. Sie nahm ihre Hand.

„Es ist wirklich wichtig, Pip. Jodie weiß, was sie tut." *Ich hoffe, du hast Recht,* dachte ich.

„Also gut. Obwohl ich mir nicht sicher bin, was ich dir sagen soll. Ich habe nichts bemerkt."

„Manchmal bemerken wir Dinge, die wichtig sind, ohne zu realisieren, dass wir sie gesehen haben. Wir werden uns nur kurz unterhalten, solange es frisch in deinem Gedächtnis ist, und sehen, was dabei rauskommt." Ich lächelte sie ermutigend an. „Also, kannst du mir sagen, was heute Morgen passiert ist, als du zum Zimmer hinaufgegangen bist?"

„Du weißt, was passiert ist. Ich habe ihn so auf dem Bett gefunden."

„Ich weiß, ich weiß. Okay, fangen wir ganz am Anfang an. Lily hat dich gebeten loszugehen und Steve zu wecken."

„Nicht nur Steve, auch Isaac und seinen kleinen Jungen. Niemand hatte einen von ihnen gesehen, also dachten wir, dass sie immer noch in ihrem Zimmer waren."

„Ah, okay. Also bist du auch in dem anderen Zimmer gegangen – dem im Stockwerk darüber – oder nur zur Dyneley Suite?"

„Nur zur Dyneley Suite. Ich dachte, da gehe ich als Erstes hin, dann zu dem anderen Zimmer." Sie schüttelte sich. „Aber natürlich bin ich nicht dazu gekommen."

Ich lehnte mich vor und legte meine Hand auf ihren Arm. „Das machst du sehr gut, du bist sehr tapfer. Ich weiß, dass du nicht darüber nachdenken willst, aber wir müssen wissen, was passiert ist."

„Du bist aber nicht die Polizei", sagte sie. „Ich muss überhaupt nicht mit dir reden."

„Nein, nein, das musst du nicht", antwortete ich, „aber ich stelle nur die Fragen, die sie dich auch fragen werden. Und ich bin taktvoller als sie es sein werden."

„Wenn du es mit Jodie zuerst durchgehst, wird es das einfacher machen, wenn sie mit dir reden", sagte Lily. „Du wirst wissen, was du sagen willst. Und sie kann vielleicht sogar für dich mit ihnen reden." Die Chancen standen nicht sehr gut, dass das passierte – Pippa war eine wichtige Zeugin –, aber ich würde Lily nicht verbessern.

Pippa war immer noch zögerlich, aber ich würde nicht nachgeben.

„Du dachtest also, dass du zuerst nach Isaac und Joshua sehen würdest. Wusstest du, dass sie die Dyneley Suite bekommen hatten?"

„Ja", sagte sie. „Lily hatte mir am Abend zuvor gesagt, wo wer schlafen würde."

„Als du zu dem Zimmer gekommen bist, war die Tür verschlossen oder stand sie offen?" Sie sah mich einen Moment lang an, als ob sie nicht verstand, was ich sagte. „Als du die Treppe herunterkamst, hattest du den Schlüssel in der Hand, oder? Und die Tür oben stand noch offen. War das schon so oder hast du die Tür aufgeschlossen und den Schlüssel herausgezogen?"

„Ich ..." Sie zögerte. *Oh, um Himmels willen!*, dachte ich. *Das ist keine Fangfrage!*

„War die Zimmertür verschlossen oder offen?" Ich versuchte die Verärgerung aus meiner Stimme herauszuhalten. Es war eine einfache Frage und es würde der Polizei helfen herauszufinden, wie der Mörder hereingekommen war, oder, was vielleicht noch wichtiger war, wie er herausgekommen war. Wenn er panisch oder gestresst gewesen war – wenn der Mord spontan begangen wurde oder vielleicht aus Notwehr –, hatte er vielleicht nicht daran gedacht, die Tür zuzuziehen, weil er es eilig hatte, den Tatort zu verlassen. Wenn er ruhiger gewesen war – wenn er den Angriff geplant hatte –, hatte er sich vielleicht die Zeit genommen, die Tür zu schließen, in der Hoffnung, dass er die Abbey, zu dem Zeitpunkt, zu dem die Leiche entdeckt wurde, schon verlassen hätte. „Vielleicht hat Steve die Tür offen gelassen?“

„Sie war ... verschlossen.“ Es klang, als dächte sie laut nach. „Ja, sie war verschlossen.“

„Ganz sicher?“

„Ja. Ja, das war sie. Ich bin hochgegangen und die Tür war verschlossen, also habe ich sie aufgeschlossen.“ Sie sah zu Lily. „Es tut mir leid, die ganze Sache ist so furchtbar, ich kann mich nicht an alle Details erinnern.“

„Das ist in Ordnung“, sagte Lily, tätschelte ihre Hand und sah mich mit diesem *Sei nett zu ihr*-Ausdruck auf ihrem Gesicht an. Ich nickte ihr kaum merklich zu.

„Was hast du dann gemacht?“, fragte ich, so sanft wie ich konnte.

„Ich habe reingeschaut und ihn auf dem Bett gesehen. Und ich habe den Geruch bemerkt.“ Sie zitterte.

„Ja, der war ziemlich schlimm. Hast du das Licht angeschaltet?“

„Wieso?“

„Na ja, es war ziemlich dunkel da drinnen. Die Polizei wird Fingerabdrücke von allen Oberflächen nehmen, wie dem Türknauf, dem Schloss und dem Lichtschalter, also wenn du die berührt hast, werden sie deine Abdrücke auch nehmen, um sie ausschließen zu können.“

„Oh, ich verstehe ... Nein, habe ich nicht. Ich dachte, wenn Isaac verschlafen hat, dann wäre es unhöflich, es anzuschalten und ihn so zu wecken. Ich habe die Zimmertür weit geöffnet und es kam genug Licht von dem

Flur herein, um die Figur auf dem Bett zu erkennen –
und das Schwert ..." Ihre Stimme brach.

„Es ist in Ordnung, das ist alles, was ich wissen muss",
sagte ich. „Danke."

Lily tätschelte ihren Arm erneut.

„Das hast du wirklich gut gemacht. Wieso kommst du
nicht mit in die Stube zu den anderen? Das lenkt dich
ein wenig ab."

„Vielleicht später", sagte sie, aber ich wusste, dass sie
nicht wirklich wollte. Ich nickte.

„Okay. Nun, du weißt, wo wir sind, wenn du uns
brauchst."

Debbie steckte ihren Kopf durch die Küchentür. „Bist
du hier drinnen fertig?", fragte sie.

„Ja, wieso?"

„Die japanischen Mädels sind verschwunden und niemand weiß, wo sie sind ..."

***

Ich kehrte zurück in die Stube. James saß am Kamin
und wirkte angespannt. Er hatte die Zeitung von gestern in der Hand und las sie anscheinend, aber ich bemerkte, dass er wieder und wieder dieselbe Seite über-
flog, den Text nicht wirklich wahrnahm und sich nicht
konzentrieren konnte. Ich wollte ihn wirklich nach seinem mitternächtlichen Besuch fragen, aber nicht vor
Bea und Liam, die auf der anderen Seite des Raumes
standen und sich ruhig miteinander unterhielten. Ich
mochte die beiden wirklich nicht.

„Wo sind Hina und ihre Freundinnen?", fragte ich. James sah überrascht auf.

„Ich habe keine Ahnung. Sie haben sich Sorgen um ihr Auto gemacht. Vielleicht sind sie nach draußen gegangen, um nachzusehen, ob der Schaden wirklich so schlimm ist, wie sie gestern Nacht dachten?" Ich zeigte auf einen Haufen Jacken, der auf einem anderen Stuhl lag.

„Ihre Mäntel sind alle noch hier. Ohne die wären sie nicht nach draußen gegangen. Hast du nicht gehört, was sie gesagt haben, bevor sie gegangen sind?"

„Ich belausche die Unterhaltungen anderer Leute nicht", sagte James und ich fragte mich einen Moment lang, ob er wusste, dass ich ihn in der Nacht zuvor vor seiner Tür gehört hatte. Das konnte er nicht. Oder doch? Er lächelte auf einmal reumütig. „Tatsächlich tue ich das, aber nicht, wenn es in einer anderen Sprache ist, auf die ich mich konzentrieren muss. Für dich klinge ich vielleicht fließend, aber ich bin kein Muttersprachler."

„Das ergibt Sinn. Lass es mich wissen, wenn du sie siehst, okay? Ich finde, wir sollten alle zusammen bleiben."

„Warum?" Auf der anderen Seite des Raums schaute Bea auf und beobachtete mich interessiert. Ich erwiderte ihren Blick kühl.

„Weil es möglich ist, dass ein Mörder im Haus ist." *Und ich habe dich und deinen Partner noch nicht ausgeschlossen,* dachte ich, aber ich verdächtigte sie nicht wirklich des Mordes. Ich verdächtigte sie wegen *irgendetwas,* aber ich war mir nicht sicher, was das war.

Debbie kam in die Stube.

„Hast du sie gefunden?", fragte ich. Sie schüttelte den Kopf.

„Sie sind nicht im unteren Stockwerk. Du glaubst nicht, dass die es waren und abgehauen sind, oder?", fragte sie leise.

„Warum sollte eine Gruppe japanischer Touristen den Weihnachtsmann töten? Haben die in Japan überhaupt einen Weihnachtsmann?"

„Woher soll ich das wissen", sagte sie. „Aber du hast Recht, ich kann mir keine von ihnen als Mörder vorstellen."

„Nein. Lass uns nicht vergessen, dass es *jemand* von hier war, und bis wir sein Motiv kennen, können wir nicht wissen, ob derjenige noch einmal zuschlägt." Ich blickte sie ernst an. „Wir müssen sie finden."

„Die Mädels oder den Mörder?"

„Beide, am besten. Aber konzentrieren wir uns zuerst auf die Mädchen."

„Vielleicht sollten wir alle zusammenrufen und eine Suchaktion starten –"

„Das können wir nicht, oder? Würdest du losziehen und das Haus mit jemandem durchsuchen wollen, der vielleicht ein Mörder ist?"

„Daran hatte ich nicht gedacht. Okay, was tun wir dann?"

Ich lächelte sie an. „Was wir am besten können. Wir gehen los und schnüffeln herum."

***

Debbie hatte schon die anderen Zimmer unten durchsucht, also machten wir uns auf den Weg nach oben in den ersten Stock. Wir hatten gerade die letzte Stufe erreicht, als wir hinter uns Schritte hörten.

169

„Braucht ihr Hilfe?" Es war James. Debbie sah mich bedeutungsvoll an – *Er könnte der Mörder sein!* –, aber trotz seines mangelnden Alibis, seinem nächtlichen Besucher und seiner seltsamen Stimmung heut Morgen, konnte ich mir immer noch nicht vorstellen, dass er Steve umgebracht hatte. „Ich dachte, ich könnte als Übersetzer fungieren. Ihr sucht nach den Mädchen, nehme ich an?"

„Ja, das tun wir", sagte ich. „Danke, ich bin sicher, dass uns deine Sprachkenntnisse von Nutzen sein werden."

Er lächelte. „Wie ich schon sagte, ich spreche nicht fließend, aber ich kann mich verständlich machen." Er ging mit uns und Debbie warf mir erneut einen *Bist du dir da sicher?!* Blick zu. Ich nickte ihr kaum merklich zu.

„Sollen wir uns trennen?", fragte er.

„Ja, lasst uns das tun." Debbie hatte es unanständig eilig, ihn loszuwerden. „Wieso schaust du nicht oben?"

„Cool." Er wand sich um und ging die zweite Treppenflucht hinauf. Debbie drehte sich zu mir um.

„Was ist los mit dir? Was hast du unten noch zu mir gesagt? Er könnte der Mörder sein."

„Ich weiß, aber ich glaube nicht, dass er es ist. Wie auch immer, wenn er irgendetwas versucht hätte, nehme ich an, hätten du und ich ihn ohne Probleme packen können. Er war auf einer schicken Privatschule, wie du weißt, wobei wir auf den harten Straßen aufgewachsen sind."

Debbie schnaubte. „Den harten Straßen von Penstowan? Das ist nicht gerade Süd LA."

„Nein, es ist sogar schlimmer. Ich habe gesehen, wie sich erwachsene Männer um die letzte Pastete bei

Rowe's prügeln. Das kann wirklich heftig werden, das sag ich dir." Wir hielten vor einer Tür inne. „Ich weiß nicht einmal, ob die Zimmer hier offen sein werden. Lily meinte, sie haben den Renovierungskram weggeschlossen, also ..."

Debbie griff nach dem Türknauf einer der Suiten. Er drehte sich. „Vielleicht haben sie die letzte Nacht aufgeschlossen, als sie überlegten, welche Zimmer sie verwenden könnten."

Wir gingen rein. Das Zimmer war größer und heller als der Tatort; die Fenster waren hoch und die Decke schien es auch zu sein. Es musste zu dem Teil des Hauses gehören, der später ergänzt wurde. Die Böden waren blanke Holzbretter und ein paar Möbelstücke standen an die Wand gerückt. Farbtöpfe und eine Leiter befanden sich in einer Ecke und es war ziemlich offensichtlich, dass sich hier keine Horde Japanerinnen verstecken konnte.

„Dieses Zimmer ist größer als die erste Wohnung, die ich in Manchester hatte", sagte Debbie, während sie sich umsah. Ich nickte.

„Jap. Ich habe in Südlondon in einem Schuhkarton gewohnt, als ich von zu Hause ausgezogen bin. Man könnte die ganze Wohnung in dieses Zimmer quetschen und hätte immer noch Platz."

Wir überprüften die anderen Suiten. Eine war verschlossen. Debbie sagte mir, dass diese Trevors Wohnung war, in der sie am Nachmittag zuvor gewesen war, als sie das Himmelbett vor Germaines Avancen gerettet hatte; dort konnten die Mädchen nicht sein. Die anderen waren der ersten sehr ähnlich – in verschiedenen Stadien der Renovierung – abgesehen natürlich von der Suite am Ende des Ganges, aber keine von uns fühlte das Verlangen, dort noch einmal hineinzugehen, es sei denn, wir mussten.

„Ich hoffe, James hat mehr Glück", sagte ich, als wir die letzte Tür hinter uns schlossen. Debbie sah mich finster an.

„Ich hoffe nur, er findet sie nicht und bringt sie alle um die Ecke."

„Wieso sollte er sie töten? Die sind gestern Nacht total auf ihn abgefahren. Der wird eher versuchen mit ihnen zu schlafen. Nehme ich an." Ich machte nur Scherze, aber plötzlich fragte ich mich, ob sein Besucher von gestern Nacht eines der Mädchen gewesen war. Vielleicht hatten sie sein Flirten ernst genommen? Und dann hatte James wütend abgelehnt. Er schien mir nicht schmierig genug, um so ein Angebot tatsächlich anzunehmen (wenn sie ihm tatsächlich eines gemacht hatten), aber er war auf jeden Fall höflich und besaß gute Manieren; ich hätte von ihm ein wenig Wohlwollen und eine sanfte Ablehnung erwartet. Außerdem, auch wenn manche junge Frauen sehr locker eingestellt waren (und ich wünschte ihnen viel Glück, wenn es das war, was sie wollten – der Gedanke, dass ich mich bis auf meine Marks & Spencers Unterwäsche vor jemandem ausziehen würde, den ich kaum kannte, klang für mich wie ein absoluter Alptraum), aus irgendeinem Grund schienen mir die Japanerinnen nicht so zu sein. Von dem bisschen, was ich über deren Kultur wusste (alles aus Filmen und Büchern, also vermutlich komplett falsch), war, dass sie zurückhaltend, sehr höflich und sehr auf ihre soziale Stellung bedacht waren. Ich schüttelte den Kopf, angeekelt von mir selbst. Ich hatte das Offensichtliche vergessen. Das Gespräch, das ich in der Nacht zuvor mit angehört hatte – James' Seite zumindest – hatte in unserer Sprache stattgefunden, nicht auf Japanisch. Hina sprach zwar ganz gut Englisch, aber sicher nicht gut genug, um jemanden zu verführen. Wenn sie es gewesen *wäre* (und auch wenn ich den Teil der Unterhaltung des unbekannten Besuchers nicht hatte hören können, hatte ich doch genug gehört, um recht sicher zu sein, dass es eine weibliche Stimme gewesen war), hätte James sie sicher in ihrer Sprache abblitzen lassen. Ich merkte, dass Debbie mich anstarrte. „Was?"

„Du bist gerade in deinem Kopf alle Szenarios durchgegangen, in denen James jemanden entweder ermordet oder mit ihm geschlafen hat, und hast sie ausgeschlossen, oder?"

„Ist das so offensichtlich? Ich glaube einfach, dass er ein netter Kerl ist."

„Jack the Ripper war wahrscheinlich auch nur ‚ein netter Kerl' für jemanden, den er nicht ermordet hat, deshalb ist er davongekommen."

„Der einzige Grund, weshalb du ihn nicht magst, ist, weil er reich ist. James ist –" Unsere Unterhaltung wurde von einem hohen Schrei aus dem Stock über uns unterbrochen. Debbie sah mich mit erhobenen Augenbrauen an.

„Was wolltest du gerade sagen?"

Wir rannten die Treppe hinauf und in den Flur. Alle Zimmertüren waren geschlossen, die Lichter aus und der Korridor leer. Ich fragte mich kurz, ob der Schrei vielleicht das Heulen der bisher abwesenden Grauen Dame gewesen war, aber dieser dumme Gedanke wurde sogleich von der Tatsache vertrieben, das Hina um die Ecke gestürzt kam, in der ich mich in der Nacht zuvor versteckt hatte, und in uns hinein rannte.

„Hina! Was ist los? Was ist passiert?" Ich packte sie an den Schultern und sah in ihr Gesicht. Für einen Moment dachte ich, sie würde weinen, aber dann warf sie ihren Kopf zurück und ich begriff, dass sie lachte.

„Ist sie hysterisch?", fragte Debbie, nahm die Hand zurück, bereit, ihr ins Gesicht zu schlagen.

„Nein, ist sie nicht!" Ich schüttelte den Kopf in ihre Richtung. „Meine Güte, Weib, bist du schnell damit, jemandem eine zu klatschen. Kein Wunder, dass Callum macht, was man ihm sagt." Ich sah mit ernstem Gesichtsausdruck zurück zu Hina. „Hina, hör auf. Was ist los?"

Sie konnte gerade lange genug aufhören zu lachen, um hinter sich zu deuten. Ich drehte sie um und schob sie praktisch vor mir durch den Flur, um die Ecke und zu der kurzen Treppe, die den Turm hinaufführte. Als wir dort ankamen, wurden wir fast von einem weiteren Mädchen umgestoßen, das die steinernen Stufen hinunter eilte. Sie lachte so sehr, dass sie beinahe stolperte und fiel. Ich streckte ihr eine Hand entgegen, um sie aufzufangen, damit sie sich den Kopf nicht auf dem harten Boden aufschlug, obwohl ich zu meiner Schande gestehen muss, dass mir die Mädchen mit ihrem plötzlichen Verschwinden und dem nervigen Kreischen und Lachen, langsam auf den Keks gingen, und ein Teil von mir wollte sie fallen lassen. Dann würde sie wohl die Klappe halten.

„Wo sind die anderen? Habt ihr James gesehen?"

Hina sagte etwas und die beiden lachten, dann zeigten sie die Treppe hinauf. Debbie und ich wechselten einen Blick. „Bleibt hier", sagte ich streng, mit einer *Bleib!*-Geste und einem Ausdruck, von dem ich hoffe, dass man kein Englisch sprechen musste, um sie zu verstehen, und marschierte den Turm hinauf.

Er war leer. Mir entfuhr ein großes, frustriertes *Aaaargh* und war gerade dabei wieder zu verstummen, als ich ein gedämpftes klopfendes Geräusch hinter mir vernahm. Ich drehte mich langsam um … da war nichts …

„Jodie! Hilfe!" Ich erschrak und sah aus dem Fenster. James war draußen, auf dem Dach, und versuchte das Fenster zu öffnen. Ich griff nach dem Riegel und riss es auf – es war alt, rostig und ziemlich steif, und ich musste mit meiner Hand einige Male im Bruce-Lee-Style dagegen hauen, um es zu bewegen – ich ließ ihn und einen Haufen Schnee herein.

„Was zum …?"

„Diese blöden Weiber!", sagte James und hüpfte herum, rieb seine Hände aneinander, um sich aufzuwärmen. Wenn jemand so etwas mit mir gemacht hätte, hätte ich härtere Worte als ‚blöd' für sie gefunden. Ich streckte meine Hände aus und begann seine Arme mit meinen, sehr viel wärmeren Händen zu reiben, als wäre er ein Kleinkind oder so etwas.

„Hina und ihre Freundinnen haben dich ausgesperrt?", fragte ich verwundert. Er nickte.

„Ich habe sie hier oben entdeckt, wie sie Verstecken spielten", sagte er. „Ich sagte ihnen, dass wir nach unten gehen müssten, aber sie meinten, ihnen wäre langweilig und dass ihnen das hier Spaß machte. Dann sagte eine von ihnen, dass sie das Fenster geöffnet hatte, um hinauszuschauen, und dabei wäre ihr Ohrring in den Schnee gefallen. Sie schien wirklich verärgert, also bot ich an hinauszuklettern und ihn zu holen – das Dach ist hier flach, also dachte ich nicht, dass es schwer sein würde. Und dann hat dieses Gör das Fenster zugemacht!" Er schüttelte verblüfft seinen Kopf. „Ich liebe die japanische Kultur, aber sie haben eine seltsame Art von Humor."

„Wie lange warst du schon da draußen?"

„Bloß eine Minute. Ich bin mir sicher, dass sie mich wieder hereingelassen hätten, aber das Fenster hatte sich verklemmt und sie bekam es nicht mehr auf. Es half auch sicher nicht, dass sie so lachte." Er grinste beschämt. „Ich habe eine Schwäche für das Fräulein in Nöten. Was für ein absoluter Idiot ich bin."

„Kein Idiot. Es war wirklich nett, dass du ihnen helfen wolltest. Das hätten sie nicht tun sollen, ob gelangweilt oder nicht. Hast du alle vier von ihnen gefunden?"

Er schüttelte den Kopf. „Nein, die anderen zwei verstecken sich in Zimmern unten." Er grinste. „Ich habe sie ordentlich gescholten, darüber, dass sie im Haus herumstromern, ohne Erlaubnis. Ich hab es wahrscheinlich verdient, weil ich ihnen den Spaß verdorben habe."

„Unsinn." Ich ließ meine Hände fallen und lächelte ihn an. „Na komm, lass uns gehen und die anderen finden und sie auch schelten."

KAPITEL 12

Wir fanden die anderen zwei Mädchen und führten sie nach unten, wo ich ihnen eine ordentliche Rüge verpasste, die James übersetzte. Ihr Lachen erstarb, während ich erklärte, weshalb wir zusammen bleiben sollten.

„Der Mann, der gestorben ist – wir denken –" Hina griff sich an die Brust und tat so, als stürze sie. Ich schüttelte den Kopf.

„Nein. Es war Mord." Ich gestikulierte dann ebenso, griff einen unsichtbaren Dolch und stach damit wie irre auf Debbie ein, als spielten wir *Psycho* nach. Debbie spielte den Part des Opfers ein wenig zu gut, hielt sich ihre „Wunde" und stolperte rückwärts, bevor sie langsam starb, leidend und, um ehrlich zu sein, ein bisschen übertrieben. Ich machte mir in Gedanken eine Notiz, dass ich ihr von der örtlichen Theatergruppe erzählte, die immer nach frischem Blut suchten. Die Mädchen quietschten alle und drängten sich zusammen. James sagte ein paar Worte und sie nickten, dann wandte er sich mir zu.

„Die werden von jetzt an zahm wie Lämmer sein", sagte er. Wir alle wirbelten herum, als Bea aus der Stube kam, um zu sehen, was los war.

„Alles okay?", rief sie. James blickte finster drein und seine gute Laune verschwand augenblicklich.

„Die Polizei sollte besser bald hier auftauchen, bevor wir alle durchdrehen." Er schob sich an ihr vorbei und ging in die Stube zurück, ohne Zweifel, um sich wieder, wenn auch nur zur Schau, der Zeitung zu widmen. *Interessant*, dachte ich.

Ich ging zurück in die Lounge, um Daisy und Germaine von ihren Babysitter-Pflichten zu erlösen, aber sie beide waren so vertieft in den Weihnachtsfilm, in dem Nick Festive jetzt dabei war, zuzugeben, dass er tatsächlich doch der Weihnachtsmann war, und einer trauernden Familie dabei half, den Geist der Weihnacht wiederzufinden. Isaac sah auf und lächelte, als ich mich neben ihn setzte.

„In der Ermittlung weitergekommen, Detective?", fragte er mit gesenkter Stimme. Ich zuckte mit den Schultern.

„Schlimmer verwirrt als zuvor", gab ich zu. „Aber das heißt normalerweise, dass man kurz vorm Durchbruch steht."

„Wirklich?"

„Ja", erklärte ich und hoffte, dass es nicht so offensichtlich war, dass ich log. „Darf ich fragen – wieso haben du und Steve gestern Nacht die Zimmer getauscht? Und wer sonst wusste davon?"

„Joshua und ich sind nicht lange nach euch zu Bett gegangen – ich denke, da war es gerade zehn? Der arme kleine Mann schlief beinahe im Stehen ein." Isaac sah seinen Sohn zärtlich an. „Aber er mochte das Zimmer nicht. Er fand es gruselig. Unser Haus ist eine große, moderne Glas- und Betonbox, nicht so was wie dieses, also ist er alte Häuser nicht gewohnt und all das Knarren und die Geräusche, die sie machen. Und anscheinend hatte er gehört, dass Lily euch erzählte, dass Leute gehängt, gestreckt und geviertelt wurden, und er wollte wissen, was das bedeutet, denn offensichtlich war das schlecht. Ich hab's ihm erklärt, was wahrscheinlich nicht geholfen hat. Wie auch immer, ich konnte ihn nicht zum Schlafen bringen, also sind wir nach unten gegangen – ich wollte herausfinden, ob die jungen Damen das Zimmer wollten und wir hier schlafen könnten oder so was in der Art. Aber dann trafen wir Steve in der Küche und er bot an, mit uns zu tauschen.“

„Also habt ihr im oberen Stockwerk geschlafen, in einem der En-Suite-Zimmer?“

Er nickte. „Ja. Joshua fühlte sich dort viel wohler und schlief sofort ein.“

„War noch irgendjemand dabei, als du und Steve vereinbart habt zu tauschen? Hat jemand gehört, dass ihr darüber gesprochen habt?“

Er schien darüber nachzudenken. „James kam herein, als wir es besprachen. Er sagte, Steves Zimmer wäre direkt neben seinem, dann könnte er, wenn wir tauschten, morgens bei mir anklopfen.“

Ich lächelte. „James hat keine Kinder, oder?“ Er lachte.

„Nein. Joshua weckte mich um sechs, weil er einen Schneemann bauen wollte. Ich habe gehört, dass ihr mit dem Hund raus seid, und er wollte unbedingt mit euch mitkommen, aber es war einfach zu kalt.“

„Da hast du nicht unrecht, es war *eisig*“, bestätigte ich. Aber ich dachte, *James wusste Bescheid ...* Das sprach ihn, für mich zumindest, frei. Er hätte (durchaus) ein Motiv haben können, Isaac töten zu wollen, und hätte stattdessen aus Versehen Steve umbringen können, in dem, was Isaacs Zimmer hätte sein sollen. Aber er hatte gewusst, dass sie getauscht hatten, was dieser Theorie ein Ende machte. Und um ehrlich zu sein, wie konnte man Steve mit Isaac verwechseln? Isaac hatte die Hälfte des Umfangs des falschen Weihnachtsmanns und wahrscheinlich auch ein paar Zentimeter mehr an Höhe. Selbst im Dunkeln würde es schwerfallen, den einen für den anderen zu halten. „Hast du irgendetwas anderes gehört, früher am Abend? Ist jemand gegangen oder gekommen? Stimmen?"

Isaac sah mich interessiert an. „Nein ... wieso? Glaubst du, jemand auf unserem Stockwerk hat etwas damit zu tun?"

„Nein, ich dachte nur –"

Germaine setzte sich plötzlich auf, ihre Ohren aufgestellt.

„Was ist mit deinem Hund los?", fragte Isaac. Aber bevor ich antworten konnte, sprang sie los und lief, mit wedelndem Schwanz, in die Eingangshalle und auf die Eingangstür zu.

„Wahrscheinlich muss sie sich nur mal erleichtern", sagte ich und folgte ihr. Sie wimmerte ein wenig und kratzte am Holz. Ich griff nach oben und öffnete die Tür ... und sprang dann erschrocken zurück, denn Nathan stand vor mir, die Hand zum Klopfen erhoben. Er erschrak auch, dann lachte er, als Germaine sich auf ihn warf (auf seine Füße zumindest) und aufgeregt japste. Er bückte sich, um sie zu streicheln.

„Ja, ich bin auch froh, dich zu sehen", sagte er.

„Was machst du denn hier?" Ich schnappte nach Luft.

Er grinste. „Ist das nicht offensichtlich? Ich bin gekommen, um dich zu retten."

„Bist wohl eher gekommen, um mich davon abzuhalten, die Nase überall reinzustecken", sagte ich, aber ich war so froh ihn zu sehen. „Ich habe nicht mal gehört, dass du die Einfahrt heraufgefahren bist."

Er zeigte über seine Schulter. Hinter ihm stand ein sehr schicker, sehr neu wirkender Polizeiwagen. Ich war überrascht; er fuhr normalerweise keinen markierten Wagen. „Es ist so ein neues Elektroauto, das wir ausprobieren. Zickt im Schnee nicht rum und man kann sich an die Verbrecher anschleichen."

Ich trat einen Schritt zurück, um ihn einzulassen, dann zerrte ich Germaine von seinen Beinen weg und umarmte ihn. „Sorry, ich weiß, ich soll dich nicht küssen, wenn du im Dienst bist, aber –" Er lachte.

„Das ist okay, es schaut gerade niemand ..." Aber wir wurden von Trevor und James hinter uns gestört.

„Sind Sie von der Polizei? Endlich!" James wirkte erleichtert. Nathan drehte sich um und holte seine Marke hervor.

„DCI Nathan Withers von der Penstowan Polizei. Sind die Kollegen aus Carricksmoor noch nicht hier?"

„Nein, das sind sie nicht", sagte James wütend. „Wir müssen das Ganze mal hinter uns bringen, damit die Leute nach Hause gehen können."

„Absolut, Sir." Nathan war immer höflich, aber besonders zu unhöflichen Leuten. Er war oft so höflich zu ihnen, dass man ihn verdächtigte, es nicht ernst zu meinen, aber es gab nie etwas, das sie ihm ankreiden konnten, um es zu beweisen, was sie verwirrte und manchmal sogar noch unhöflicher werden ließ. „Mein Kollege, DS Turner, ist auf dem Weg und sollte bald hier sein, um die Aussagen von allen aufzunehmen. Wenn Sie bitte nach ihm Ausschau halten würden? Danke.“

„Was? Können Sie nicht vielleicht schon mal anfangen? Das dauert hier Ewigkeiten –“

„Sind Sie der Eigentümer des Hauses, Sir?“

„Nein“, sagte Trevor, „das bin ich. Trevor Manning.“

„Mr Manning, wenn Sie bitte Ihre Hausgäste beieinander halten könnten, sodass, wenn DS Turner und die Kollegen aus Carricksmoor kommen, sie wissen, wo alle zu finden sind, das wäre sehr hilfreich. Währenddessen muss ich mir den Tatort ansehen. Ms Parker hier kann mir zeigen, wo er ist.“ Nathan warf Trevor und James sein höflichstes Lächeln zu und blieb, bis Trevor es schaffte, den grummelnden James zurück in die Stube zu schieben.

Nathan wandte sich an mich. „Na, der scheint ja ein interessanter Typ zu sein.“

„James? Der ist in Ordnung, nur ein bisschen gestresst. Er ist Isaac Barnes‘ rechte Hand. Vielleicht wird man so, wenn man für einen Multimillionär arbeitet.“

„Dann ist es ja gut, dass ich Bulle bin. Nach oben?“

***

Wir gingen nach oben.

„Wie kommt Matt denn hierher?“, fragte ich. „Warum ist er nicht mit dir gefahren?“ Nathans Detective Sergeant, Matt Turner, begleitete ihn immer bei seinen Ermittlungen und ich hatte das Gefühl, dass es Nathan gefiel, den jungen Polizisten unter seine Fittiche genommen zu haben.

„Ich habe es geschafft, zur Wache zu laufen, aber er steckte auf der Familienfarm fest ..." Nathans Cottage war in der Stadt, nicht weit von der Polizeiwache entfernt, aber ich erinnerte mich vage daran, dass Matt erzählt hatte, dass er in einer umgebauten Scheune auf dem Grundstück seines Vaters lebte, ein paar Meilen außerhalb von Penstowan. „Er sagte, dass er erst ihre Einfahrt freischaufeln muss, dann würde er sich den alten Land Rover seines Vaters leihen und mich hier treffen."

„Ich hoffe nur, dass es kein Diesel ist ..."

Wir erreichten das obere Ende der Treppe. Nathans Nasenflügel zuckten.

„Du meine Güte, das ist nicht gut."

„Ja, der Geruch ist ziemlich schlimm. Sei einfach dankbar, dass ich die Heizung im Zimmer abgedreht und ein Fenster geöffnet habe." Ich wandte mich zur Dyneley Suite, aber Nathan hielt mich am Arm, um mich aufzuhalten.

„Bevor wir reingehen, erzähl mir erstmal, wer alles hier ist. Du, Daisy, Debbie und deine Mum – wer ist noch über Nacht geblieben?" Ich ging die Liste der Schneeopfer der Abbey durch. Nathans Augenbrauen stiegen höher und höher, während ich von der unerwarteten Ankunft der japanischen Umwelttouristinnen und dem mysteriösen (und sehr verdächtigen, für mich zumindest) Paar, Bea und Liam, berichtete. Er seufzte. „Oh, toll, also haben wir jede Menge möglicher Verdächtige. Ich liebe es, wenn wir mindestens zehn

Leute haben, die es gewesen sein könnten. Das macht mein Leben so viel leichter, als wenn es nur eine Person mit einem wirklich offensichtlichen Motiv wäre." Er sah mich mit einem hoffnungsvollen Blick an. „Da *ist* doch keine Person mit einem wirklich offensichtlichen Motiv, die du mir verschwiegen hast, oder?"

„Da ist noch nicht mal jemand mit einem *nicht* offensichtlichen Motiv", sagte ich.

„Das habe ich vermutet."

Ich schloss die Tür auf und trat zurück, um ihn einzulassen.

„Kommst du nicht mit rein?"

„Sollte ich?"

„Nein, aber seit wann hält dich das auf? Und ich sag's niemandem weiter, okay?" Er griff in seine Tasche, zog zwei Paar Latexhandschuhe hervor und hielt mir eines davon entgegen. „Du willst es doch."

Ich lächelte. „Manche Pärchen gehen schick essen, weißt du. Manche gehen tanzen oder ins Theater ..."

„Ja, ja, tu nicht so, als ob du dich nicht schon umgesehen hättest. Sag mir, was du schon rausgefunden hast."

Wir gingen hinein. Steves Körper war immer noch von dem Laken verdeckt, das ich vorhin über ihn gelegt hatte. Nathan griff danach und zog es beiseite.

„Oh, das sieht böse aus ..."

„Die würdelose Position, in der er endete, oder die Todesursache?" Bullen und Sanitäter entwickelten, meiner Erfahrung nach, oft eine seltsame Art von Humor. Wenn man von Beweisen der Fragilität der eigenen Existenz umgeben war oder dem Schrecken des schlimmsten Verhaltens der Menschheit, muss man darüber lachen können, um zu verhindern, dass man

in ein schwarzes Loch voll existenzieller Verzweiflung
fiel, auch wenn es erzwungen war. Manchmal hilft es.
Aber nicht immer.

„Beides." Nathan lief um das Bett herum, untersuchte
die Leiche genau – weit genauer, als ich es gekonnt
hatte. „Das muss ein sehr langes Schwert sein. Er war
nicht gerade klein, oder? Und doch ist es ganz durch
ihn durchgestoßen worden. Das erfordert einiges."

„Das ist seltsam, nicht wahr?", sagte ich.

„Ein nackter Weihnachtsmann-Darsteller mit einem
Schwert in seinem Rücken? Ja, ein bisschen", sagte
Nathan ruhig. Ich schüttelte den Kopf.

„Nein, das meine ich nicht. Ich meine, die Art, wie die
Leiche zurückgelassen wurde. Es ist so – unnatürlich."
Ich starrte ihn an. „Und ich weiß, dass die ganze Sache
‚unnatürlich' ist, ich meine nur – da ist irgendetwas
falsch daran, an der Art, wie er getötet wurde. Es ist einfach – komisch."

Nathan sah mich interessiert an. „Ich denke, ich weiß,
was du meinst." Er wandte sich erneut der Leiche zu,
dann sah er sich im Zimmer um. Auf dem Seitentisch,
den ich vorher entdeckt hatte, lagen ein Notizblock und
ein Stift. Nathan nahm den Stift und drückte vorsichtig
damit auf das Kissen unter Steves Gesicht. „Diese Federn – die kommen aus dem Schnitt in dem Kissen, was
suggeriert, dass es eine Art Kampf gab, oder? Das
Schwert schlitzte das Kissen auf, während jemand damit herumfuchtelte." Er ließ seinen Blick über die Leiche selbst wandern und ich würgte beinahe, als er das
tote Fleisch antippte.

„Was machst du da?"

„Ich schau mir die Eintrittswunde an." Nathan schüttelte sich, als er versuchte, das lose Fleisch von Steves umfangreichem, schwabbeligem Bauch anzuheben, das auf das Bett gepresst war. Er schnitt eine Grimasse. „Es scheint mir, dass das Schwert bis zum Griff versenkt wurde, obwohl das mit den ganzen Kissen unter ihm schwer zu erkennen ist. Das hätte wirklich *einiges* an Kraft gekostet." Er drehte sich wieder mir zu, hielt den Stift hoch, als sei es ein Schwert. „Stell dir vor, ich würde versuchen, dich in die Brust zu stechen –"

„Komm mir mit diesem Stift bloß nicht zu nah!", sagte ich und sprang rückwärts. Der hatte einen Toten berührt. Einen *wirklich* Toten. Igitt. Nathan sah ihn an, dann ließ er ihn auf das Bett fallen und hielt stattdessen seine Hand hoch, griff eine unsichtbare Waffe.

„Stell dir vor, ich ersteche dich", sagte er erneut, kam auf mich zu. „Bedenkt man, dass es nicht so einfach ist, einen Menschen zu erstechen, wie man es sich vorstellt, muss der Mörder ihn mit einiger Kraft getroffen haben, um das Schwert durchstoßen zu können." Nathan streckte seine Hände aus und drückte mir kräftig auf den Brustkorb. Ich stolperte rückwärts und streckte eine Hand hinter mir aus, um zu vermeiden, dass ich gegen die Wand krachte. Er hüpfte nach vorne und packte mich.

„Tut mir leid. Aber ich denke, ich weiß jetzt, warum die Position der Leiche so seltsam aussieht."

„Weil er nach vorne gefallen ist", sagte ich langsam. „Und wenn ihn jemand durch die Brust erstochen hätte, besonders mit der Kraft, die es bräuchte, um es ganz durchzustoßen, dann wäre er rückwärts gefallen ..."

„Genau!"

„Also das bedeutet ...?"

„Ich habe nicht die geringste Ahnung. Noch nicht." Er hielt mich immer noch. „Tut mir leid, dass ich dich so geschubst habe. Alles gut?"

„Ja, ich bin aus Cornwall, weißt du – wir sind hart im Nehmen." Obwohl ich mich nicht besonders hart fühlte, wenn ich mir die Leiche auf dem Bett ansah. Hier war ich also, in Nathans Armen; erst letzte Nacht hatte ich davon geträumt etwas Zeit mit ihm in einem Raum wie diesem zu verbringen, aber das eigentliche Problem (Santa) im Zimmer, warf ein völlig neues Licht auf diesen Traum. Ich zitterte. Nach dieser Sache wäre ich mit einem romantischen Wochenende in einem Zelt zufrieden, obwohl wir damit vielleicht besser warteten, bis der Schnee geschmolzen war. Nathan ließ mich los und ich richtete mich auf.

„Also, ich wurde erstochen, ja ..." Ich klammerte mich an ein unsichtbares Schwert, das aus meinem Brustkorb ragte. „Ich stolpere rückwärts –" Ich stolperte rückwärts. „Ich könnte mich durchaus nach vorne beugen und versuchen, das Schwert aus meinem Körper zu ziehen –" Ich demonstrierte es. „Daraufhin könnte ich aufgrund des Schocks und des Blutverlusts umkippen und nach vorne fallen ..." Ich fiel nach vorne, hielt aber inne, bevor ich tatsächlich fiel. „Also das könnte erklären, wie ich mit dem Kopf nach unten auf dem Bett gelandet bin. Oder nicht?"

„Ja ..." Nathan schien skeptisch. „Aber wenn das der Fall ist, wo hat die Attacke stattgefunden? Es gibt keine Anzeichen eines Kampfes in irgendeinem Teil des Zimmers, abgesehen um das Bett herum, wo seine Kleidung auf dem Boden liegt – sowie die Kissenfedern natürlich. Es muss also direkt neben dem Bett passiert sein, in dem Fall: Wo ist der Angreifer während all dem? *Auf* dem Bett? Das scheint unwahrscheinlich. Ich kann mir nicht vorstellen, dass jemand auf dem Bett sitzend weit genug ausholen kann –“ Nathan warf seine Arme zurück und mimte, wie er ein Schwert in jemanden bohren würde.

„Nein, du hast Recht …“ Ich sah mir nachdenklich die Leiche an, so tief in Gedanken, dass ich ihn beinahe nicht wirklich sah. Ich versuchte mir vorzustellen, wie es sich für den Mörder abgespielt haben musste. „Okay, wie wäre es damit? Jemand ist auf dem Bett …“

„Wer? Mann oder Frau? Warum ist er hier?“

„Das weiß ich nicht, oder? Lass uns mal von einer Frau ausgesehen, einfach so. Es gab eine Art Verabredung, was außerdem erklärt, wie sie hereinkam – Steve hat sie hereingelassen. Vielleicht hat er sie hierher eingeladen. Vielleicht dachte er, dass er eine Glückssträhne hätte, als sie anklopfte. Und das erklärt auch, warum er nackt ist. Wie auch immer. Sie ist auf dem Bett, vielleicht wusste sie nicht, was Steve erwartete –“

„Und er erwartete …?“

„Ein Stelldichein.“ Ich sah mir Steves Körper an, seinen nackten Hintern, und schüttelte mich. „Ein *versautes* Stelldichein. Hast du den Ledergürtel bemerkt? Vielleicht wollte er sie fesseln. Oder wollte, dass sie *ihn* fesselt.“

Nathan verzog das Gesicht. „So was gibt es, ja?“

„Wie auch immer, vielleicht wollte derjenige – sie – sehen, was für seltsame Fantasien er geplant hatte, hat es sich anders überlegt und versucht zu entkommen, aber Steve hat ein Nein nicht akzeptiert. Er versuchte sie zu packen, nahm das Schwert und er sprang auf sie zu, was den Rest erledigte. Er hat sich selbst auf dem Schwert aufgespießt und durch sein Gewicht schob es sich noch weiter hinein."

„Also wer und wo ist diese mysteriöse Dame? Und wie ist das Schwert hier hereingekommen?" Nathan sah sich das Bett an und schüttelte den Kopf. „Sie wäre unter seinem Körper begraben worden."

„Nicht, wenn sie schnell genug ausgewichen wäre", sagte ich trotzig, aber er hatte recht. Meine Theorie funktionierte nicht wirklich. „Aber die Frauen haben ohnehin alle Alibis. Die Japanerinnen waren außerhalb seiner Liga – sorry, Santa – außerdem schliefen sie alle in der Stube. Und Bea war bei Liam."

„Was ist mit deiner Mutter?", fragte Liam grinsend. Ich lachte.

„Ich würde es ihr zutrauen, dass sie ein geheimes Treffen mit einem Mann vereinbart, aber ich kann mir nicht vorstellen, dass sie eine Waffe mitnehmen würde, du?"

„Vielleicht musste er sich gegen sie wehren ..." Ich streckte meinen Arm aus und gab ihm einen Klaps.

„Hey! Du redest da von meiner Mutter. Ich meine, du hast nicht Unrecht, aber nur ich darf solche Sachen über meine Mutter sagen. Und außerdem hat sie sich ein Zimmer mit Debbie geteilt."

„Was ist mit deiner Freundin? Die, die dir den Job verschafft hat?"

„Lily?" Ich runzelte die Stirn. „Ich weiß ehrlich gesagt nicht, wo sie geschlafen hat. Es waren keine Schlafzimmer mehr übrig, also meinte sie, sie schläft unten bei den anderen, aber ich wüsste nicht wo. Ich kann mir aber nicht vorstellen, dass sie sich an den Weihnachtsmann ranmachen würde, und sie ist keine Mörderin. Ich kenne sie seit der Schule."

„*Jeder* Mörder hat jemanden, der ihn seit der Schule kennt", antwortete Nathan. „Das heißt gar nichts. Aber okay, gehen wir davon aus, dass es keine der Frauen war. Was ist mit den Männern? Ich kann mir nicht vorstellen, dass sich jemand wie Isaac Barnes mit so etwas die Hände schmutzig macht."

„Isaac und Steve *hatten* einen Streit", sagte ich, „aber zu dem Zeitpunkt, zu dem alle schlafen gingen, war er beigelegt." Ich erzählte Nathan von Steves Sohn und wie sein Leben von Isaac zerstört worden war. „Isaac hat seiner Assistentin gestern Nacht eine E-Mail geschickt, nach dem Streit, in dem er ihr schrieb, was er tun wollte, um Steves Sohn zu helfen. Es beweist, dass sie sich vertragen hatten. Er hat außerdem mit seinem Sohn Joshua in einem Zimmer geschlafen."

„Was ist mit dem Eigentümer? Manning?"

„Trevor? Er will diesen Ort zu einer Hochzeitslocation machen. Ein grausamer Mord wird nicht viele zukünftige Bräute anlocken, oder? ‚Verbringen Sie Ihre Hochzeitsnacht in der berühmten Dyneley Suite, in dem ein Weihnachtsmann-Darsteller aus Plymouth ein grausames Ende gefunden hat'. *Das* würde man nicht in die Broschüre schreiben, oder?"

„Das stimmt wohl. Wen gibt es sonst noch? Wer war dieser pampige Nörgler nochmal, der da war, als ich gerade kam?"

„James." Ich schüttelte den Kopf. „Selbst wenn James auch etwas für Männer übrighat, wofür ich nicht garantieren kann, so wie er in den letzten vierundzwanzig Stunden mit den meisten Frauen hier geflirtet hat, kann ich mir nicht vorstellen, dass er diesen bestimmten Typen attraktiv fand? Er ist jung, erfolgreich, sieht gut aus ..."

„Ja, ja, du musst mir nicht erzählen, wie attraktiv er ist."

Nathan kniff die Augen zusammen. „Wenn du sagst, er hätte mit den *meisten* Frauen hier geflirtet, schließt dich das mit ein?"

„Natürlich tut es das. Hast du mich mal angesehen? Ich bin wunderschön."

Er lachte. „Nun, ja, das bist du und auch so bescheiden." Er sah Steves Körper an. „Ja, er hätte wohl kein Interesse daran gehabt, sich mit Santa in den Laken zu tummeln, oder?"

„*Er* hatte allerdings einen nächtlichen Besucher", sagte ich. Ich berichtete ihm von meinem spontanen Trip auf den Korridor und das folgende Lauschen.

„Hmm ... Er würde *was* nicht tun?", grübelte Nathan. „Meinst du, der Besucher war weiblich?"

„Ja, ich weiß nicht, warum ..."

„Na ja, wenn man bedenkt, dass er mit allen Frauen hier geflirtet hat ...", er verdrehte die Augen in meine Richtung, „vielleicht wollte ihn eine beim Wort nehmen?"

„Und was? Hat an seine Tür geklopft, ihn angebettelt, sie zu nehmen, und er hat sie abgewiesen?" Ich schnaubte. „Nathan, hast du schon mal einen Mann getroffen?" Er lachte, ein wenig defensiv.

„Hey, wir sind nicht *alle* so. Tatsächlich würde ich behaupten, dass die meisten meiner Artgenossen verdammt panisch wären, wenn eine Frau, die wir gerade erst kennengelernt haben, mitten in der Nacht an unserer Schlafzimmertür klopft und um ein Schäferstündchen bittet.“

Wir sahen einander für eine Millisekunde an, dann brachen wir beide in Gelächter aus. Es fühlte sich gut an (wenn auch etwas ungebührlich, direkt mit einer Leiche neben uns) und ich merkte erst da, wie angespannt ich gewesen war. Wir hörten schließlich auf zu lachen, dann klatschte Nathan plötzlich in die Hände, was mich erschreckte.

„Okay, also was haben wir bisher? Die Mordwaffe.“ Er zeigte auf das Bett. „Abgehakt. Todesursache – noch ein Haken dran. Wie ist der Mörder hier rein gekommen? Mit einem Ersatzschlüssel?“

Ich schüttelte den Kopf. „Die Ersatzschlüssel waren die ganze Nacht in Trevors Schublade neben seinem Bett.“

„Weißt du das mit Sicherheit? Könnte sie nicht jemand herausgenommen und wieder zurückgelegt haben, ohne dass er es bemerkte?“

„Nein. Nur er und Lily wussten, wo sie sind.“

„Okay. Dann muss das Opfer ihn reingelassen haben. Geheimes Treffen, wie du gesagt hast.“

„Nicht unbedingt …“ Ich sah mich im Zimmer um und meine Augen blieben an der Fensternische mit Sitzfläche aus Mahagoni hängen. Ich ging hinüber und untersuchte sie; den Sitz konnte man anheben. Ich sah aufgeregt zu Nathan. Ich konnte nicht glauben, dass ich noch nicht daran gedacht hatte. „Dieses Haus ist voller geheimer Räume und versteckter Passagen."

„Wo?"

Ich verdrehte die Augen. „Ich weiß nicht, die sind schließlich geheim oder versteckt. Lily hat uns zwei Zimmer gezeigt, eines im Stockwerk über uns – tatsächlich wahrscheinlich direkt über diesem Zimmer – und einen weiteren unten, ein Priesterversteck. Und sie meinte, dass es wohl eine Passage zwischen der Vorratskammer des Butlers und einem der Schlafzimmer gab. Ich wette, es ist dieses Schlafzimmer! Sie sagte, dass einer der früheren Besitzer das ganze Ding versperrt hat, als die Elektrik und die Rohre neu verlegt wurden. Sie haben dort alle Rohre durchgeführt und jetzt wäre dort nicht mehr genug Platz, um durchzugehen. Aber was, wenn genug Platz *wäre*, für jemanden, der dünn ist? Und wo ist der offensichtlichste Platz für den Ausgang?"

Nathan sah mich einen Moment lang an, dann starrte er mit mir in den geöffneten Sitz der Fensternische. Eine alte Decke lag darin. Er griff hinein und zog sie heraus, wodurch ein Holzpaneel darunter offenbart wurde. Wir sahen einander atemlos an.

„Wenn das wie ein Priesterloch ist, dann sollte da in der Ecke des Holzbretts eine Mulde sein", sagte ich, während meine Augen das Holz absuchten. Ich konnte nichts sehen. Nathan langte hinein und fuhr mit seinen Knöcheln am Boden entlang.

Ein dumpfer Laut grüßte uns. Wir sahen einander an.

„Das klingt für mich ziemlich solide", sagte er und klopfte an einer anderen Stelle, dann an einer weiteren. „Klingt definitiv nicht hohl."

„Mist. Ich war mir so sicher ...“ Wir beide erhoben uns.

„Na gut, also der Mörder hatte keinen Schlüssel und er hat keinen Geheimgang aus der Vorratskammer des Butlers kommend, verwendet –“

„Es sei denn, der Ausgang ist woanders. Vielleicht sollten wir es am anderen Ende probieren ...“

„Oder vielleicht sollten wir wieder zu der Annahme zurückkehren, dass Steve ihn reingelassen hat.“

„Was bedeutet, dass Steve definitiv das beabsichtigte Opfer *war*.“

Nathan sah mich streng an. „Was? Warum hätte er nicht das Opfer sein sollen?“

„Weil Isaac und Joshua eigentlich hier drinnen schlafen sollten, aber Joshua hatte Angst vor den ganzen Tapisserien und dem Kram und dass es hier drinnen so dunkel und gruselig ist. Sie haben Zimmer getauscht, aber alle anderen haben erst heute Morgen davon erfahren.“

„Aber wenn der Mörder hinter Steve her war, woher hätte er wissen sollen, in welches Zimmer er muss?“ Nathan sah verwirrt aus. „Er muss es ihm gesagt haben. Es muss eine Art Treffen arrangiert worden sein, wie du meintest. Obwohl es nicht unbedingt ein Schäferstündchen gewesen sein muss.“

„Er *war* splitterfasernackt, Nath.“

„Stimmt ... Na gut, also hat er jemanden heraufgebeten, ihm gesagt, in welchem Zimmer er ist, und ihn hereingelassen. Das Nächste: Wie ist das Schwert hierhergekommen? War es schon immer hier? Gehört es zur Dekoration oder so etwas?“

„Nein, es wurde in die Vorratskammer des Butlers eingeschlossen, während die Kinder zu der Party hier waren. Normalerweise befindet es sich in einer Vitrine, aber Trevor wollte nicht, dass die kleinen Engel sich während der Weihnachtsmusik gegenseitig aufspießen."

„Wer wusste, dass es in der Vorratskammer war?"

„Vermutlich alle. Nun, wahrscheinlich nicht die späten Gäste. Definitiv nicht die Japanerinnen, nehme ich an, aber ich habe gehört, wie Joshua mit seinem Vater über das Schwert gesprochen hat, als wir nach dem Essen alle in der Stube waren – er war fasziniert davon. Die Touristinnen sprechen nicht genug Englisch, um zu verstehen, denke ich, aber Bea und Liam konnten es auf jeden Fall verstehen."

„War es versteckt? Irgendwo eingeschlossen?"

„Nein, nicht wirklich. Wir haben Germaine da drinnen gelassen, den Partygästen nicht im Weg, und ich habe nur gesehen, dass es dort auf der Seite lag. Ich habe es tatsächlich auf ein höheres Regal gelegt, für den Fall, dass Joshua dort von allein hereinwandern würde, um den Hund zu sehen. Aber es war nicht versteckt."

„Also hat der Mörder es aus der Vorratskammer geholt, bevor er zu Steve gegangen ist?"

„Oder Steve hat es mitgenommen", meinte ich. „Vielleicht hatten sie geplant, es zu stehlen oder so."

„Ist es denn so viel wert?"

„Keine Ahnung. Es ist sehr alt und es ist sehr geschichtsträchtig. Es gehörte dem Lieblingspriesterjäger von Elizabeth I., Sir Richard oder Sir Roger oder so ähnlich. In den richtigen Händen ist es vielleicht etwas wert."

„Also wenn sie es stehlen wollten, wie ist es dann hier gelandet?" Nathan zeigte mit seinem Daumen über die

Schulter auf die Form auf dem Bett. „Wird ganz schön
schwer werden, es jetzt zu stehlen oder zu verkaufen,
oder?“

KAPITEL 13

Wir machten uns wieder auf den Weg nach unten. Es war schön, Nathan hier zu haben, um mit ihm zu theorisieren, aber ich hatte nicht das Gefühl, dass wir Fortschritte gemacht hatten. Wir hatten immer noch keine Ahnung, wer Steve getötet hatte. Oder warum. Oder wie. Die meisten der Übernachtungsgäste hatten Alibis in Form von Zimmergenossen und die, die keines hatten, besaßen kein offensichtliches Motiv. Aber einer, der kein Alibi hatte, James, stand nun an der Eingangstür und stritt mit seinem Chef.

„Wir müssen jetzt gehen", sagte James. Es hörte sich beinahe an, als bettelte er darum. Isaac schüttelte den Kopf.

„Wir können nicht, oder? Die Polizei ist jetzt da, oder sie werden es jedenfalls bald sein. Alles, was wir dann noch tun müssen, ist, eine Aussage zu machen, und dann können wir gehen. Lass es uns einfach hinter uns bringen."

„Alles in Ordnung, meine Herren?", fragte Nathan höflich, aber streng.

„Ja, DCI Withers, wir warten nur darauf, dass Ihre Kollegen hier eintreffen", antwortete Isaac. „Komm schon, James, komm und setz dich. Was ist los mit dir?"

James antwortete nicht, fuhr sich nur nervös über die Lippen. Nathan und ich tauschten einen Blick aus, der besagte: *Schuldbewusst?*

„Was ist los, James?", sagte ich ruhig, ging auf ihn zu und legte eine Hand auf seinen Arm. „Du hast dich, seit du aufgestanden bist, seltsam verhalten. Hast du etwas auf dem Herzen?"

„Nein – nein, ich – eine Leiche im Haus zu haben, macht mir Angst, das ist alles."

„Hat es irgendetwas mit deinem nächtlichen Besucher zu tun?" Er sah mich überrascht an. „Du kannst es mir sagen, James. Ich habe es dir schon gesagt, ich bin nicht mehr bei der Polizei."

„Nein, aber er ist es." James sah Nathan eine Sekunde lang aufsässig an, dann ließ er die Schultern sinken und wirkte plötzlich sehr klein. „Oh, Gott", sagte er und fixierte mich mit einem verzweifelten Gesichtsausdruck. „Ich war so ein Idiot, Jodie. Ich weiß nicht, was ich tun soll."

„Dann sprich mit mir, James. Ich kann dir helfen. Ich kann nicht glauben, dass du irgendetwas mit Steves Tod zu tun hattest –"

„Nein, nein, natürlich nicht!", rief er. „Das ist es wirklich nicht ..."

„Wie wäre es, wenn wir irgendwohin gehen und uns unterhalten, im privateren Rahmen?", schlug Nathan vor. Ich sah hinüber zur Tür der Stube und da stand Bea, tat so, als würde sie etwas angucken, aber offensichtlich lauschte sie. Und da *wusste* ich, dass sie diejenige war, die ich an James' Tür hatte klopfen hören.

James schluckte schwer. „Na gut. Aber Isaac sollte das auch hören."

***

Die Bibliothek war leer und wir vier hatten das Zimmer ganz für uns. Ich hatte halb erwartet, dass der Geheimgang irgendwo hinter einem Bücherregal versteckt war, und ich fragte mich, ob sich der Mörder irgendwo hier versteckte und lauschte. Denn trotz seiner eindeutigen Schuld und seinem schlechten Gewissen wegen irgendwas, konnte ich mir immer noch nicht ausmalen, dass James jemanden tötete.

„Ich bin kein Mörder", sagte er, als wolle er meine Gedanken bestätigen.

„Aber wegen irgendetwas sind Sie schuldig", sagte Nathan und er nickte.

„Schuldig, ein kompletter Idiot zu sein." Er stand unentschlossen da, schwieg einen Moment. „Ich weiß nicht, wo ich anfangen soll." Ich zeigte auf einen Stuhl und setzte mich selbst auf einen. Die anderen folgten meinem Beispiel.

„Wer sind Bea und Liam und womit haben sie dich in der Hand?", fragte ich. Er blickte zu mir, überrascht.

„Bea ist Journalistin", erklärte er und ich bemerkte, wie sich Isaac neben mir versteifte. „Ihr richtiger Name ist Belinda Walker und sie schreibt für die *London Post*."

„Dieses verdammte Klatschblatt!" Isaac war fuchsteufelswild. „Hätte ich das gewusst, hätte ich sie gestern Nacht zurück in den Schnee geschickt."

„Liam ist ihr Fotograf-Schrägstrich-Bodyguard, glaube ich", sagte James.

Nathan hob eine Augenbraue. „Bodyguard?"

„Miss Walkers Art des Journalismus ist ... sagen wir, aggressiv?“

„Sie verärgert viele Leute“, erklärte Isaac. Als ob er die Wahrheit seiner Aussage untermalen wollte, wirkte und klang er selbst sehr verärgert. Ich nickte.

„Verstanden. Also, warum ist sie hier?“

„Die *Post* versucht seit Jahren, Dreck über Isaac auszubuddeln. Die sind sich nicht zu schade, Sachen zu erfinden, bezahlen Leute, zu lügen, und all das, aber jedes Mal, wenn sie es versuchten, hat Isaac sie verklagt.“

Isaac nickte. „Als ich die Organisation gründete – ich weiß nicht, ob ihr euch daran erinnert – habe ich überall Interviews gegeben, den Leuten gesagt, dass ich Fehler gemacht habe und dass das mein Versuch war, die Dinge richtigzustellen. Ich gab zu, dass meine bisherigen Geschäfte besser gehandhabt hätten werden können. Versteht mich nicht falsch“, fügte er schnell hinzu, sah zu Nathan, „sie waren alle komplett legal. Aber nicht unbedingt ethisch korrekt. Auch in meinem Privatleben war ich, nun ja, ein Aas.“ Er schüttelte den Kopf. „Die Presse wollte schon immer erfolgreiche Menschen niederreißen, Skandale und Dreck aufwühlen und dass ich mich nun wie ein Buch öffnete und ihnen alle Seiten zeigte, nahm ihnen den Wind aus den Segeln, nicht? Sie können keinen Skandal aus etwas machen, worüber ich schon offen gesprochen hatte.“

„Belinda Walker hat es sich zum Lebensziel gemacht, etwas über Isaac herauszufinden“, sagte James. „Ich glaube ehrlich, dass es so ist. Sie belästigt mich seit Monaten.“

„Das hast du mir gar nicht erzählt“, erwiderte Isaac überrascht.

James zuckte mit den Schultern. „Sie hat mich am Anfang nur genervt", sagte er. „Du hattest schon so genug zu tun und ich kam mit ihr klar, also schien es nicht nötig. Aber sie machte so lange weiter, bis sie etwas gegen mich in der Hand hatte."

„Was hat sie herausgefunden?"

James sah uns offen an. „Ich weiß, was ihr alle von mir denkt – ich bin nur irgendein reicher dummer Schuljunge." Ich begann, das zu leugnen, aber er schüttelte den Kopf. „Ich habe bemerkt, wie du mich angeschaut hast, als ich erzählt habe, dass ich eine japanische Nanny hatte. Ich nehme es dir nicht übel. Ich sehe so aus und gebe mich auch so, oder nicht? Aber meine Eltern sind nicht reich geboren worden. Sie sind jetzt wohlhabend genug, aber mein Vater betont gerne, dass jeder Penny, den er hat, hart verdient wurde." Er lachte bitter. „Als ich diesen Job bekam, besaß er doch tatsächlich die Dreistigkeit, sich mit Isaac zu vergleichen, als sei er ein wundervoller Vater und Philanthrop gewesen. Aber das ist nicht wahr. Der wahre Grund, warum ich ein Kindermädchen hatte und warum ich aufs Internat ging, war, weil er und meine Mutter immer arbeiteten und ich im Weg war. Einen Sohn zu haben, der nach Eton geht, war nur ein weiteres Statussymbol." Er sah mich an. „Ich sage das nicht, weil ich will, dass du Mitleid mit dem armen reichen Jungen hast, sondern, damit du die Art von Beziehung verstehst, die ich mit meinem Vater habe."

„Keine gute", bemerkte Nathan und er nickte.

„Wie auch immer, eines der anderen Dinge, die mein Vater gerne sagt, ist, dass man nichts im Leben erreicht, wenn man nicht bereit ist, Risiken einzugehen. Ich war nie jemand, der Risiken eingeht, weshalb er mich als Versager betrachtet."

„Die Tatsache, dass du keine Risiken eingehst, ist der Grund, warum ich dich engagiert habe", erklärte Isaac. „Ich weiß, dass das Geld der Organisation bei dir sicher ist." James sah einen Moment lang so aus, als wollte er losheulen, und er tat mir ehrlich leid. Ich *hatte* ihn ein bisschen für einen reichen Idioten gehalten, aber unter der Rüstung des Selbstbewusstseins und Humors war er verletzlich wie jeder andere. Ich wurde wieder einmal daran erinnert, dass Geld, obwohl es so viele Falten des Lebens glätten konnte, einen nicht unbedingt glücklich machte.

„Mein Vater mag es, mich zu provozieren. Ich schaffe es meistens ganz gut, ihn zu ignorieren – was ihn noch mehr davon überzeugt, dass ich ein Idiot bin –, aber vor etwa drei Jahren hatte ich genug und habe etwas unternommen."

„Was ist passiert?", fragte ich.

„Er gab mir fünfzigtausend Pfund und sagte mir, dass ich alles riskieren sollte." Wir sahen James an, die Münder weit geöffnet. „Ja, ich weiß, das klingt fantastisch, aber es war ein Test", sagte er. „Er sagte mir, dass er vieles von seinem Geld durch risikoreiche, ertragreiche Investitionen verdient hat, und ich es probieren sollte. Er erklärte mir, dass ich etwas finden sollte, was mit großer Wahrscheinlichkeit die höchste Rückzahlung erzeugen würde, und dass ich die Differenz, den Profit, den ich machen würde, behalten sollte." Er schüttelte den Kopf. „Ich war nicht am Geld interessiert, ehrlich, aber ich wollte, dass er mich zur Abwechslung mal respektierte. Also stimmte ich zu."

„Sie haben das Geld investiert?", fragte Nathan. „In was?"

„Obwohl er mir gesagt hatte, dass es etwas Risikoreiches sein sollte, wollte ich so eine hohe Summe nicht komplett verspielen. Diese Menge Geld bedeutete ihm vielleicht nichts, aber für die meisten Menschen wäre sie lebensverändernd."

Ich nickte. „Damit könnte jemand seine Schulden abzahlen, oder seinen Studentenkredit ..."

„Ja, aber ich meine *buchstäblich* lebensverändernd. Wenn man das Geld jemandem im Ausland geben würde, könnte er sich damit ein Haus kaufen oder eine Ausbildung finanzieren oder ein Krankenhaus unterstützen. Also habe ich mich nach einer würdigen Investition umgesehen und dann fiel es mir in den Schoß. Eine, von der ich einiges wusste und an die ich wirklich glaubte."

Isaac stöhnte auf. „Nicht Green Palms?" James nickte.

„Was ist ‚Green Palms'?", fragte Nathan. Isaac und James sahen einander an, dann wieder zurück zu uns.

„Ich investiere in eine Menge Bauprojekte", erklärte Isaac. „Es sind hauptsächlich umweltfreundliche Bauten in diesem Land, kein hohes Risiko, kurzfristige Verträge, aber mit guten Gewinnen. Einer der Unternehmer, mit denen ich in der Vergangenheit zusammengearbeitet habe, erzählte mir von einem umwelttouristischen Resort, das sie auf Cayos Ondas bauten, einer kleinen Insel vor der Küste von Nicaragua." Er sah meine erhobenen Augenbrauen und lächelte mich an. „Es gibt nur noch wenige unverfälschte, unentdeckte paradiesische Inseln auf der Welt – unentdeckt von

Touristen, meine ich – und Ondas ist eine von den wenigen. Es ist die Art von Ort, die wirklich wohlhabende Reisende anziehen würde, die Art, die sich für Entdecker und Pioniere hält, aber trotzdem einen netten Pool braucht, um dort zu sitzen und Cocktails zu trinken."

„Und darin hast du investiert?", fragte ich James. Er nickte.

„Ja, aber es war nicht wirklich das Hotel, das mich interessierte, obwohl es wunderbar für die Wirtschaft der Insel sein und viel Arbeit für die örtliche Bevölkerung ermöglichen wird. Die Unternehmer wollten außerdem eine brandneue Schule und medizinische Klinik für die Inselbewohner bauen. Das war, was es für mich entschied. Seht ihr, ich habe sechs Monate während meinem Auslandsjahr auf Cayos Ondas verbracht und Kinder unterrichtet. Es war so ein magischer Ort mit tollen Leuten und ich wollte ihnen helfen." Er seufzte. „Es wäre so gut für sie gewesen."

„Aber es ist alles schiefgelaufen", sagte Nathan und sowohl Isaac als auch Nathan nickten.

„Zuerst wütete Hurricane Veronica auf der Insel und zerstörte alles. Dann gab es einen Tsunami, der alles bis auf zwei Meilen Strand zerstörte." James schüttelte den Kopf. „Es war furchtbar. Die Insel ist quasi über Nacht zerstört worden. Es ist ein Wunder, dass die Zahl der Todesopfer nicht höher war."

„Und das bedeutete keine Touristen mehr", sagte ich.

„Keine Touristen mehr. Und keine Bauprojekte mehr." Isaac schüttelte den Kopf. „Wir haben eine ganz schöne Summe reingesteckt und als einer der großen Investoren habe ich etwas Geld zurückbekommen, aber es war ein Schlag. Was ist mit dir, James? Ich nehme an, du hast alles verloren."

„Ja, jeden Penny."

„Aber dein Vater hatte dir gesagt, dass du was riskieren sollst, dann könnte er doch deswegen wohl kaum verärgert sein", begann ich.

„Ich habe es ihm nicht gesagt", sagte James. „Es war ein Test und ich hatte versagt. Wieder mal. Aber ich nahm an, dass es jetzt mein Geld war, also log ich ihn an und sagte, dass es gut läuft. Und dann, ein Jahr später, wollte er seine fünfzigtausend zurück."

„Aber du hattest es nicht?"

„Nein! So viel Geld habe ich nicht auf der hohen Kante. Ich sagte ihm, dass es investiert sei und ich es nicht einfach rausziehen könnte, aber er gab mir ein Ultimatum, bis wann es zurückgezahlt sein sollte."

„Dein Vater klingt ja wie ein Traumprinz", murmelte ich. James hörte mich.

„So kann man es sagen. Auch als ich sagte, dass ich es nicht habe, bestand er darauf, dass ich es zurückzahle. Er sagte, das sei Teil der Lektion, die er mir erteilen wollte: nicht mit mehr zu zocken, als man sich leisten konnte zu verlieren."

„Aber es war sein Geld! Und er hat dir doch *gesagt*, dass du es verspielen sollst!" Isaac schüttelte den Kopf. „Manche Männer verdienen es nicht Väter zu sein."

„Da hast du Recht", sagte ich und dachte an Richard, Daisys verdammt nutzlosen und zum Glück meist abwesenden Vater.

„Also wie ging es weiter? Haben Sie ihn ausbezahlt?", fragte Nathan.

„Ich habe meine Wohnung zum Verkauf angeboten", sagte James. „Sie ist in einem teuren Teil von London und ich konnte sie mir nicht wirklich leisten, aber meine Eltern hatten mir einen Kredit gegeben, unter der Auflage, dass ich eine Wohnung in einem von ihnen genehmigten Teil von London kaufen würde – ihr Sohn konnte ja wohl nicht im ‚falschen' Teil der Stadt wohnen, oder? Sie waren entsetzt, als ich ihnen sagte, dass ich eine Wohnung in der Wildnis der Zone 6 kaufen würde. Ich dachte, sie würden mich enterben, als ich ihnen sagte, dass ich keine Londoner Postleitzahl mehr hatte. Ich schrieb meine Wohnung zum Verkauf aus und wollte ihm das Geld aus dem Gewinn bezahlen. Aber das Ultimatum schritt voran und der Verkauf war noch nicht durch, also ..."

„Was hast du getan?", fragte Isaac und starrte ihn an.

„Das ist es, was Belinda Walker gegen mich in der Hand hat", sagte James, ohne ihm in die Augen zu sehen. „Jemand bei der Organisation hat sich die Zahlen angesehen und ‚finanzielle Irregularitäten' entdeckt ..."

Isaac schüttelte den Kopf. „Es gibt keine ‚Irregularitäten'!", protestierte er. „Ich sehe mir die Zahlen regelmäßig an und es hat niemals Geld gefehlt. Ich kümmere mich natürlich nicht um die Buchhaltung, aber ich bleibe auf dem Laufenden. Sag mir, dass du nichts Falsches getan hast, James."

James wirkte nun ehrlich beschämt. „Ich habe fünfzigtausend Pfund von dem Bankkonto der Wohltätigkeitsorganisation genommen, als wir Geld für einige Kinderprojekte überwiesen haben."

Nathan starrte ihn fassungslos an. Und nun, dachte ich, würde James wirklich anfangen zu weinen.

„Es war nur für zwei Wochen und ich habe alles zurückgezahlt!", sagte James schnell. „Mit Zinsen, sobald der Verkauf der Wohnung durch war. Ich habe es nicht gestohlen, nur ausgeliehen."

„Ohne zu fragen." Isaacs Lippen waren schmal und er funkelte ihn an.

„Ja. Ohne zu fragen." James starrte auf den Boden, die Schuld war ihm über das ganze Gesicht geschrieben und steckte in jeder Faser seines Körpers, und trotz der Tatsache, dass er einen Fehler gemacht hatte, tat er mir leid.

„Er hat es zurückgezahlt", sagte ich.

Isaac schüttelte wieder den Kopf. „Das ist nicht wirklich der Punkt, oder?"

„Also Belinda Walker wusste, was Sie getan haben", sagte Nathan schnell. Ich hatte das Gefühl, dass er nicht wollte, dass Isaac und James darüber diskutierten, was James getan hatte, nicht, solange wir hier waren; es war nicht relevant für die Mordermittlung. „Wie wollte sie das gegen Sie verwenden?"

„Sie hat versucht, mich damit zu erpressen und so etwas über Isaac herauszufinden", sagte James. „Ich sagte ihr Nein, aber sie ließ nicht locker. Sie sagte, dass sie die Geschichte über mich vergessen würde, wenn ich ihr etwas über Isaac lieferte. Sie wollte, dass ich ihn verrate, um mich selbst zu retten."

„Und hast du das?", fragte Isaac mit harschem Tonfall. James sah ihn schockiert an.

„Natürlich nicht! Abgesehen von der Tatsache, dass es *nichts* über dich zu liefern gibt; ich würde es nicht tun. Du bist nicht nur mein Chef, du bist auch mein Freund. Zumindest", sagte er, beinahe wieder mit Tränen in den

Augen, „warst du das. Ich würde dich niemals fallenlassen, um mich zu retten.“

„Darum sind sie und Liam dauernd um dich herumgeschlichen“, sagte ich. „Ich habe gemerkt, dass sie dir folgten, sich beim Essen neben dich setzten und dann seid ihr alle nach dem Essen zusammen verschwunden.“

Er nickte. „Sie haben ein Nein als Antwort nicht akzeptiert. Ich machte mir schon Sorgen, dass sie auf der Feier gestern auftauchen würden, darum hatte ich es so eilig danach zu gehen und zurück zum Hotel zu kommen. Aber als ich gestern Nacht im Hotel anrief und sagte, dass wir wegen des Schnees nicht zurückkommen würden, und unsere Essensreservierung storniert habe, sagte die Rezeptionistin, dass eine Frau dort nach mir gefragt hatte.“

„Deshalb wirktest du dann doch froh darüber, die Nacht hier zu verbringen“, sagte ich. „Du dachtest, die Chance, dass sie dich hier finden würden, war geringer, wenn sie schon in Fowey waren.“

„Ja. Und dann sind sie natürlich trotzdem hier aufgetaucht. Ich wusste zuerst nicht, dass sie es war – ich hatte die Frau nie getroffen, sie hatte mich bisher nur angerufen, und natürlich verwendete sie einen anderen Namen – aber es machte ihr großen Spaß, mich nach dem Essen beiseitezunehmen und mir zu sagen, wer sie wirklich ist.“ Er sah zu mir. „Sie kam sogar in mein Zimmer, als wir alle schlafen gegangen waren, und versuchte, mich unter Druck zu setzen.“

Ich nickte. „Ich konnte nicht schlafen, also bin ich aufgestanden, um mir die Beine zu vertreten, und habe euch reden gehört.“

„Belinda hat mir heute Morgen gesagt, dass ich bis
zum Mittag Zeit hätte, mir etwas zu überlegen, oder sie
würde die Geschichte über mich drucken. Ich wollte es
dir im Auto erzählen“, sagte er, während er sich wieder
Isaac zuwandte. „Ich wollte nicht, dass du es in der Zeitung liest.“

Isaac starrte ihn einen Moment an und dann schüttelte er ein weiteres Mal den Kopf. „Ich weiß nicht, was
ich davon halten soll. Du bist meine rechte Hand, James. Ich habe dir absolut vertraut.“

„Ich weiß“, sagte James verzweifelt. Nathan sah mich
an und ich wusste, dass er sich aus dem Staub machen
und wieder nach unserem Killer suchen wollte. Aber
ich mochte James, besonders jetzt, da ich wusste, warum er heute Morgen tatsächlich so unhöflich und
schlecht gelaunt gewesen war, und ich hasste den Gedanken, dass sein ganzes Leben nun zerstört war, nur
weil er den lächerlichen Test seines Vaters hatte beste-
hen wollen.

„Erzähl mir von deinem Auslandsjahr“, bat ich. James
sah mich überrascht an und ich konnte Nathans Gesichtsausdruck sehen – er dachte: *Oh Gott, Jodie, misch
dich da nicht ein!* Aber ich konnte mir nicht helfen.

„Wirklich? Äh, okay. Ich habe die meiste Zeit davon
auf der Insel verbracht. Es ist ein wunderschöner Ort,
Jodie, aber so arm. Die Leute dort haben nichts. Das Resort hätte den Bewohnern wirklich geholfen. Und die
Kinder! Die waren so voller Lebenslust, einfach so – so
fröhlich –, ich liebte es, sie zu unterrichten. Denen wäre
es in einer richtigen Schule wirklich gut gegangen. Ich
hatte diese Vision, dass einige Doktor oder Lehrer werden würden, Geschäfte eröffneten, auf der Insel blieben

und etwas beitragen würden, anstatt dass die Schlauen aufs Festland ziehen würden, sobald sie alt genug waren, und der Rest einfach stagnieren würde."

„Das klingt wunderbar", sagte ich. „Es ist offenbar wirklich deine Leidenschaft, ihnen zu helfen." Ich sah zu Isaac. „Und deine Organisation setzt sich für benachteiligte Kinder ein, ja? James klingt genau wie die Art Person, die du für die Leitung haben willst, für mich zumindest."

„Nicht nur für Kinder", sagte Isaac bockig, aber er wusste, wie ich es gemeint hatte. Er seufzte. „Ja, okay, all das über das Auslandsjahr war eines der Dinge, die ihn vom Rest der Bewerber hervorhoben. Und wir verstehen uns gut. Wir *sind* Freunde, James. Weshalb ich nicht verstehen kann, wieso du das Geld genommen hast. Wieso hast du mich nicht einfach gefragt? Ich hätte dir geholfen."

„Mein Vater denkt, ich bin ein Versager. Wenn ich dich um Hilfe gebeten hätte, hätte ich es ihm bewiesen, oder nicht?" James blickte ihn flehend an. „Es tut mir *so* leid, Isaac. Ich habe es in dem Moment bereut, als ich das Geld genommen habe, und seitdem fühle mich schuldig. Es ist beinahe eine Erleichterung, dass du es jetzt weißt, auch wenn das bedeutet, dass ich meinen Job los bin."

„Sei nicht so dramatisch. Ich entlasse dich nicht."

„Tust du nicht?" James guckte ungläubig drein.

Ich grinste Nathan an und der verdrehte die Augen – meinen Senf dazuzugeben, schien funktioniert zu haben.

„Es wird Veränderungen geben. Aber du wirst nicht entlassen. Oder degradiert. Du bist einer der Lieblingsmenschen meines Sohns und das bedeutet mir sehr viel.“ Isaac stand auf. „Gut, und jetzt lass uns diesen Parasiten Walker suchen.“ Er schritt aus der Bibliothek.

Nathan und ich tauschten Blicke aus und gingen ihm hinterher, James, der ein wenig benommen schien, folgte etwas langsamer. Bea – oder Belinda, ihr eigentlicher Name, wie ich nun wusste – lungerte in der Eingangshalle herum; ohne Zweifel hatte sie versucht, an der Bibliothekstür zu lauschen. Ich konnte mir nicht vorstellen, dass sie Erfolg gehabt hatte, weil wir weit im Raum gesessen hatten. Aber das hatte sie scheinbar nicht davon abgehalten, es zu versuchen.

„Alles in Ordnung?“ Sie lächelte gekünstelt und ließ ihren Blick zwischen James und Isaac hin- und herspringen. Isaac ging hinüber und griff sie am Arm, nicht gerade sanft, und ich merkte, wie Nathan sich neben mir anspannte, bereit dazwischenzugehen, sollten die Dinge eskalieren.

„Ich halte eine Pressekonferenz. Und Sie haben Glück, Miss Walker, Sie sind exklusiv dabei“, sagte er, drehte sie um und schob sie in das Speisezimmer. Debbie und Mum kamen aufgrund des Klangs von Isaacs erhobener Stimme aus der Stube.

„Uh, ist etwas passiert?“, fragte Mum, die uns zur Tür des Speisezimmers folgte. Nathan hielt sie im Türrahmen auf.

„Tut mir leid, Shirley, ich denke, du wirst warten und es in der Zeitung nachlesen müssen“, sagte er streng. Mum zog eine Schnute und wollte etwas sagen, aber ich schüttelte den Kopf.

„Nein, nicht dieses Mal", sagte ich, obwohl ich auch gerne dabei gewesen wäre und zugesehen hätte, wie Isaac die heuchlerische Belinda fertigmachte. Sein Blut kochte und ich konnte mir die Abreibung nur vorstellen, die sie bekommen würde. „Das hat nichts mit uns zu tun."

Isaac, James und Belinda gingen in das Speisezimmer, dreißig Sekunden später gefolgt von einem hinterher tippelnden Liam, der gerade begriffen hatte, dass die Sache aufgeflogen war. Ich schloss die Tür, während der Rest von uns draußen blieb. Mum gab ein grummeliges *Hmmpf* von sich, als würde ich ihr immer den Spaß verderben, und machte sich davon. Ich fühlte mich aber nicht schuldig. Ich wusste, dass sie nur in die Küche ging, um sich ein Glas zu holen, um, in der Sekunde, in der Nathan und ich gingen, es an ihr Ohr zu pressen und an der Tür zu lauschen und auf jedes Wort zu hören, das Isaac von sich geben würde. Sie würde es sich vermutlich ins Gehirn brennen, bereit, es ihren Freunden nächsten Mittwoch beim Senioren-Kaffeeklatsch zu erzählen.

KAPITEL 14

Unsere – ich meine, Mums – Lauschaktion wurde von einem Tumult unterbrochen, der sich draußen ereignete. Durch das Fenster konnte ich einen Polizei Range Rover sehen, der die Auffahrt heraufkam. Nathan lächelte mich reumütig an.

„Tut mir leid, das ist das Ende der Ermittlung", sagte er. „Ich glaube nicht, dass sie es gut auffassen werden, dass du involviert bist." Ich gab ihm meine Latexhandschuhe und versuchte so auszusehen, als hätte ich keine Ahnung, was hier los war. Was unangenehmerweise nahe an der Wahrheit war.

Wir gingen auf die Eingangstür zu. Matt Turner sprach bereits mit Trevor und Lily, als drei uniformierte und zwei in Zivil gekleidete Polizisten dazukamen. Matt sah auf, als wir zu ihm stießen.

„Alles klar, Boss?", sagte er. Mir warf er ein Grinsen zu. „Hätte wissen müssen, dass du hier bis zum Hals mit drin steckst."

„Bist du eben erst angekommen?", fragte Nathan. Er nickte.

„Ja, und die Carricksmoor Typen waren direkt hinter mir, als ich die Auffahrt hochkam."

Nathan nahm seine Marke heraus und ging auf die zivil gekleideten Polizisten zu. „DCI Withers aus Penstowan. Habe ich am Telefon mit Ihnen gesprochen?"

Einer der Polizisten nickte. „Ja, Sir. Ich bin DI Jones und das ist DC Carver. Hätte nicht gedacht, dass Sie vor uns ankommen." Er wandte sich an mich. „Sie sind Jodie Parker? Die Dame, die sich gemeldet hat?" Ich nickte. „Tut uns leid, dass wir so lange gebraucht haben. Sie sind doch nicht mit Eddie Parker verwandt, oder?"

„Doch", sagte ich überrascht. „Er war mein Vater."

Er lächelte. „Mein Vorgesetzter dachte, dass es ein zu großer Zufall sein musste. Er hat in Penstowan angefangen, bei Ihrem Vater." Er wandte sich wieder Nathan zu. „Was haben wir hier?"

„Ich zeige Ihnen den Tatort", sagte Nathan. „Wir haben ein Haus voller Verdächtiger, nur, um es spannender zu machen; vielleicht wollen die anderen schon einmal damit anfangen, die Aussagen aufzunehmen."

DI Jones nickte und wandte sich an seine Kollegen, teilte sie ein. Nathan nahm mich beiseite und sprach leise zu mir. „Tut mir leid, ich weiß, es fühlt sich wahrscheinlich so an, als ob es dein Fall wäre und wir uns jetzt einmischen, aber du hast gute Arbeit damit geleistet, alle hier zu behalten und den Tatort zu schützen."

Germaine war aus der Stube entkommen und schnüffelte an den Beinen der Neuankömmlinge, war also ein wenig im Weg. Daisy tauchte auf, offensichtlich auf der Suche nach ihr, und ich wurde Zeugin (mit einem wunderschönen warmen Gefühl in meinem Herzen), wie ihr Gesicht bei Nathans Anblick aufleuchtete.

„Nathan! Was machst du denn hier? Wie bist du hierhergekommen? Dann sind die Straßen wohl frei?" Sie hüpfte beinahe auf und ab vor Aufregung. „Hat Mum dir erzählt, dass wir ermittelt haben ..." Sie hatte mein heftiges Kopfschütteln entweder nicht bemerkt oder meine Halsabschneider-Geste nicht gesehen, denn sie plauderte weiter. „... ich, Debbie und Oma? Hat sie dir von den Fußspuren im Schnee erzählt?"

Nathan sah mich verärgert an und erwischte mich gerade noch mit dem Finger an meinem Hals. „Sag mir nicht, dass du eine Zwölfjährige mit reingezogen hast?"

„Dreizehn, um genau zu sein, und, nein, sie hat mich mit reingezogen." Ich berichtete ihm von den Fußspuren und wie Daisy herausgefunden hatte, dass der Mörder über Nacht im Haus gewesen und dass er immer noch hier sein musste. Er nickte.

„Das war sehr gute Polizeiarbeit", bestätigte er ihr ernst. Ich liebte die Art, wie er mit ihr sprach, wie mit einer Erwachsenen; eine Menge kinderloser Menschen (und auch manche, die Kinder hatten) sprachen von oben herab mit Teenagern, bevormundeten sie und das ging nie gut aus. „Ich werde es den anderen Polizisten weitergeben, damit sie wissen, womit sie es zu tun haben. Aber jetzt ist es Zeit, dass ihr zurücktretet, okay? Wartet mit den anderen und macht eure Aussage, wenn sie zu euch kommen, und dann solltet ihr nach Hause gehen können."

„Was ist mit dir?", fragte ich. „Streng genommen ist das jetzt die Sache von Carricksmoor, oder? Aber sie haben nur einen DI geschickt, also hast du hier den höchsten Rang ..."

„Ich bin mir da nicht sicher", gab er zu. „Ich will denen nicht auf die Füße treten, aber jetzt hänge ich schon irgendwie mit drinnen. Ich werde sehen, wie ich mich einbringen kann." Er warf mir sein umwerfendes, langsames Lächeln zu. „Um ehrlich zu sein, habe ich nicht wirklich erwartet hier zu arbeiten. Ich bin nur gekommen, um dich zu retten." *Ooooh!* „Und natürlich hast du gerade mit einem unverheirateten Multimillionär eine Übernachtungsparty gefeiert und laut Matt finden ihn die Frauen sexy, also ..." Ich schlug ihm auf den Arm. „Ich mach nur Scherze!" Er drehte sich um, um rüber zu DI Jones zu sehen, der die Organisation seines Teams beendet hatte und auf ihn wartete. „Ich muss ihm den Tatort zeigen. Warte hier unten, okay? Ich versuche dich auf dem Laufenden zu halten, aber du weißt, dass ich das eigentlich nicht darf, oder?" Ich nickte und er ging mit dem DI davon, Matt folgte ihnen.

„Sicher", sagte ich und schnappte mir Germaines Halsband, als sie an uns vorbeitrottete und den Weg der Neuankömmlinge abschnupperte, „dann lasst uns mal gehen und so tun, als wären wir ganz normale, unschuldige Unbeteiligte."

***

Wir versuchten es, aber es war nicht einfach. Nachdem ich eingeknickt war und meiner kleinen Gang erlaubt hatte zu ermitteln, war keiner von ihnen besonders weit gekommen, bevor das Gesetz hier aufgetaucht war und dem Ende setzte. Daisy war immer noch sehr stolz auf ihre Fußspuren-Entdeckung, aber das machte es ihr gleichzeitig auch schwerer, sich zurückzulehnen und die Polizei arbeiten zu lassen.

Die Detektivarbeit hatte sie gepackt. Sie war ihrer Mutter nicht unähnlich. Ich hoffte wirklich, dass sie da herauswachsen würde ...

Debbie schien ebenso ruhelos. Sie ging nach oben, um ihre Dienste als medizinische Expertin anzubieten, aber DC Carver schickte sie recht bestimmt davon und erklärte ihr, dass ihr eigener forensischer Mediziner auf dem Weg sei. Sie stapfte zurück in die Stube und murmelte finster etwas über Paragraphenreiter, institutionalisierten Sexismus und fragile männliche Egos vor sich hin.

Sogar Mum schien durcheinander. Sie fand ein paar weitere Mince Pies und richtete sie auf einem Teller für die Polizisten an, die versuchten, die Aussagen von allen aufzunehmen, und mampfte sich trostlos durch die festlichen Köstlichkeiten, ohne auch nur einmal mit ihnen zu flirten. Als einer von ihnen einen Moment im Türrahmen stehen blieb, unter einem Mistelzweig positioniert, hellte sich ihr Gesicht auf und ich dachte *Oh, Gott, jetzt geht's los* ... Und dann wandte sie sich einfach wieder ihrem Mince Pie zu, ohne auch nur die kleinste Anspielung oder den Versuch, sich einen Kuss von dem ‚netten jungen Mann‘ zu stehlen. Vielleicht war sie krank.

Zwei der Uniformierten hatten Trevor und Lily aus dem Zimmer geführt – einen in die Bibliothek, einen in die Lounge – um sie zu befragen, während der dritte versuchte, mit den japanischen Mädchen zu sprechen. Ich konnte an seinem Gesicht erkennen, dass er wusste, dass er sich einem hoffnungslosen und wahrscheinlich aussichtslosen Unterfangen gegenübersah, aber es musste getan werden. Ich dachte darüber nach, ob ich ihm sagen sollte, dass im Haus jemand war, der fließend Japanisch sprach, der für ihn übersetzen könnte, aber ich entschied mich dagegen; es beschäftigte ihn und so fühlte er sich nützlich, was zu diesem Zeitpunkt mehr war, als ich über mich sagen konnte, und wichtiger noch, ich würde nicht unterbrechen, was auch immer im Speisezimmer zwischen James, Isaac und den verabscheuungswürdigen Journalisten vor sich ging. Ich hoffte, Belinda Walker würde in Zukunft ein zweites Mal darüber nachdenken, Belästigung und Erpressung wieder anzuwenden, aber ich bezweifelte es.

„Das nervt", sagte Daisy und ließ sich in einen Sessel neben mir fallen. Germaine legte sich mitfühlend auf ihre Füße. „Jetzt weiß ich, wie du dich fühlst, wenn du deine Nase nicht aus einer Sache raushalten kannst."

„Frustrierend, nicht?", sagte ich. „Man will einfach losgehen und herumschnüffeln, aber man kann nicht. Aber so ist das nun mal. Die Polizei muss ihre Arbeit tun und wir müssen unseren Teil beitragen, was bedeutet, herumsitzen, darauf warten, dass sie uns befragen, und dann nach Hause gehen."

„Ich weiß, aber ..." Sie seufzte. Debbie kam zu uns. Sie seufzte ebenso.

„Ach, um Himmels willen, was ist denn los mit allen?", fragte ich und schüttelte den Kopf.

„Mir ist gerade klar geworden, wie es sich anfühlen muss, du zu sein", sagte sie und Daisy lachte bitter.

„Ich weiß, oder? Wie kann man erwarten, dass wir einfach hier sitzen bleiben und so tun, als ob da oben keine Leiche rumliegen und ein Mörder hier unten sein würde?"

„Weil normale Leute das so machen", sagte ich. „Normale Menschen finden Morde – und Mörder im Besonderen – gruselig. Sie fangen nicht an zu ermitteln, weil ihnen langweilig ist."

Mum kam mit ihrem Teller voll Essen zu uns herüber. „Mince Pie?"

„Nein, danke." Ich saß für einen Moment stumm da, aber dann wurde mir bewusst, dass mich alle erwartungsvoll anstarrten. Ich stöhnte. „Was erwartet ihr von mir? Euch an den Tatort zu schmuggeln? Nathan ist mit der Mordkommission oben, und jeden Moment wird die Spurensicherung auftauchen, und der Forensiker und die Leute von der Leichenhalle werden irgendwann hier sein, um die Leiche abzuholen ... Ich bin mir nicht sicher, ob da noch Platz ist für drei Erwachsene, einen Teenager und einen Hund."

„Es muss doch *etwas* geben, was wir tun können!", sagte Debbie. Die beiden anderen nickten zustimmend. „Wie wäre es, wenn wir einen Plan vom Haus machen und darauf markieren, wo alle zum Zeitpunkt des Mordes waren?"

„Die Mordkommission wäre damit nicht einverstanden", sagte ich, aber sie merkten bereits, wie ich einknickte.

„Verdammte Mordkommission", murmelte Debbie.

„Dann sagen wir es ihnen eben nicht", meinte Mum. „Das ist also beschlossen. Wir brauchen Papier und einen Stift, und ein bisschen Schlagsahne."

„Schlagsahne?"

„Für die Mince Pies. Die sind ein bisschen trocken. Hast du die gemacht?"

„Nein, habe ich nicht! Wie kannst du es wagen."

Es gab einen Schreibtisch in der Ecke des Zimmers, also ging Debbie los und wühlte ihn durch, bis sie triumphierend mit einem A4 Notizheft und ein paar Stiften zurückkehrte.

„Wie machen wir das am besten?", fragte sie.

„Ich weiß nicht – vielleicht nehmen wir ein Papier pro Stockwerk und malen eine Karte, dann beschriften wir die Räume und wer darin übernachtet hat", schlug ich vor. Sie nickte.

„Klingt nach einem Plan."

Ich lachte. „Es *ist* buchstäblich ein Plan."

***

Also malten wir eine sehr (sehr) grobe Skizze vom Erdgeschoss und ergänzten alle Räume und Korridore, die uns einfielen: die Hintertür und die Eingangshalle, die Vorratskammer des Butlers, die Küche, die Toilette, all die Orte, die den ehemaligen Lords und Ladys unbekannt gewesen wären, denn das war die Domäne der Bediensteten. Dann die große Eingangstür, die Eingangshalle mit der beeindruckenden Treppe, das Speisezimmer, die Lounge, die Stube und die Bibliothek. Und schlussendlich das Priesterversteck, das in der Wand zwischen der Lounge und der Vorratskammer versteckt war. Ich fragte mich, wo der geheime (und nun scheinbar versperrte) Gang war, der in der Vorratskammer startete; ob es irgendwo in der Nähe des Priesterverstecks war? Oder gab es einen weiteren Geheimgang von dem versteckten Zimmer aus, der in die Dyneley Suite führte? Ich schüttelte den Kopf – es gab keine Möglichkeit das herauszufinden, ohne in das Priesterversteck zu kriechen und sich da umzusehen, und die uniformierten Polizisten, die in der Lounge die Aussagen aufnahmen, hätten vermutlich etwas zu sagen, wenn wir hereinkämen und anfingen, auf den

Holzpaneelen herum zu klopfen. Auf keinen Fall würde ich es überhaupt den anderen gegenüber erwähnen, für den Fall, dass meine enthusiastische (aber unmögliche) Gang von Amateurdetektiven sich einen hanebüchenen Plan überlegte, wie sie hereinkommen würden, und schlimmer noch, mich überredeten, ihn auszuprobieren. Ich, Mum und Debbie zogen unsere Sessel näher an den Couchtisch heran, während Daisy es sich neben Germaine bequem machte, die uns gerne helfen wollte, solange wir ihr währenddessen den Bauch kraulten.

„Also, dann fangen wir mit denen an, die hier unten geschlafen haben", sagte ich. „Hina und ihre Freundinnen waren hier in der Stube, als ich ins Bett gegangen bin, und ich nehme an, dass sie dort geblieben sind." Ich erinnerte mich an ein sanftes Schnarchen, das ich am Morgen gehört hatte, als wir Germaine rausgebracht hatten. Ich weiß nicht, wieso ich es sofort einem der japanischen Mädchen zugeschrieben hatte, wahrscheinlich weil es ein sanftes, beinahe melodisches seufzendes Geräusch gewesen war, das zu ihrem schlanken, weiblichen Aussehen passte. Fragt mich nicht, wie ein Schnarchen feminin und melodisch sein konnte, aber das war es gewesen, verglichen mit dem krassen Gegenteil; dem ohrenbetäubenden Schnarchen und Grunzen meiner Mutter. Diese furchtbaren Geräusche passten auch wirklich zu ihrer Erzeugerin, die mir im Moment gegenübersaß und Gebäckkrümel auf einen teuer wirkenden persischen Teppich streute. Ich hoffte, dass er gereinigt werden würde.

Ich markierte die Mädchen auf der Karte. Ich kannte nur Hinas Namen; die anderen waren mir vorgestellt worden, aber ich hatte schon zu meinen besten Zeiten Probleme, mir Namen zu merken, und wenn ich sie nicht einmal aussprechen kann, dann ist die Chance größer, dass man ein Würstchen im Schlafrock auf einer veganen Hochzeitsfeier findet, als dass sie mir im Gedächtnis bleiben. Ich beschriftete es mit einem ‚H‘ und drei ‚J‘s.

„Wer war noch hier unten?“, fragte Debbie, die die Karte mit ernstem Gesicht untersuchte. Ich lächelte in mich hinein; Debbie hatte es schwierig gehabt, einen Job (und sich selbst) zu finden, seit sie und Callum mit den Kindern umgezogen waren, und mit einem ähnlichen Gespür für Ärger, wie ich es hatte, gefiel es ihr, sich in diesen Fall zu verbeißen. Vielleicht sollten wir beide eine Agentur für Privatermittlungen gründen? Wir könnten Cornwalls Antwort auf Cagney und Lacey sein.

„Belinda und Liam ... oh, und Lily“, sagte ich. „Aber ich habe keine Ahnung, wo genau sie geschlafen haben. Belinda und Liam waren noch hier, als wir gingen und vor dem Zubettgehen unsere Tour durchs Haus starteten, aber sie waren weg, als wir zurückkamen. Ich nehme an, dass sie den armen James belästigten, aber ich weiß nicht, wo sie geschlafen haben.“

„Was ist mit Lily?“, sagte Debbie. Mum kicherte, aber sie sagte nichts und warf mir ‚einen Blick‘ zu.

„Sie wollte eine der Matratzen runterbringen und auf ihr schlafen ...“ Ich wollte etwas sagen, aber Mum kicherte wieder. „Was? Wenn du etwas zu sagen hast, irgendeine wichtige Einsicht, dann teil es uns bitte mit, du weise alte Hexe, anstatt zu kichern, als wolltest du den Than von Cawdor überfallen.“

„Ich nehme an, ich weiß, wo sie geschlafen hat. *Wenn* sie geschlafen hat. Sie wirkte heute Morgen ganz schön müde, oder?" Mum kicherte wieder und es kostete mich meine ganze Kraft, nicht mein Telefon hervorzuholen und das nächste Sonnenschein-Heim für die Alten und Senilen anzurufen. Aber letztlich, so nervig wie meine Mutter manchmal (sehr oft) ist, sie ist definitiv nicht senil und manchmal hat sie ganz gute Einsichten.

Manchmal.

„Müde, aber zufrieden ..." Ich sah zu Mum, aber bevor ich etwas sagen konnte, kam Lily zurück in das Zimmer, gefolgt von dem Polizisten, der sie befragt hatte. Er lächelte uns vier an und fragte: „Wer möchte als nächstes?"

„Ich", sagte Mum. „Ich liebe junge Männer in Uniform. Noch mehr allerdings ohne." Sie kicherte wieder – ehrlich, ich habe die Mince Pies nicht gebacken, also habe ich keine Ahnung, was da drinnen war, aber so wie sie sich verhielt, waren sie vielleicht diesen ‚besonderen‘ Brownies ähnlich, die eine ihrer Freundinnen vor ein paar Wochen im Senioren-Kaffeeklatsch herumgereicht hatte. Ihr Enkel hatte sie nur für sie gebacken, um ihr die Arthritis-Schmerzen zu erleichtern und sie schmeckten ihr so gut, dass sie sie mitbrachte, um sie mit ihren Freunden zu teilen. Der Morgen endete damit, dass Mums Freundin Janet demonstrierte, wie man einen BH auszog, ohne sein Oberteil ausziehen zu müssen, ihre andere Freundin Nell wurde hinausgeworfen, weil sie einen der männlichen freiwilligen Helfer belästigte, und ich bekam einen Anruf, dass ich kommen und meine Mutter abholen sollte, der es gut ging, aber die nicht aufhörte, lautstark ‚Spanish

Eyes' zu singen. Der Polizist schien ein bisschen ängstlich, aber lächelte höflich und wies ihr den Weg aus dem Zimmer.

Lily setzte sich in den Sessel, den Mum gerade freigegeben hatte, sah auf die Karte und sagte dann leise: „Also, dann lasst ihr euch von der Polizei nicht aufhalten, ja?"

„Nein. Wir haben einen Plan des Hauses gemalt und markiert, wo wer geschlafen hat", sagte ich. „So können wir feststellen, wo jeder zum Zeitpunkt des Mordes war. Ich bin froh, dass du da bist, dann kannst du uns mit den anderen Stockwerken helfen."

Sie wollte gerade loslegen, als James und Isaac hereinkamen. Ich sah auf zu den beiden.

„Alles okay?", fragte ich. James nickte kaum merklich, sah ... nicht gerade glücklich aus, aber weniger gestresst als zuvor.

„Das wird es wieder", sagte Isaac.

„Gut. Es wäre eine Schande, einen Fehler alles zerstören zu lassen", sagte ich vorsichtig und Isaac nickte daraufhin.

„Ja, das wäre es. Es ist ja nicht so, als hätte ich nicht selbst schon genug gemacht", gab er zu. James lächelte mir zu, wieder mehr er selbst.

„Hey, James!", sagte Daisy. „Schau mal! Germaine! Sag Hallo!" Germaine setzte sich auf, wirkte zu allem bereit, ein Arbeitstier, und bellte. James lachte und bückte sich, um sie zu streicheln.

„Gutes Mädchen, Germaine!", sagte er, dann setzte er sich. Germaine folgte ihm, sie merkte wohl, dass er gerade ein wenig Zuneigung brauchte. Daisy seufzte.

„Ich mag James", sagte sie, dann ergänzte sie schnell, „nicht *so*, Mutter, bevor du etwas sagst! Er ist nur nett."

„Du hast Recht, das ist er", erwiderte ich. „Germaine mag ihn, also muss es stimmen." Ich wandte mich zurück an Lily und sagte ganz nebenbei: „Oh, ja, wir müssen dich auch noch aufschreiben. Wo hast du gestern Nacht geschlafen?" Ich nahm den Stift auf und ließ ihn über der Karte schweben. Lily errötete und dann kicherte sie. *Oh mein Gott, meine Mutter lag richtig*, dachte ich. Und dann erinnerte ich mich daran, dass Trevor seinen Arm um sie gelegt hatte, als sie völlig fertig war, und dann später dachte ich auch, er würde seinen Arm um ihre Taille legen, tat es dann aber doch nicht.

„Ich habe in Trevors Zimmer geschlafen", sagte sie leise, aber mit einem strahlenden Lächeln.

„Ahhh, verstehe …" Ich erwiderte ihr Lächeln. „Du wirst also deinen Beziehungsstatus auf Facebook ändern, wenn ich richtig verstehe?"

„Ist das für deine Ermittlung wichtig oder bist du nur neugierig?"

„Was denkst du wohl?", sagte Debbie schelmisch. Lily lachte.

„Ich weiß nicht. Ich meine, wir sind beide ungebunden und verstehen uns wirklich gut, aber wir haben es bisher immer streng geschäftlich gehalten, wisst ihr? Ich meine, er ist mein Boss …" Sie plapperte und strahlte dabei übers ganze Gesicht. „Aber letzte Nacht hat er mich auf einen Drink in seine Wohnung eingeladen, um mir zu danken, dass ich ihm geholfen habe, und um sicherzugehen, dass es mir gut geht, weil es ein stressiger Tag war …" Sie errötete und lehnte sich zu mir rüber. „Ich bin seit zwei Jahren Single und *oh mein Gott,* ich erinnere mich nicht daran, dass es jemals so gut war.“

Genau dann kam Trevor herein, seine Befragung durch die Polizei war vorüber und wir drehten uns alle zu ihm um; der unwahrscheinlichste Sexgott von ganz Cornwall. Der arme Kerl wurde so rot wie der Anzug des Weihnachtsmanns, weil es so offensichtlich war, worüber wir geredet hatten, und Lily murmelte immer wieder: „Oh mein *Gott!*“, und dann sahen wir uns wieder an und verfielen in Gekicher. Armer Trevor.

„Oje“, sagte ich. „Ich freue mich für euch beide, aber du gehst besser zu ihm und kümmerst dich um den armen Kerl. Und dann kommst du zurück, weil du uns wirklich helfen musst, die Karte vom Rest des Hauses zu vervollständigen.“

Sie stand auf und trottete hinter Trevor her, und ich fühlte mich ganz glücklich, als sie ihn am Arm berührte und ihm einen Kuss gab. Das Lächeln, das sich auf seinem Gesicht ausbreitete, war so ehrlich, man hätte aus Stein sein müssen, um nicht *Oooooh* zu rufen … Ein bisschen Weihnachtszauber und ich hatte die zwei nicht mal unter den Mistelzweig schubsen müssen.

„Ms Parker? Sie sind die Nächste.“ Ich erschrak, als der Polizist, der mit Trevor gesprochen hatte, auf mich zukam. Ich schob die Karte vom Haus schnell weg von mir – ich wollte nicht, dass sie wussten, was wir vorhatten – und ging los, um meine Aussage zu machen, genau wie ein normaler, unschuldiger Unbeteiligter.

KAPITEL 15

Ich erzählte dem Polizisten alles, was an diesem Morgen passiert war, inklusive meines ersten Besuches des Tatortes, als ich verifizierte (mit Hilfe unserer medizinischen Fachkraft vor Ort, Debbie), dass das Opfer tatsächlich den Löffel abgegeben hatte. Ich merkte an, dass ich dafür gesorgt hatte, dass das Zimmer verschlossen und unberührt bleibt, den Schlüssel bei mir, aber ich vergaß irgendwie (mit Absicht) zu erzählen, dass ich noch einmal mit Lily hinaufgegangen war und mich im Zimmer umgesehen hatte, und obwohl ich ihm natürlich mitteilte, dass ich DCI Withers in den Raum geführt hatte, ließ ich aus, dass Nathan mich noch weiter hatte stöbern lassen und ich mit ihm Theorien ausgetauscht hatte, wie der Mord wohl passiert war. Ich war froh helfen zu können, aber es gab keinen Grund, es zu übertreiben.

Als wir fertig waren, brachte der Polizist Daisy herein, damit sie ihre Aussage in Anwesenheit des verantwortlichen Erwachsenen machen konnte (ich weiß, was ihr denkt, aber ich *bin* wirklich sehr verantwortungsbewusst, wenn es um mein Mädchen geht). Sie erzählte ihm begeistert von den Fußspuren im Schnee und er notierte alles, aber er schien nicht wirklich interessiert. Sie war enttäuscht.

„Ach, vergiss ihn“, sagte ich, während wir ihn verließen und zurück in die Stube gingen. „Nathan war wirklich beeindruckt und er wird es definitiv berücksichtigen. Das ist ein richtiger Beweis.“

Als wir zurück in die Stube kamen, bemerkte ich Bea – ich meine, Belinda – und Liam, die in einer Ecke des Zimmers saßen und hitzig miteinander diskutierten. Isaac beobachtete sie mit einem Schmunzeln auf den Lippen – ich hätte *alles* gegeben, um zu erfahren, wie ihre Unterhaltung zuvor gelaufen war –, aber James ignorierte sie offensichtlich. Er hatte dem Polizisten, der Probleme hatte, die japanischen Mädchen zu befragen, seine Dienste als Übersetzer angeboten und trotz des fürchterlichen Morgens (und Abends), den er gehabt hatte, schien es ihm großen Spaß zu machen. James, begriff ich, war einer dieser Menschen, der es mochte, gemocht und gebraucht zu werden. Er blühte auf, wenn er sich nützlich machen konnte. Deshalb hatte er auch angeboten, mir und Debbie zu helfen, Hina und die Mädchen zu suchen. Obwohl er Isaacs Vertrauen verloren hatte, war er für die Organisation noch immer immens wichtig und ich hoffte, dass Isaac das wusste; ich hoffte, er würde James bald vergeben.

Lily kniete auf dem Teppich und ergänzte den Rest der Karte auf dem Couchtisch. Mum war zurück von ihrer Befragung – der Polizist hatte sie in Rekordzeit abgewickelt, nehme ich an – und wieder in ihrem Sessel, aber Debbie war nirgends zu sehen; vermutlich machte sie gerade ihre Aussage. Daisy und ich gingen zu den beiden.

„Ist das die fertige Karte?", fragte ich leise. „Alle drei Stockwerke?" Lily sah sich verstohlen um, dann nickte sie.

„Ja. Ich wollte gerade anfangen zu markieren, wo alle geschlafen haben." Sie zeigte mir das Erdgeschoss, das ich mehr oder weniger vor meiner Aussage beendet hatte. „Ich habe Bea und Liam gefragt, wo sie geschlafen haben, und sie sagten hier, in der Lounge, aber ich weiß nicht mehr, ob ich ihnen vertrauen kann." Sie schrieb ein ‚L + T' in eine der Suiten im ersten Stock und errötete. *Ooooh!* „Also hier waren ich und Trevor ... Hier ist die Dyneley Suite ..." Sie schrieb ein ‚S' auf die Karte. Ich untersuchte sie.

„Die Suiten sind sehr nah beieinander", sagte ich. „Du und Trevor habt draußen keine Bewegungen wahrgenommen oder so was?"

„Nein, wir waren ..." Sie errötete noch mehr. Mum sah aus, als wollte sie gleich wieder loskichern, aber hielt abrupt inne und tätschelte Lilys Arm.

„Ihr wart beschäftigt. Das verstehen wir, Liebes. Er ist ein netter Mann."

„Ja, das ist er."

„Dann *kannst* du uns ja jetzt sagen, wie groß sein –"

„Mutter, unterlässt du das bitte?" Ich verdrehte meine Augen in Lilys Richtung. „Ignoriere sie. Nein, ich habe nicht erwartet, dass ihr etwas gehört habt, ich dachte nur, ich frage mal." Ich zog ein weiteres Blatt Papier zu mir – das oberste Stockwerk, auf dem ich und Daisy geschlafen hatten. Ich zeigte auf unser Zimmer. „Hier haben wir geschlafen, Mum und Debbie waren nebenan ..." Lily schrieb uns auf die Karte.

„James war hier …" Sie zeigte auf ein paar Zimmer weiter weg von unserem. „Und hier ist das Zimmer, in dem Steve *hätte* schlafen sollen, aber in dem stattdessen Isaac geschlafen hat." Sie schüttelte den Kopf. „So typisch. Wir geben Isaac das beste verdammte Zimmer im ganzen Haus und er schläft letztendlich im schlechtesten. Wir sind nicht einmal mit der Renovierung des Schlafzimmers fertig geworden und die einzige Person, die wir beeindrucken wollten, landet da drinnen." Sie sah uns verlegen an. „Nicht, dass ich euch nicht auch beeindrucken wollte, ich meine –"

„Ich weiß", sagte ich. „Isaac hat es mir erzählt. Trevor hat mit ihm darüber gesprochen, ins Hotel zu investieren. Er hatte ihm schon Nein gesagt, also hätte der Raum keinen Unterschied mehr gemacht. Und vielleicht wäre er dann tot und nicht Steve."

Sie sah mich scharfsinnig an. „Aber sicher war der Mörder doch hinter Steve her, oder? Zugegeben, ein millionenschwerer Geschäftsmann hat wahrscheinlich mehr Feinde als ein Weihnachtsmann-Darsteller, aber …"

„Wie könnte man Steve bloß mit Isaac verwechseln?", sagte Debbie, die plötzlich aufgetaucht war und sich neben mich setzte. „Steve war zweimal so breit und halb so groß wie Isaac. Selbst im Dunkeln –"

„Und es hätte wohl kaum im Dunkeln passieren können, denn das Zimmer war *wirklich* düster, als ich am Morgen hineinging – während der Nacht wäre es zappenduster gewesen. Wie hätte man da jemanden sehen und ihn erstechen können?" Ich schüttelte den Kopf. „Und dann stellt sich immer noch die Frage, wie der Mörder hereingekommen ist, denn du und Trevor", ich wandte mich an Lily, „waren die einzigen, die Zugang zu den Schlüsseln hatten. Es sei denn, jemand konnte sich hereinschleichen, während ihr – ähm – beschäftigt wart?" Sie schüttelte den Kopf heftig. „Nein, okay, das dachte ich mir. Was ist mit dem Geheimgang in der Vorratskammer? Ich weiß, du hast gesagt, dass er blockiert ist, aber hätte sich da jemand durchquetschen können?"

Sie schüttelte wieder den Kopf. „Nein, hätte man nicht. Vielleicht wäre der Hund durchgekommen, aber niemand größeres. Und wie auch immer, er führt in Trevors Schlafzimmer, nicht in die Dyneley Suite. Sein Zimmer wurde ursprünglich von Lady Devereaux verwendet und wir vermuten, dass er von ihrer Zofe verwendet wurde."

„Es gibt definitiv keinen anderen Weg in die Dyneley Suite? Vielleicht vom geheimen Buchzimmer aus? Es liegt genau darüber, oder?"

Lily dachte darüber nach. „Vielleicht ... Und das Zimmer ist nicht verschlossen. Als wir es entdeckt haben, mussten wir das alte Schloss aufbrechen, um reinzukommen, und wir haben es nicht ersetzt, als die anderen Türen gemacht wurden, weil wir dachten, es sei weit genug entfernt von den Partygästen. Und wir wissen auch noch nicht, was wir mit dem Zimmer machen wollen."

Daisy saß sehr aufrecht in ihrem Stuhl, ihre Augen leuchteten. „Bedeutet das", begann sie aufgeregt, „dass wir losziehen und einen Geheimgang suchen werden?"

Lily und ich tauschten Blicke aus, dann grinsten wir.

„So siehts aus", sagte ich.

***

Wir warteten, bis die drei uniformierten Polizisten die Aussagen von Bea, Liam und James aufnahmen, dann rannten Daisy, Debbie, Lily und ich aus der Stube. Isaac und sein Sohn spielten das Kartenspiel, das Joshua von dem verstorbenen Weihnachtsmann am Tag zuvor bekommen hatte, und der kleine Junge konzentrierte sich so sehr auf seine Hand, dass er gar nicht merkte, dass wir gingen. Isaac jedoch schon und er schien interessiert, aber sagte nichts. Die japanischen Mädchen waren zu beschäftigt, auf ihre Handys zu gucken, wo der Abschleppwagen für ihr Auto blieb (ich hatte nicht über Nacht japanisch gelernt, aber Hina sagte mehrmals ‚AA', die Abkürzung für die mobile Pannenhilfe, was seltsam und wie ein Fremdwort in ihrer Konversation klang), um auf uns zu achten. Mum beschloss diese Runde auszusetzen und nach Pippa zu sehen, die ich, muss ich zu meiner Schande gestehen, komplett vergessen hatte. Ich hoffte, sie war nicht von Steves Killer erdrosselt worden, während wir alle zu viel zu tun hatten, um an sie zu denken, und auch, dass sie mit der Polizei zurechtkam, die auf jeden Fall mit ihr darüber reden wollen würde – wahrscheinlich recht ausführlich – wie sie die Leiche gefunden hatte.

„Uns ist erlaubt, die Stube zu verlassen, oder?", sagte Lily, während wir zur Treppe schlichen. „Von der Polizei, meine ich. Die werden sich nicht über uns aufregen, oder?"

Ich zuckte mit den Schultern. „Ich bin mir sicher, dass sie es lieber hätten, wenn wir alle an einem Ort bleiben

232

würden, aber sie können uns nicht dazu zwingen. Und es ist dein Haus. Nun", ich ergänzte noch, „fast."

„Eines Tages", sagte Debbie und Lily lachte.

„Es war eine Nacht, Ladys. Eine Nacht."

Wir tapsten schnell die Stufen hinauf und versuchten, so still wie möglich sein. Auf dem Absatz des ersten Stocks hielt ich inne und sah den Flur hinunter in Richtung des Tatorts, aber es standen keine Polizisten der Mordkommission davor und das Forensikteam war noch nicht aufgetaucht. Ich konnte aber Stimmen hören, unter anderem Nathans.

„Nach oben!", zischte ich. „Passt auf die untere Stufe auf."

Wir alle übersprangen die unterste Stufe, nur um mit einem lauten Knarren auf der zweiten Stufe begrüßt zu werden. „Oh ja", sagte ich. „Es waren *zwei* Stufen ... schnell!"

Wir eilten die Treppen hinauf, es hörte sich an wie eine Horde Elefanten, die versuchte, nicht zu lachen, aber natürlich brachen wir doch in Gekicher aus. Wir schafften es und dann gingen wir den Korridor entlang in Richtung der Kälte des alten Teils des Hauses.

„Verdammte Axt", sagte Debbie, die von den Versuchen, ihr Lachen zu unterdrücken, schon keuchte. „Das ist ja wie Fünf Freunde für Arme, oder?" Germaine japste. Debbie ermahnte sie. „Sei still, Timmy!" Lily und ich prusteten los, aber Daisy nahm das Ganze wesentlich ernster als der Rest von uns.

„Ruhe, ihr!", sagte sie und wir alle wurden still. Lily sah mich an.

„Warst du so, als du noch bei der Polizei warst?"

„So ist sie noch heute", meinte Debbie und wir alle kicherten wieder. Daisy verdrehte die Augen, aber sie ermahnte uns nicht nochmal, wofür wir alle sehr dankbar waren.

Wir erreichten die geheime Bibliothek und gingen hinein. Debbie kicherte immer noch, aber sie wurde sofort still, als sie die Wände voller antiker Bücher bemerkte.

„Heilige Makrele!", keuchte sie auf. „Die sehen echt alt aus …"

„Das sind sie", sagte Lily. „Fasst sie nicht an! Sie sind sehr empfindlich."

Ich sah mich im Raum um. Jede Wand war verdeckt von Büchern und es sah für mich nicht so aus, als wäre etwas bewegt worden, aber ich war ehrlich nicht sicher, wie man das erkennen würde. Sie waren nicht von Staub, Spinnenweben oder ähnlichem bedeckt, was es ganz klar sichtbar gemacht hätte, wenn etwas verändert worden wäre. Als ob sie meine Gedanken gelesen hätte, sagte Lily: „Pippa und ich waren ein paar Mal hier und haben Staub gewischt, aber wir haben es nicht gewagt, mehr als ein oder zwei Bücher zu verschieben."

„Nun, ich denke, wir *werden* ein paar mehr verschieben müssen", sagte ich. „Wenn es einen Eingang zu einem Geheimgang gibt, werden wir ihn nicht sehen können, wenn die ganzen Bücher im Weg sind."

Lily atmete tief ein, dann sagte sie zögerlich, „Okay … aber seid vorsichtig!"

Wir entschieden alle, an einer Wand zu arbeiten, sanft die Bücher aus den mittleren und unteren Regalen zu ziehen. Der Eingang unten in das Priesterversteck war klein und im unteren Bereich gewesen, also schien es eine vernünftige (aber nicht unbedingt korrekte) Annahme zu sein, dass alle anderen Türen genauso liegen würden. Außerdem wurde mir plötzlich bewusst, dass die andere versteckte Tür in einem Holzpaneel gewesen war, während dieser Raum mit Kalkstein ausgekleidet war. Vielleicht hatten wir uns geirrt ...

Wir waren erst fünf Minuten lang am Werk, als Daisy plötzlich aufschrie. „Oh mein Gott! Schaut! Hier ist etwas!“

Ich eilte zu ihr und untersuchte ihren Teil der Wand. Eine der Steinplatten schien etwas zurückgesetzt im Vergleich zu den anderen – und aus der Richtung kam definitiv ein Luftzug. Wenn das ein Geheimgang zur Dyneley Suite *war* und jemand ihn mitten in der Nacht verwendet *hatte*, wäre es schwierig gewesen, die ganzen Bücher wegzuräumen und sich durch die Lücke zwischen den Regalen zu quetschen, aber auf keinen Fall unmöglich. Ich drückte gegen den Stein, aber es bewegte sich nichts.

„Es ist niemals so einfach“, sagte Daisy, die plötzlich eine Expertin war, was versteckte Zimmer und Geheimgänge anging. „Man drückt nicht einfach. Man muss die richtige Stelle finden und sich dann dagegen lehnen ...“ Sie griff nach oben und drückte gegen eine Ecke der Steinplatte. Es bewegte sich *immer noch* nichts. Wir probierten es mit allen Ecken, alle vier lehnten sich dagegen, drückten und schoben, aber es half nichts. Ich schüttelte meinen Kopf.

„Entschuldige, Liebling. Ich glaube, es ist nur ein krummer Stein ..."

Sie seufzte enttäuscht, trat zurück und lehnte sich auf ein kräftiges, hölzernes Regalbrett an der anderen Wand, von dem Debbie die Bücher genommen hatte.

„Ich war mir so sicher", sagte sie und dann erstarrten wir alle schockiert, als sich der Stein bewegte und langsam nach hinten fuhr.

„Na, das ist ja mal eine angenehme Überraschung", sagte Debbie.

„Ich nehme mal nicht an, dass jemand eine Taschenlampe mitgebracht hat?", fragte ich, obwohl ich die Antwort bereits kannte.

„Du hast eine auf deinem Handy", erklärte Daisy.

„Wirklich?"

„Du bist *so* ein Technophob. Hier." Sie hielt mir ihre Hand hin und ich reichte ihr mein iPhone.

„Warum können wir nicht deins benutzen?"

Sie grunzte. „Ich lasse dich doch nicht *mein* Handy in einen tiefen, dunklen Geheimgang, der voll mit Spinnen ist, mitnehmen. Kannst du es entsperren?"

Ich entsperrte das Handy, dann wischte sie auf dem Bildschirm von unten nach oben, um mir die Shortcuts des Kontrollzentrums zu zeigen. „Hast du die hier noch nie verwendet?", fragte sie.

„Nein. Ich bin ein paar Mal aus Versehen draufgekommen, aber ..."

Sie schüttelte den Kopf. „Technophob", murmelte sie wieder, dann hielt sie mir das Telefon hin, um es mir zu zeigen. „Schau, hier ist das Taschenlampen Symbol. Du musst es nur antippen." Sie tippte es an und ein helles

Licht erschien sofort am hinteren Teil meines Handys. „Tipp es an, wenn du sie wieder ausschalten willst.“

Die anderen sahen uns aufmerksam zu. „Wusstet ihr das?“, sagte ich. Sie beide murmelten, „Ja ... natürlich ...“ aber ich nahm es ihnen nicht wirklich ab. Ich atmete tief durch und lehnte mich hinein, um die Lücke in der Wand zu untersuchen, leuchtete mit meiner Handy-Taschenlampe in die Dunkelheit.

Da war ein Griff, von Alter und Fehlgebrauch gerostet. Aber das bedeutete nicht, dass er *nicht* benutzt worden war, einmal, gestern Nacht. Ich griff mit meiner Hand in die Lücke, bereitete mich innerlich darauf vor, dass das Loch voller Spinnen wäre.

„Aaaah!“, schrie ich und versuchte eilig meine Hand aus dem Loch zu ziehen. Die anderen schrien und rannten zu mir, zogen an meinem Arm, aber ich hörte auf zu schreien und lachte stattdessen, holte meine Hand hervor und zeigte ihnen, dass alles in Ordnung war.

Debbie streckte sich nach mir aus und gab mir einen Klaps. „Oh, du dumme Nuss!“, sagte sie angefressen. Daisy schüttelte ihren Kopf in meine Richtung.

„Ich bin so enttäuscht von dir, Mutter“, sagte sie und ich lachte.

„Tut mir leid, ich konnte nicht widerstehen. Da ist nichts drinnen, abgesehen von Spinnenweben. Vielen Spinnenweben.“

Daisy schluckte. „Und eine sehr große Spinne ...“

„Was? Wo?“ Ich drehte mich eilig um mich selbst, versuchte die große Arachnide zu finden, die sich an meinen Arm klammerte, aber Daisy lachte bloß. Die anderen stimmten ein.

„Geschieht dir recht“, sagte sie.

„Touché.“

Ich steckte meine Hand zurück in das Loch, packte den Griff und zog. Zu unserer aller Überraschung schwang ein Teil der Wand zu unserer Rechten, an dem Lily gearbeitet hatte, auf, samt gefüllter Bücherregale. Lily sprang zur Seite, als die Geheimtür die Öffnung einer langen, dunklen Passage enthüllte. Ein Hauch kalter, abgestandener Luft zog in den Raum, was es weniger einladend, aber (komischerweise) aufregender machte.

„Bingo!“, schrie Debbie. „Nun *das* ist richtiger Fünf Freunde Kram.“

Germaine rannte hinüber und stand an der Schwelle, knurrte und zitterte.

„Also, das ist ja mal gar nicht beunruhigend, oder?“, sagte ich. „Hör auf, Germaine! Nehmt den Hund. Ich gehe und sehe nach, ihr anderen wartet hier.“

„Auf keinen Fall“, sagte Debbie. „Ich bin direkt hinter dir.“

„Und ich bin direkt vor dir!“, sagte Daisy, aber ich schnappte mir den Kragen ihres Pullovers und zog sie zurück.

„Nein. Auf keinen Fall. Ich gehe vor, für den Fall, dass es gefährlich wird. Lasst mich erst nachsehen, dann könnt ihr auch kommen.“

„Aber –“, begann sie. Lily unterbrach sie.

„Sie hat Recht, wir wissen nicht, was da drin ist. Ich dachte, du hattest Angst, dein Handy zu verlieren? Und die Spinnen?“ Daisy konnte nicht wirklich etwas dagegen halten, aber Debbie hatte keine solchen Ängste und ich konnte sie nicht davon abhalten, mir zu folgen.

„Ich fühle mich wie Indiana Jones ohne Peitsche“,
sagte sie, als wir in den Gang traten. Ich schluckte.

„Ja … wenn du eine Goldstatue auf einer steinernen
Säule siehst oder irgendetwas so aussieht, als würde es
einen riesigen runden Stein fallen lassen, fass es nicht
an, okay?“

***

Es war dunkel, trotz des hellen Lichts, das von meinem Telefon kam. Und eng – sehr eng. Weder Debbie
noch ich waren dieser Tage besonders geschmeidig; ich
aß definitiv mehr und trainierte weniger als zu meiner
Zeit bei der Wache und Debbie und ihre Familie mochten Essen ein wenig mehr, als sie sollten. Wir mussten
vorsichtig sein, für den Fall, dass wir –

„Nein, nein, nein!“, sagte Debbie hinter mir. Ich wirbelte herum, leuchtete ihr aus Versehen mit meiner Taschenlampe ins Gesicht.

„Sprich leiser!“, flüsterte ich. „Wir sind direkt über
dem Tatort. Was ist los?“ Mein Herz klopfte; mein Kopf
war voll von Fallen und vergifteten Speeren (ehrlich,
Jäger des verlorenen Schatzes hatte viel zu verantwor-
ten).

„Ich stecke fest.“ Debbies Vorstellung davon ‚leise zu
sprechen‘ hieß bloß, dass sie mit normaler Lautstärke
sprach.

„Was? Es ist nicht so eng.“

„Es liegt nicht an meiner fetten Rückseite“, zischte sie,
„es ist mein Stiefelabsatz. Da unten ist Rost oder so etwas und ich klebe fest.“ Ich leuchtete mit meiner Taschenlampe dorthin und es war kein Rost, es war ein

verdammt großes Loch im Boden. *Oh, oh*, dachte ich. Selbst ohne die (wahrscheinlich nicht vorhandenen) Fallen, wie sicher war dieser Geheimgang wirklich?

„Kannst du deinen Fuß aus dem Stiefel ziehen? Ich bin sicher, wir können ihn aus dem Loch rausziehen oder -reißen, wenn du deinen Fuß raushast."

„Leuchte mit deinem Handy hier rüber, ich muss die Schnürsenkel aufmachen ..." Dann hörten wir plötzlich Stimmen – männliche Stimmen. Sie kamen von unter uns. Ich hielt meine Hand hoch, um Debbie zum Schweigen zu bringen, und lauschte angestrengt.

„Sie haben eine Zivilistin hier reingebracht? War das weise?" DI Jones klang höflich, aber gleichzeitig schockiert. Ich konnte es ihm nicht übelnehmen. Ich nahm an, dass ich die Zivilistin war.

„Jodie Parker ist keine ‚Zivilistin', sie ist eine ehemalige Polizistin und eine Beraterin. Sie hat an einigen Fällen mit mir gearbeitet, in denen sie besonderes Wissen der Örtlichkeiten anbrachte. Ich denke wirklich, dass es sich lohnen würde, mit ihr zu sprechen", sagte Nathan ruhig. Er hörte sich nicht defensiv an; er hatte den höchsten Rang im Raum und sie mussten praktisch tun, was er sagte, auch wenn es ihnen nicht gefiel.

„Selbst wenn, Sir ... Und wie auch immer, welches besondere Wissen hat sie in diesem Fall? Ist sie Expertin, wie man in verschlossene Räume einbricht? Ich dachte, sie wäre eine Köchin." Sarkastischer Blödmann. Ich beschloss, dass ich die Carricksmoor Mordkommission nicht mochte.

„Nein, aber sie war tatsächlich vor Ort, als der Mord stattfand, und hat vor und nach dem Mord mit allen Verdächtigen gesprochen, also würde ich sagen, das zählt als Expertise, oder?" Ich konnte mir Nathans Gesichtsausdruck vorstellen; der ruhige, den er verwendete, wenn er jemandem Neuigkeiten mitteilte, von denen er wusste, dass sie sie nicht mögen oder ihnen zustimmen würden, aber dass man verdammt nochmal nichts dagegen tun konnte (ich zögere hinzuzufügen, dass er nie die Gelegenheit – oder den Mut – hatte, ihn an mir anzuwenden). „Es sei denn, Sie haben einen plötzlichen Durchbruch erreicht, von dem Sie mir noch nicht erzählt haben? Nein? In dem Fall, DS Turner, gehen Sie bitte und finden Sie Ms Parker für mich und bringen Sie her, ja?"

„Mist, Mist, Mist!" murmelte ich wütend. Es gab die Möglichkeit, tatsächlich an dem Fall beteiligt zu sein, wenn auch nur kurz, und ich war hier, steckte in einem Geheimgang hinter einer irren Frau fest, die an ihrem feststeckenden Fuß zog. Ich hüpfte von meinem eigenen Fuß auf den anderen, nicht sicher, ob ich so schnell wie möglich aus dem Geheimgang kommen sollte, bevor uns die Polizei erwischte, oder ob ich ihn weiter untersuchen sollte, weil ich vielleicht keine weitere Chance dazu haben würde.

„Mach dir um mich keine Sorgen, lass mich zurück", sagte Debbie dramatisch.

„Bist du sicher?"

„Nein, ich bin verdammt noch mal nicht sicher! Du hättest sagen müssen ‚Nein, Debbie, sei nicht dumm!'"

„Sorry. ‚Nein, Debbie, sei nicht dumm.' Ist das besser?" Ich drehte mich wieder um und leuchtete weiter hinein in den Gang. Ich hatte meine Entscheidung getroffen. „Okay, ich gehe ganz schnell und schnüffele kurz herum und sehe nach, wohin er führt, dann bin ich zurück."

„Was?! Du kannst nicht –"

„Denk darüber nach. Wenn sie uns hier oben finden, dann verbieten sie uns wirklich alles. Nathan wird uns nicht verteidigen können. Das ist unsere einzige Chance herauszufinden, ob das der Weg war, durch den der Mörder hereingekommen ist, oder nicht. Ruf Lily, sieh, ob sie kommen und dir helfen kann."

„Wenn du mich hier im Dunkeln lässt, Parker, dann schwöre ich bei Gott –"

„Sei nicht so eine Dramaqueen. Ich bin gleich zurück." Ich machte mich eilig auf, weiter in den Tunnel zu gehen, und ignorierte ihr Zischen: „Jodie! Jodie Parker, du kommst sofort hierher zurück!" Ich konnte ein Licht sehen, direkt vor mir.

Ich erkannte schnell, woher es kam. Der Gang endete an einem Fenster, umgeben von einer sehr soliden Steinmetzarbeit. Es war nicht zugig oder gab verdächtig aussehende, schiefe Steinplatten, keine Holzpaneele und keine Türen, die in das Schlafzimmer unter uns führten. Es war nur ein weiterer geheimer Raum; er führte nirgendwo hin. *Verdammt*, dachte ich und ging zurück.

Ich hatte Debbie gerade erreicht, als ich wieder eine Stimme vernahm, aber dieses Mal nicht von unten; sie kam aus dem Zimmer hinter dem Geheimgang.

„Was zur Hölle ...?" Nathan klang überrascht, aber nicht wirklich schockiert. Als sei das hier eine überraschende Wendung, aber nicht unerwartet, wenn man bedachte, wer beteiligt war. Er seufzte. „Wo ist sie?"

„Ich stecke hinter Debbie fest", rief ich.

„Hey!", sagte Debbie. „Ich habe dir gesagt, dass es nicht an meinem dicken Hintern liegt."

„Ich weiß, dass es nicht an ihm liegt, du hast einen schönen Hintern", besänftigte ich sie. „Jetzt lass uns mal deinen Fuß aus dem Loch holen ..." Plötzlich erschien ein starkes Paar Arme von ihrer anderen Seite, griff ihr Bein und zog daran. Debbie kreischte vor Schreck, ihr Stiefelabsatz kam mit einem *Plopp!* aus dem Loch frei und sie stolperte rückwärts, auf ungalante Weise, gegen Nathan. Er half ihr sanft, sich wieder aufzurichten, sie strich sich die Haare glatt und richtete ihre Kleidung.

„Danke, Nath", sagte sie. „Und jetzt lass mich hier raus." Sie quetschte sich an ihm vorbei und flüchtete. Nathan sah mich an und grinste.

„Frag nicht", sagte ich. Er schüttelte den Kopf, mit gespielter Verärgerung.

„Du erwartest nicht ernsthaft, dass ich das nicht tue?"

„Also gut, aber lass uns erst einmal hier rausgehen ..."
Wir gingen zurück zum Licht der geheimen Bibliothek, in der Debbie stand und ihren Fuß massierte, und Lily und Daisy hatten bereits begonnen, die Bücher zurück in die Regale zu räumen.

„Wo endet er?", fragte Daisy aufgeregt. „Führt er runter zum Tatort?"

„Nein", erklärte ich. „Er endet bloß in einem weiteren Priesterversteck, dieses Mal mit einem Fenster."

Lily zuckte. „Ein Fenster? Ein richtig großes Fenster wie die anderen auf dieser Seite des Gebäudes?"

„Ja, wieso?"
Sie schüttelte den Kopf. „Natürlich ... Wir hatten eine Vorhangfirma hier, um Messungen vorzunehmen. Sie

meinten, wir hätten dreizehn Fenster auf diesem Stockwerk, aber wir sind durch die Zimmer gegangen und haben gezählt, da waren es nur zwölf. Sie sagten, dass sie von außen gezählt hätten, als sie ankamen, aber sie mussten sich verzählt haben."

„Aber das haben sie offensichtlich nicht", sagte Nathan und sah sich im Zimmer um. Er sah die anderen mit einem ernsten Gesichtsausdruck an. „Ein cooles geheimes Zimmer, aber keine Entdeckungstouren mehr, okay?", sagte er, dann zwinkerte er. „Zumindest nicht, bis die Carricksmoor Typen weg sind." Er sah mich an und zeigte dann zur Tür. „Nach dir."

Wir gingen hinaus und machten uns auf den Weg nach unten.

„Ich nehme also an, dass du unser Gespräch gehört hast?", sagte er. „Weil wir euch gehört haben. Wir wussten zuerst nicht, woher das ganze Gekreische kam. Ich kann nicht glauben, dass du Debbie allein im Dunkeln gelassen hast." Er grinste mich an und ich wusste, dass er es absolut glauben konnte und dass er dasselbe getan hätte.

„Ich wollte herausfinden, ob der Geheimgang hinunter zum Tatort führt", erklärte ich.

„Aber das tut er nicht."

„Nein. Es ist bloß ein Geheimzimmer." Ich lachte. „Hör dir das an! ,Nur' ein Geheimzimmer. Es gibt so viele davon in diesem Haus, man findet sie gar nicht mehr besonders. Bist du näher daran herauszufinden, wie der Mörder hereinkam? Oder arbeitest du immer noch an der Theorie, dass das Opfer ihn hereingelassen hat?"

„Das nimmt DI Jones an. Für mich fühlt sich das nicht richtig an, nicht nachdem, worüber wir vorhin gesprochen haben, aber bis wir etwas anderes geklärt haben ..." Er schüttelte den Kopf. „Wenn er zum Todeszeitpunkt nicht nackt gewesen wäre, würde es mehr Sinn ergeben – es könnte jeder im Haus gewesen sein. Aber wen würde er hereinlassen, ohne seine Kleidung?"

„Ich weiß nicht", antwortete ich. „Ich weiß nichts über die sexuellen Vorlieben des Weihnachtsmanns. Und dann ist da noch die Sache mit den Alibis. Wer bei wem geschlafen hat." Ich hielt inne und griff in meine Tasche; ich hatte die drei Blatt Papier mit dem Plan des Hauses zusammengefaltet. „Hier. Mein wahnsinniges Ermittlerteam hat das zusammengestellt, aber ich glaube nicht, dass wir damit weiterkommen, oder? Dann kannst du ihn genauso gut haben."

Er untersuchte die Karte des ersten Stockwerks kurz. „Diese Suite hier ist recht nah am Tatort. Wenn es irgendeinen Streit oder Kampf gab, dann hätten L und T – das ist der Eigentümer und deine Freundin Lily? – dann hätten sie sicher etwas gehört, oder?"

„Nein, die waren ... beschäftigt."

„Beschäftigt? Was haben die denn mitten in der Nacht ge-? Oh, ach so, *beschäftigt*, verstehe ..."

„*Sehr* beschäftigt, wenn man Lily glauben kann, also vielleicht gab es einen Kampf, aber sie haben es einfach nicht gehört. Und niemand im zweiten Stock hätte irgendetwas bei Mums Schnarchen hören können."

„Hat sie mal wieder ihre Nilpferd-mit-Erkältung-Imitation gezeigt?"

„Debbie hatte einen Alptraum, dass sie von jemandem mit einer Kettensäge verfolgt wurde."

Nathan nickte. „Das kann ich mir vorstellen. Ich habe Shirley gehört, als sie einmal nach dem Essen in einem Sessel eingeschlafen ist. Ich kann mir nur vorstellen, wie laut das mitten in der Nacht gewesen sein muss ...“ Er sah sich die restlichen Pläne an. „Wo war, wie heißt sie noch gleich? Wo hat sie geschlafen?“

„Pippa? Sie ist nach Hause gegangen. Sie wohnt am Ende der Auffahrt, im alten Pförtnerhaus.“

„Um welche Zeit ist sie gegangen?“

„Hm, das muss kurz nach sechs gewesen sein. Sicher nicht später als halb sieben, ab da haben wir Abend gegessen. Sie ging gerade als Bea – ich meine, Belinda Walker – und Liam aufgetaucht sind. Lily hatte sie eingeladen, zum Essen zu bleiben, aber sie wollte nach Hause gehen. Ich nehme ihr das nicht übel, es war ein langer Tag.“

„Hatte sie viel mit dem Opfer zu tun?“

„Nein, nicht wirklich. Sie hatte mit niemandem viel zu tun, um ehrlich zu sein. Sie ist ziemlich schüchtern. Wirkt auf mich etwas nervös und neurotisch, aber Lily hat mir erzählt, dass sie eine wirklich schwere Zeit hinter sich hat, also ist das vielleicht ein bisschen harsch.“

„Und sie ist nicht ins Haus zurückgekommen, nicht bis zum Morgen?“

„Nein. Ich war schon mit Daisy und dem Hund wach. Sie kam etwa um acht Uhr dreißig hier an, glaube ich. Es waren ihre Fußspuren, die Daisy entdeckt hatte, erinnerst du dich? Eine führte zu ihrem Cottage, von gestern Nacht, nachdem es aufgehört hatte zu schneien, und eine, die heute Morgen wieder herführte. Technisch gesehen, nehme ich an, dass sie in der Nacht zurückgekommen und dann heute Morgen in dieselbe

Spur getreten sein *könnte,* aber es wäre ziemlich schwierig, den Fuß in jeden einzelnen Fußabdruck zu setzen, also sieht es wie ein einmaliger Trip aus. Und außerdem führen ihre Fußspuren zum Haupteingang, der immer noch verschlossen und von innen verriegelt war, als ich heute Morgen aufstand."

„Sie hätte also nicht reinkommen können."

„Nein. Und außerdem, welches Motiv sollte sie haben, jemanden zu töten? Sie ist Haushälterin in einem kleinen Landhaus in der Mitte von Nirgendwo."

DI Jones räusperte sich hinter uns.

„Also, ein paar der anderen Gäste haben einen Streit zwischen dem Opfer und Isaac Barnes am gestrigen Abend erwähnt und es scheint, als sei er der Einzige, der wusste, in welchem Zimmer er schlafen würde."

„Abgesehen von James", sagte ich. DI Jones sah mich an.

„Ja, ich weiß, dass –"

„Aber sie haben gesagt, dass Isaac der ‚Einzige' war, der es wusste, und das war er nicht", erklärte ich. Ich konnte beinahe fühlen, wie Nathan neben mir dachte: *Lass gut sein, Jodie ...* Aber ich hatte Jones nicht vergeben, was er vorhin über mich im Sarkasmus gesagt hatte.

„James McAllister hat kein Motiv." Jones ignorierte mich und sprach Nathan an, obwohl er tatsächlich auf meine Bemerkung antwortete.

„Er hat außerdem kein Alibi", fügte Nathan ruhig hinzu. „Mr Barnes hat eines. Sein Sohn war bei ihm. Aber Sie haben recht, wir müssen trotzdem mit ihm reden. Bringen Sie ihn das Speisezimmer. Geben Sie mir fünf Minuten und dann komme ich nach." Er wartete darauf, dass DI Jones ging, dann wandte er sich an mich. „Zeit nach Hause zu gehen, Jodie ..."

KAPITEL 16

Ich stöhnte, aber Nathan hatte Recht. Es gab für mich keinen Grund zu bleiben; ich war schon mehr in die Ermittlung involviert gewesen, als ich es hätte sein sollen, und wenn ich DI Jones noch mehr nervte, würde er Nathan Ärger machen. Mum, Daisy und Debbie mussten nach Hause und die Polizei hatte unsere Aussagen aufgenommen, also gab es keine Ausreden mehr.

Belinda und Liam zogen bereits ihre Mäntel an, betrachteten uns andere mit feindlichen Blicken und mit einem letzten Funkeln an James dankten sie Lily und Trevor für ihre Gastfreundschaft (worauf Trevor schroff antwortete, dass er sie hinaus in den Schnee geworfen hätte, wenn er gewusst hätte, wer sie waren) und gingen.

Matt Turner hatte von Sergeant Adams aus Penstowan gehört, der seine Anweisungen von Nathan am Abend zuvor sehr ernst genommen und die Autobahnbehörde wegen Informationen genervt hatte, obwohl seine Schicht schon vor Stunden zu Ende gegangen war. Die Straßen über das Moor waren frei, obwohl es wohl trotzdem besser war, die engen Landstraßen zu vermeiden und die breiteren Autobahnen zu verwenden, wenn möglich.

„Wir fahren über Bodmin und dann auf die A39“, erklärte ich Nathan, während wir alles in den Van packten. „Es dauert länger, aber ich nehme an, dass es sicherer ist.“

„Fahrt einfach vorsichtig“, sagte er, „und schreib mir, wenn ihr zu Hause angekommen seid, dann weiß ich, dass alles geklappt hat.“

„Das mache ich“, versicherte ich ihm und küsste ihn auf die Wange. „Aber all das ist hinfällig, wenn das Pornomobil nicht anspringt ...“

Er lachte. „Du *musst* aufhören, es so zu nennen.“ Aber die Form des Aufklebers auf der Seite – von dem vorherigen Besitzer dort platziert, der einen frivolen Fetischladen im harmlosen Tavistock gehabt hatte –, war immer noch durch die Farbe zu erkennen, sogar nachdem es noch einmal übersprüht worden war und (leider) war ‚Pornomobil‘ der einzig passende Name, der uns dazu eingefallen war.

Ich lief herum zur Fahrerseite und setzte mich hinein, Nathan wartete neben der offenen Tür, bereit unter die Haube des Vans zu gucken, sollte es nötig sein. „Okay, überkreuz die Finger, die Augen, die Beine und bete zu allen Göttern, an die du glaubst; es geht los ...“ Ich drehte den Schlüssel herum und ... er sprang beim ersten Mal an, der Motor schnurrte, als wollte er sagen: *Worüber machst du dir überhaupt Gedanken?*

„Du meine Güte“, sagte Debbie, die sich durch die Beifahrertür und neben mich quetschte. „Das habe ich nicht erwartet.“

„Ich auch nicht!“ Ich lehnte mich aus der Tür, zog Nathan für einen richtigen Abschiedskuss zu mir, während Daisy, Mum und Germaine alle hereinkletterten und sich neben Debbie quetschten. „Ich schreib dir, wenn ich zu Hause angekommen bin. Meldest du dich, wenn du gehst, ja? Es wäre schön, wenn wir uns heute Abend anständig sehen könnten."

„*Un*anständig wäre doch lustiger", sagte Mum, die bereit war wieder loszukichern, aber Daisy seufzte.

„Oh, Oma, wir können dich nirgendwohin mitnehmen."

„*Au Cointreau*, Daisy Liebling", sagte Mum. Ich dachte darüber nach, ihr furchtbar falsches Französisch zu korrigieren, aber entschied mich dagegen. „Du kannst mich *überallhin* mitnehmen, solange du mich zweimal mitnimmst. Beim zweiten Mal entschuldige ich mich dann."

„Klingt gut", sagte ich.

Nathan lachte und schloss die Tür des Vans, dann winkte er uns, während wir langsam vom Hof fuhren, an den Polizeiautos vorbei, Matt Turners altem Land Rover und einem glänzenden BMW, von dem ich annahm, dass er dem Mediziner gehörte, der angekommen war, als wir unser Zeug aus der Küche geholt hatten. Trevor hatte einige der Polizisten dazu überredet, die Einfahrt freizuschaufeln, und winkte uns fröhlich, als wir an ihm vorbeikamen. Aber ich fühlte mich nicht fröhlich.

„Ich kann es nicht erwarten, nach Hause zu kommen und meine Babys zu umarmen", verkündete Debbie. „Sie werden es hassen, aber das ist mir egal."

„Callum wird's gefallen", sagte ich und sie lachte.

„Mein großer Liebesklops ..." Sie gab ein lautes, dramatisches Seufzen von sich und lachte wieder, dann sah sie mich an. „Was ist los mit dir?"

„Wir haben es nicht gelöst, oder?" sagte ich, fühlte mich unzufrieden.

„Nein, aber wir haben es versucht. Das war lustig! Und wir hatten nur ein paar Stunden." Debbie war vernünftig. Ich hasste es, wenn ich schlecht drauf und sie vernünftig war.

„Ich weiß, aber ..."

„Und wir haben ein Geheimzimmer gefunden!", rief Daisy mit glänzenden Augen. „Das war so cool. Wie viele Leute können von sich behaupten, dass sie einen geheimen Raum entdeckt haben?" Germaine kläffte, offenbar zustimmend. „Wir könnten die ersten Menschen sein, die diesen Raum nach hunderten von Jahren betreten haben! Denk nur mal, du und Debbie könntet buchstäblich in die Fußspuren eines Priesters getreten sein, der sich vor den Männern der Königin versteckte. Oder ein Mönch oder eine Nonne oder so etwas –"

„Eine Nonne auf der Flucht", sagte Mum.

„Ich weiß", sagte ich, aber da war immer noch dieses Gefühl in meinem Hinterkopf, dass ich irgendetwas übersehen hatte.

Wir erreichten das Pförtnerhaus. Pippa stand draußen und fegte Schnee von ihrem Auto. Ich hielt neben ihr.

„Alles klar, Pip? Fährst du weg?"

Sie nickte. „Ja. Ich dachte, ich fahre mal nach St Austell und kaufe ein bisschen für Weihnachten ein, um mich von ... alldem abzulenken."

„Sei vorsichtig, die Straßen sind immer noch rutschig. Frohe Weihnachten, Pippa." Hinter mir stimmte meine kleine Gruppe mit ein: „Frohe Weihnachten, Pippa!" Sie lächelte.

„Auch euch eine frohe Weihnacht." Sie stand da und sah zu, wie wir wegfuhren. In meinem Rückspiegel sah ich, wie sie sich umdrehte und zurück ins Haus ging.

Ich fuhr an dem Mietwagen der japanischen Mädchen vorbei, der immer noch im Graben feststeckte und darauf wartete, gerettet zu werden, dann lenkte ich den Van behutsam auf die Straße, rutschte leicht auf dem festgefrorenen Eis. Die Straße selbst schien frei zu sein. Ich würde nur sehr, sehr langsam fahren müssen. Ein Telekom Wagen parkte an der Seite der Straße, ein frierender Elektriker arbeitete an der Telefonleitungsbox am Straßenrand. *Also DESHALB hat das Telefon nicht funktioniert*, dachte ich. Es hatte letztendlich überhaupt nichts mit dem Mord zu tun; es war wirklich nur ein Zufall. Aus irgendeinem Grund fühlte ich mich dadurch nur noch unzufriedener. Ich fuhr ein wenig zur Seite, um einem Van auszuweichen, einem Krankenwagen, von dem ich annahm, dass er auf dem Weg zur Kingseat Abbey war, um die Überreste des armen verstorbenen Heiligen Nikolaus abzuholen.

Mein Handy klingelte mit einer Textnachricht. „Kannst du das für mich vorlesen?" Ich fragte Debbie und zappelte ein bisschen, sodass sie ihre Hand in die Tasche meiner Daunenjacke stecken konnte. Sie griff sich mein Telefon. „Mein Passwort –", begann ich, aber dann hielt ich inne, als ich begriff, dass sie es schon entsperrt hatte. „Woher weißt du, welche Nummern es sind?"

Sie verdrehte die Augen. „Daisys Geburtstag? Und du bist auch noch Polizistin ..." Sie las die Nachricht. „Sie ist von Lily. Ob du dich an das Buch erinnerst, das sie sich angesehen hat? Nun, es erwähnt einen Geheimgang in einem der Schlafzimmer und sie nimmt an, gemessen an dem Alter des Buchs, dass von der Dyneley Suite die Rede ist. Aber es erwähnt nicht, wo der Eingang ist oder wohin er führt."

„Mist", sagte ich. „Ich frage mich, ob sie es Nathan erzählt hat ..." Ich hatte eine plötzliche Vision von Nathan, wie er mit mir vorhin am Tatort war, bevor die anderen angekommen waren. Wie er den Stift aufnahm und ihn gegen Steves Bauch drückte ... Ich machte eine Vollbremsung (keine gute Idee, wenn die Straßen vereist waren, aber es ging glimpflich aus) und wandte mich an die anderen. „Oh mein Gott, ich bin so dumm." Ich schnallte mich ab. „Deb, du kannst den Wagen fahren, oder?"

„Schon, ja ..."

„Kannst du alle nach Hause bringen? Ich fahre dann mit Nathan." Ich nahm ihr mein Handy aus der Hand, dann zog ich meine Wollmütze aus der anderen Tasche und schob sie mir über die Ohren.

„Mum, was machst du da?" Daisy wirkte ein wenig besorgt, aber gleichzeitig war sie, wie Nathan zuvor auch, nicht *so* besorgt, denn ich machte solche Dinge andauernd.

„Alles gut, Liebes. Ich habe nur herausgefunden, wo der Eingang zum Geheimgang ist. Und ja", sagte ich schnell, unterbrach alle drei meiner Begleiterinnen, während sie ihre Münder öffneten, „ich weiß, dass ich Nathan anrufen könnte und es ihm sagen, aber der Empfang ist nicht so gut und, um ehrlich zu sein, will ich nicht." Ich lehnte mich über Debbie und gab Daisy einen Kuss. „Sei lieb zu Oma." Ich sah zu Mum. „Und Oma, sei lieb zu Daisy. Germaine, sei lieb. Debbie, du machst, was du willst. Bis später."

Ich sprang aus dem Van und ließ sie mit offenen Mündern zurück. Ich war sehr froh, dass wir auf der Straße noch nicht weit gekommen waren, denn es war eisig kalt und ich bereute es schon, dass ich zurücklief und nicht fuhr. Aber die Straßen waren recht schmal und ich rechnete mir schlechte Chancen bei dem Versuch einer Dreipunktewende aus, ohne in der Hecke zu enden. Ich sah zurück, als der Van wieder ansprang, winkte ihnen, was sie vermutlich nicht sahen, und ging weiter.

***

Der Eingang zur Kingseat Abbey war ein wenig weiter entfernt, als ich gedacht hatte, aber ich kam bald an dem Pförtnerhaus vorbei. Pippas Auto stand immer noch draußen, aber es gab kein Anzeichen von ihr. *Sie muss sich wohl doch dagegen entschieden haben, einkaufen zu gehen. Das war weise*, dachte ich. Es war kein Wetter, bei dem man unterwegs sein sollte, es sei denn, man musste. Mein Atem klang beinahe genauso angestrengt wie der Motor; die kalte Luft drang in meine Lungen und ließ mich husten. Ich zog den Reißverschluss meiner Jacke so weit hoch, wie ich konnte, und stopfte meine Hände in die Taschen, aber ich war erleichtert, als ich das Haus erreichte.

Ich rüttelte den schweren eisernen Türklopfer, der dieses laute, aber sehr befriedigende *BUMM* an der hölzernen Tür von sich gab. Lily öffnete so schnell, dass ich erschrak.

„Woah! Du hast mir beinahe einen Herzinfarkt verpasst!", keuchte ich. „Bist du gerade an der Tür vorbeigegangen, oder was?"

„Nein, ich habe darauf gewartet, dass du zurückkommst", sie grinste. „Du hast länger gebraucht, als ich dachte." Sie sah über meine Schulter. „Du bist gelaufen?"

Ich nickte. „Ich habe Debbie fahren lassen, ich wollte, dass Daisy nach Hause geht. Ich weiß, wo der Eingang ist."

„Zum Geheimgang? Wo ist er? In der Dyneley Suite?"

„Ja, ich bin mir sicher." Ich runzelte die Stirn. „Oder zumindest war ich das, als ich aus dem Van gesprungen und losgelaufen bin. Wo ist Nathan?"

„Jodie?" Nathan kam aus dem Speisezimmer, gefolgt von Matt. „Was ist passiert? Hat der Van aufgegeben? Geht es dir gut, du siehst halb erfroren aus ..." Er eilte zu mir und nahm meine Hände, rieb sie, um sie zu erwärmen, und erlaubte es mir, ein wenig zu schwärmen – ein Schwärmchen, wenn man so will – bevor es ans Geschäft ging.

„Nein, nein, alles gut, Debbie fährt alle nach Hause. Ich weiß, wie der Mörder ins Zimmer gekommen ist."

DI Jones kam aus dem Zimmer. Er sah nicht sehr erfreut aus, mich zu sehen. „Ich dachte, Sie wären gegangen. Sir, ich dachte, dass wir Ms Parker und ihre Gruppe entlassen hätten und sie nach Hause geschickt haben?"

„Wieso befragen Sie nicht weiter Mr Barnes?", sagte Nathan, mit einem Tonfall, der klar machte, dass das kein Vorschlag war. „Ms Parker und ich müssen einige Dinge besprechen. Mögliche neue Beweise." Jones bewegte sich nicht. „Gehen Sie schon, Jones", sagte Nathan streng. Oh, ich liebte es, wenn er die Rangkarte ausspielte und so herrisch wurde ...

DI Jones funkelte mich an und ging dann wieder zurück. Matt Turner grunzte, dann sah er Nathan an. „Sorry, Boss, ich weiß, dass wir alle für dasselbe Team spielen und so, aber die aus Carricksmoor sind ein Haufen –"

„Ja, ich weiß. Mir sind Davey Trelawney und sogar Sergeant Adams, Gott steh mir bei, jeden Tag der Woche lieber als die." Nathan schüttelte den Kopf. „Und ich dachte wirklich nicht, dass ich das jemals sagen würde ... Also los, Ms Parker, was haben Sie für uns?"

„Nun, DCI Withers, DS Turner ... Ich bin eine Idiotin. Wir müssen noch einmal zum Tatort."

„Die Forensiker sind immer noch da drin, Boss. Und der Mediziner."

„Überlasst die mir."

***

Wir gingen die Treppe hinauf und den Korridor hinunter in die Dyneley Suite. Drinnen markierte das forensische Team Blutspritzer und blutrote Federn aus dem zerschnittenen Kissen unter dem unglücklichen Weihnachtsmann. Die Medizinerin holte etwas aus ihrem Koffer. Sie sah auf, als wir hereinkamen, sagte aber nichts.

„Frohe Weihnachten", sagte Nathan finster. „Das ist ein richtiges Geschenk, nicht wahr?"

„Allerdings", sagte sie. „Interessante Wunde."

„Wieso interessant?", fragte ich.

„Der Eintrittswinkel. Das Schwert trat hier ein ..." Sie zeigte auf eine Stelle nahe ihrem eigenen Schlüsselbein, um es zu verdeutlichen, „vorbei an der Lunge, dann in der Mitte seines Rückens wieder heraus. So." Sie hielt ihre Hand in einem schrägen Winkel, nach unten weisend.

„Das *ist* interessant", stimmte Nathan zu, beugte sich tief über die Leiche, um es sich genauer anzusehen. „Ich habe vorhin bemerkt, dass es nicht gerade durchgegangen ist, aber *nach unten*? Das wirft ein völlig neues Licht darauf."

„Tut es das?", fragte ich. Ich hatte nur eine vage Idee davon, was sie meinten, denn es war nur das: vage.

„Also hat der Mörder nicht einfach mit seinem Arm ausgeholt und den armen Kerl erstochen", sagte Matt. „Anstatt –" Er holte mit seinem Arm aus, hielt ein unsichtbares Schwert und stieß es in ein ebenso unsichtbares unglückliches Opfer. „Es war mehr ein –" Er stieß sein unsichtbares Schwer nach unten. Er sah Nathan an. „Das ist echt schwierig, Boss. Der Angreifer hätte um einiges größer sein müssen als das Opfer."

„Ja ...", sagte Nathan nachdenklich. Er sah zur medizinischen Expertin. „Irgendeine Idee zum Todeszeitpunkt? Wann können wir den armen Kerl hier rausschaffen?"

„Geben Sie mir ein bisschen Zeit, DCI Withers", sagte die Medizinerin. „Ich bin erst seit fünf Minuten hier. Es wird schwierig sein, das festzustellen, weil das Fenster geöffnet wurde, ich nehme an, von der Person, die die Leiche entdeckt hat, um den Geruch abziehen zu lassen."

Ich nickte. „Ja, das war ich, sorry. Aber um es noch schwerer einzuschätzen, der Heizkörper war die ganze Nacht an und ich habe es erst ein paar Stunden, nachdem er gefunden wurde, bemerkt, weil der Geruch wirklich übel wurde ..."

„Machen Sie sich keine Gedanken. Es wird so exakt sein, wie ich es einschätzen kann, und wir können nie sagen, dass es komplett akkurat ist. Ich wollte gerade Santas Temperatur messen." Sie hielt ein großes Thermometer hoch. „Er ist netterweise in der perfekten Position dafür gestorben." Wir sahen ihr mit fasziniertem Schrecken zu, wie sie sich zu seinem nackten Hintern umdrehte. Ich wandte meinen Blick ab.

„Besser er als ich", sagte Nathan mit einer Grimasse. Er drehte sich zu mir. „Kannst du mir den Eingang zeigen?" Er grunzte. „Wenn man bedenkt, wo die Forensikerin gerade das Thermometer reinschiebt, war das vielleicht nicht die beste Wortwahl. Soll ich alle rausschicken? Hier sind eine Menge Leute."

Eine Menge Leute, vor denen ich mich blamieren könnte, sollte ich falschliegen, dachte ich, aber ich lag nicht falsch, das konnte ich fühlen.

„Wenn du nur ein paar von den Sachen hier von der Wand wegschaffen könntest ... danke ..." Einer aus dem Mordkommissionsteam trug eine Kiste voller eingetüteter Beweise weg und brachte sie auf die andere Seite des Zimmers. Ich starrte auf das Holzpaneel und den Boden darunter und ich wusste, dass ich tatsächlich recht hatte.

„Was ist?"

Ich zeigte auf den Tisch. „Der hat mich vorhin wirklich genervt. Es sah einfach falsch aus. Warum sollte man hier ein Möbelstück hinstellen? Es ist nicht die Mitte der Wand."

„Nein ..." Matt Turner wirkte skeptisch. „Vielleicht – versteh das nicht falsch, Jodie – aber vielleicht bist du in dieser Hinsicht ein bisschen zwanghaft und es ist dem Besitzer nicht in den Sinn gekommen, ihn in die Mitte zu stellen? Vielleicht mag er ihn dort?" Aber Nathan sah mich an, als wäre ich ein Genie (was ich war).

„Du hast Recht. Offensichtlich haben sie in diesem Raum große Sorgfalt angewandt, die Dekoration, die Designelemente ..." Er winkte in Richtung des Körpers auf dem Bett. „Das versaut das Ambiente natürlich ein bisschen ... mit dem Tisch stimmt etwas nicht." Ich zeigte hinunter auf den dicken Teppich am Boden. Er bedeckte nicht das ganze Zimmer – da war eine Lücke am Rand, die graue Steinplatten freilegte – aber die beiden vorderen Beine des Tisches standen darauf.

„Schaut euch den Teppich an. Weiter drüben – wo der Tisch stehen *sollte*, nehme ich – sind zwei Dellen im Teppichboden."

„Wo die vorderen Beine sein sollten. Sie müssen dort eine Weile gestanden haben, wenn sie einen Abdruck im Teppich hinterlassen haben."

„Genau. Dort steht der Tisch normalerweise, nicht, wo er jetzt ist. Jemand hat ihn verschoben."

„Warum?", fragte Matt, aber wir alle wussten es. Nathan bückte sich, um die Wand zu untersuchen.

„Du sagtest, dass der Eingang des Priesterverstecks in der Ecke ein wenig abgenutzt war, an der ihr die Tür geöffnet habt ...“ Er schüttelte den Kopf. „So etwas gibt es hier nicht.“

„Vielleicht, weil er nicht so oft benutzt wurde wie das Priesterversteck, vielleicht ist der einfach über die Zeit abgenutzt worden. Und der geheime Raum oben hatte natürlich einen ganz anderen Öffnungsmechanismus. Die wurden nicht unbedingt alle von derselben Person eingebaut, oder zur selben Zeit, also warum sollten sie alle gleich funktionieren?“ Ich bückte mich ebenfalls, um es mir anzusehen. „Oder vielleicht wurde er die meiste Zeit von der anderen Tür aus geöffnet ...“

Matt lehnte sich vor, um sich das Paneel auch anzusehen. Mir wurde gerade bewusst, dass alle anderen im Zimmer das, was sie getan hatten, unterbrachen und uns ungläubig zusahen. Ich konnte fühlen, wie meine Wangen erröteten. Ich *hatte* Recht, oder? Ich drehte mich leicht, um sie anzusprechen.

„Falls jemand eine bessere Idee hat ...“, sagte ich, aber meine Füße blieben am Rand des Teppichs hängen, als ich mich umdrehte und ich stürzte rückwärts. Ich streckte eine Hand aus, um mich zu retten, und hörte ein leises Klicken, als sich ein Paneel öffnete. Nathan, Matt und alle anderen im Zimmer (abgesehen von der Leiche) sahen mich fasziniert an. Ich lächelte. „Ich hab's ja gesagt ...“

„Ich habe keine Sekunde an dir gezweifelt“, sagte Nathan.

Matt grinste. „Ich gebe zu, ich schon ...“

Ich stand auf, holte mein Telefon aus meiner Tasche und schaltete die Taschenlampe an – ich war stolz auf mich, dass ich so technisch fortgeschritten war, bevor ich sah, dass Nathan und Matt schon längst dasselbe getan hatten. Ich atmete tief ein und bückte mich, um durch die Tür zu klettern, aber Nathan hielt eine Hand hoch, um mich aufzuhalten.

„Ich denke, ich sollte vorausgehen, oder nicht?"

Ich schnaubte. „Ja, in deinen Träumen. Ich hab's herausgefunden, ich gehe zuerst." Nathan schüttelte den Kopf.

„Was soll ich nur mit dir machen?", sagte er verärgert. *Ich hätte da ein paar Ideen*, sagte ich beinahe, aber dann verbannte ich diese Gedanken aus meinem Kopf, denn das war weder der passende Ort noch die Zeit, abgesehen davon, dass eine Leiche auf dem Bett nicht gerade die Leidenschaft befeuerte. „Na, geh schon. Matt, du bleibst hier. Wenn wir in zwanzig Minuten nicht zurück sind, hol Verstärkung."

„Ja, Boss", sagte Matt. Er leuchtete mit seinem Telefon in das dunkle Loch hinter dem Paneel und dann richtete er sich auf. „Besser ihr als ich. Ich hasse enge Räume ..."

***

Ich trat durch die Tür, bückte mich tief, um das Paneel darüber nicht zu streifen, dann streckte ich mich und leuchtete mit meiner Lampe herum. Direkt vor mir war eine Wand, und ich begriff, dass wir in der schmalen Lücke zwischen den Holzpaneelen im Schlafzimmer und der glatten Gipswand des Korridors waren. Auf meiner rechten Seite war eine weitere Wand; zu meiner linken ging der Gang ein paar Meter weiter.

Nathan folgte mir und stieß direkt gegen mich, packte mich, weil ich beinahe umfiel.

„Tut mir leid, ich hätte ausweichen sollen", sagte ich, er schüttelte den Kopf.

„Nein, gut, dass du es nicht getan hast. Schau mal." Er wies mit dem Lichtstrahl seines Telefons runter auf den Boden und einen halben Schritt vor mir verschwand der Boden plötzlich. „Du wärst direkt heruntergefallen. Sei vorsichtig ..."

Wir schlichen näher und leuchteten mit unseren Taschenlampen in die Lücke am Boden und enthüllten, dass es kein Loch war, sondern ein steiler, nach unten abfallender Schacht. Der Gang musste irgendwo im Erdgeschoss enden, was bedeutete, dass er in dieser Nacht jedem im Haus zugänglich gewesen wäre. Wenn sie gewusst hätten, dass er dort war.

Wir machten uns vorsichtig auf den Weg nach unten. Der Gang wand sich und verlief im Zickzack – es ging offensichtlich nicht geradlinig herunter, sonst wären wir den ganzen Weg hinuntergerutscht, wie auf einer Wasserrutsche oder so etwas – und ich versuchte herauszufinden, wo er sein Ende finden würde, aber die Kurven und Knicke verwirrten mich. An einer Stelle sahen wir uns einem aus Ziegeln aufgeschichteten Haufen gegenüber, und ich musste an den steinernen Kamin denken, der das Priesterversteck mit der Lounge verband; es ergab Sinn, dass es noch einen weiteren Weg da heraus gab, falls man entdeckt wurde. Aber nein. Der Tunnel wandte sich abrupt von dem Kamin ab (wenn er es denn war) und führte weiter nach unten.

„Hat dieses Haus einen Keller?", fragte Nathan.

„Ich weiß nicht", sagte ich. „Vermutlich. Ich denke, die meisten Häuser dieses Alters haben einen, aber Lily hat nie einen erwähnt."

„Nun, ich denke, wir sind hier definitiv unter der Erde", sagte Nathan. „Wir sind schon eine ganze Weile nach unten gegangen und die Luft riecht moderig." Er hatte recht; es roch erdig und es war kalt. Ich war froh, dass ich meine Jacke angelassen hatte, aber der arme Nathan hatte nur einen dicken Pullover an.

Der Tunnel wand sich erneut abrupt, aber nun konnte ich sehen, dass er anschließend vor uns gerade weiter verlief. Nathan hielt an und leuchtete mit seinem Handy an die Decke. „Schau mal." Da waren Lampen über uns, recht alt, so wie sie aussahen, aber schon elektrisch. Sie wiesen den Weg durch den Tunnel. „Entweder ist dieser Gang nicht so alt, wie er aussieht oder er wurde regelmäßig verwendet, bis zu einem Zeitpunkt in der nicht so fernen Vergangenheit." Er betrachtete die Fassungen der Lampen. „War dieses Haus im Krieg bewohnt? Die sehen für mich aus, als seien sie aus den Dreißigern oder Vierzigern."

„Ich habe keine Ahnung. Ein paar der alten Häuser hier unten wurden als Genesungsheime für traumatisierte Soldaten verwendet, also vielleicht ..." Wir gingen weiter. „Wir müssten jetzt schon außerhalb des Hauses sein, oder nicht? Ich weiß nicht, ob wir uns in Richtung Straße bewegen oder in eine andere, in Richtung der Ställe vielleicht. Das scheint ein guter Ort zu sein, für den Ausgang der Passage."

Nathan schüttelte den Kopf. „Ich glaube, wir sind schon viel weiter."

Wir setzten unseren Weg fort. Der Tunnel begann anzusteigen, zunächst kaum merklich und dann war plötzlich eine hölzerne Tür vor uns. Wir hielten inne und sahen einander an.

„Ich hoffe, man kann sie nicht nur von der anderen Seite öffnen", flüsterte ich.

„Ich auch", sagte Nathan. Er flüsterte ebenfalls; wir wussten nicht, was auf der anderen Seite der Tür war … Er zeigte auf den Messinggriff, der aus dem Holz ragte. „Wir haben Glück. Aber diesmal gehe ich definitiv als Erster rein." Ich nickte, plötzlich sehr nervös, aber auch aufgeregt, zu sehen, wo der Gang enden würde.

Nathan griff nach dem Knauf. Ich wartete darauf, dass die Tür klemmte, dass es nur eine weitere Ablenkung in dieser Mordermittlung gewesen war, aber sie ließ sich leicht öffnen. Wir sahen einander an, hielten den Atem an, dann öffnete er die Tür und wir traten hindurch. Wir befanden uns in einem Schlafzimmer im Erdgeschoss. Es war klein, aber sehr charakteristisch. Die Wände waren mit einer billigen Mustertapete verkleidet, die Art, die ich normalerweise hasste, aber es passte zu diesem Raum, mit seinen verschnörkelten, gebogenen Fenstern, die auf den Garten blickten. Da standen ein Doppelbett mit einem blau-weiß geblümten Überwurf und weiß gestrichene Möbel. Es war so *normal*, so völlig anders als das, was ich mir vorgestellt hatte – eine gotische Folterkammer vielleicht oder wenigstens ein sehr heruntergekommenes, verdächtiges Gebäude. Nicht dieses helle, ordentliche Schlafzimmer mit seinen Laura Ashley Vorhängen und den Ikea Schubladenschränken. Ich drehte mich um; die Tür in den Geheimgang war Teil eines Einbauschranks mit drei Türen. Ich öffnete eine der anderen Türen, nur für den Fall, dass sich dahinter ein weiterer Gang versteckte, aber es war nur ein Schrank, leer, bis auf ein paar Kleiderbügel, die an der Stange hingen. Ich schloss beide Türen. Die Tür des Schlafzimmers stand einen Spalt weit offen, wies in einen Flur.

Ich wandte mich mit einem fragenden Blick an Nathan, aber er hielt einen Finger an seine Lippen, dann zeigte er auf das Ende des Bettes. Auf dem Boden stand eine Reise- oder Übernachtungstasche, so vollgepackt, dass der Reißverschluss nicht mehr schloss. Ein gerahmtes Foto ragte heraus. Ich schlich näher heran und zog das Foto heraus. Es war ein junger Mann in einer Soldatenuniform, Mitte zwanzig, so wie er aussah. Fasziniert starrte ich es an, dann hielt ich es Nathan hin, damit er es sah.

„Ist das Issac Barnes?", flüsterte er überrascht. Ich schüttelte den Kopf.

„Er war nie bei der Armee", sagte ich leise. „Aber er sieht genau wie er aus ..."

Dann hörten wir plötzlich ein Geräusch aus dem Flur.

Nathan schnappte mich und zog mich auf die andere Seite der Schlafzimmertür, seinen Arm über meine Brust gelegt – entweder um mich zu schützen oder mich davon abzuhalten, loszuspringen, ich war mir nicht sicher, was davon.

Pippa kam herein, warm angezogen, bereit rauszugehen. Sie griff nach der Reisetasche, dann drehte sie sich, um den Raum abzusuchen; eine klassische Geste, von jemandem, der auszog oder zumindest für eine Weile weggehen würde und sichergehen wollte, dass er nichts vergessen hatte. Schließlich traf sie uns mit ihrem Blick, wie wir an der Tür standen, und erstarrte.

„Hallo Pippa", sagte ich im Plauderton. „Du hast dir das mit dem Einkaufen doch anders überlegt?"

„Äh, ja", sagte sie, während ihre Augen schuldbewusst vom Zimmer zu der Tür des Geheimgangs wanderten. Sie schien offensichtlich zu überlegen, ob wir davon wussten oder nicht. Aber wie sonst hätten wir in dieses Zimmer kommen sollen?

„Mrs Shaw? Wir haben uns noch nicht kennengelernt. Ich bin Detective Chief Inspector Nathan Withers, von der Penstowan Wache." Nathan verwendete immer seinen vollen Titel, wenn er jemanden einschüchtern wollte. „Haben wir uns dazu entschieden, stattdessen über Weihnachten wegzufahren?"

„Ja. Die ganze Sache hat mich ganz schön aufgeregt." Ich musste es ihr zugestehen, die meisten anderen Menschen in ihrer Situation würden zusammenbrechen und zugeben, dass das Spiel vorbei war, aber sie war entschlossen, kämpfend unterzugehen. Oder zumindest sprechend.

„Vielleicht ein wenig Zeit mit deinem Sohn verbringen?", sagte ich und der Ausdruck auf ihrem Gesicht verriet mir, dass wir sie hatten.

KAPITEL 17

Nathan rief Matt an – das Handysignal hatte sich gemeinsam mit dem Wetter auf jeden Fall auch gebessert – der etwa zwei Minuten später durch die Geheimtür kam, da er bereits die Hälfte des Weges hinter sich gebracht hatte. Wir hatten offensichtlich länger gebraucht, als wir dachten. Er legte Pippa Handschellen an, wogegen ich fast protestiert hätte – sie war nicht gerade ein großes, kräftiges Gangmitglied oder so –, bevor ich mich daran erinnerte, dass sie Steve mit genug Kraft ein Schwert durch den Körper getrieben haben musste. Obwohl ich bisher noch nicht verstand, wie oder warum. Nathan ging nach draußen und entdeckte, dass Pippas Auto mit Koffern vollgepackt war; sie hatte offensichtlich geplant, mit all ihren weltlichen Gütern und ihrer Habe zu verschwinden.

Wir dachten darüber nach, ob wir sie zurück in das Haus über das Gelände bringen sollten, aber es war so kalt und Nathan war nicht so warm gekleidet, also führten wir sie durch die Passage zurück, platzten in den Tatort und wurden von Gesichtern begrüßt, die noch ungläubiger aussahen als zu dem Zeitpunkt, zu dem wir sie verlassen hatten.

„Wo ist DI Jones?", fragte Nathan, während er eine mürrische Pippa in das Zimmer schob. „Befragt er immer noch Mr Barnes?"

„Ist gerade fertig, Sir", antwortete DC Carver, der uns fasziniert, und auch ein wenig feindselig, beobachtete. „Wir wissen, dass Isaac Barnes sich mit dem Opfer gestritten hat –"

„Und sich ein paar Minuten danach wieder mit ihm versöhnt hat – ja, das wissen wir", sagte Nathan ungeduldig. „Wir mussten das natürlich dokumentieren, aber er war nie wirklich ein Verdächtiger."

„War er nicht?" Carver wirkte verwirrt. Nathan schob sich an ihm vorbei und führte Pippa am Arm. Matt und ich grinsten einander an und folgten ihm. Fälle zu lösen war ein echter Rausch, aber einen vor Carricksmoor zu lösen, war noch sehr viel befriedigender.

Wir gingen Nathan hinterher, während er Pippa sanft, aber bestimmt, die Treppen hinunter und in das Speisezimmer führte, wo Isaac noch immer saß und genervt war. James sprach mit gesenkter Stimme zu ihm, versuchte ihn offenbar zu beruhigen, aber ich konnte sehen, dass Isaac wütend darüber war, so lange befragt zu werden, wenn die E-Mail an seine Assistentin ihn doch sicher von allem freisprach.

Isaac sah auf, als wir hereinkamen, überrascht uns zu sehen.

„Ich dachte, ihr beiden wärt nach Hause gegangen?", sagte er zu mir und Pippa, seine Augen weiteten sich, als er die Handschellen an ihren Gelenken entdeckte. Er sah zu Nathan. „Was ist hier los?"

„Ich muss wirklich protestieren, Sir –" DI Jones begann zu sprechen, aber Nathan unterbrach ihn.

„Danke, DI Jones, aber ich übernehme jetzt", verkündete Nathan. Jones schäumte, aber er sagte nichts. Nathan wandte sich an Isaac. „Kennen Sie diese Frau?"

„Das kann ich nicht behaupten", antwortete Isaac, während er Pippa ansah. Sie sträubte sich gegen die Handschellen.

„Du verleugnest mich *schon wieder?*" Sie schüttelte ihren Kopf. „Wieso überrascht mich das nicht?"

Isaacs Gesicht veränderte sich, nach absoluter Verwirrung zeigte es plötzlich entsetztes Verständnis.

„Philippa?" Er starrte die zornige Frau vor ihm ungläubig an. Sie nickte.

„Ich kann nicht glauben, dass du mich nicht erkannt hast", keifte sie. „Nach alldem habe ich mich kaum verändert." Der Ton ihrer Stimme verriet, dass ihr klar war, dass sie das doch getan hatte.

„Du siehst –" Er begann und für einen furchtbaren Augenblick, dachte ich, dass er ‚älter' sagen würde, aber glücklicherweise war er nicht so dumm. Er änderte seinen Kurs, schüttelte seinen Kopf und sah sie wehmütig an. „Es ist dreißig Jahre her, Phil. Wir haben dich immer Phil genannt, stimmts? Oder Phyllis, weil wir wussten, dass dich das ärgert. Weil dich hier alle Pippa nennen, hat es einfach nicht geklickt ..."

„Ihr seid also alte Freunde?", sagte ich, aber es war offensichtlich, dass sie mehr als das gewesen waren. Das Foto in ihrer Tasche bewies es.

„Ja, wir sind zusammen zur Schule gegangen. Die Drei Musketiere ..." Isaac starrte sie immer noch an, als könnte er nicht glauben, was er sah.

„Drei?"

„Ja. Ich und mein Freund Mark. Mark Sykes. Phil war Marks Freundin. Ich habe gehört, dass ihr geheiratet habt." Pippa nickte, ihre Augen verließen Isaacs Gesicht nicht, was ihm sichtlich unangenehm war. „Es tat mir wirklich leid zu hören, dass er gestorben ist. Ich wäre zur Beerdigung gekommen, aber zu dem Zeitpunkt, als ich davon erfuhr, war schon alles vorbei …" Isaac wandte sich an Nathan. „Ich verstehe immer noch nicht, was los ist. Warum hat Phil – Pippa – Handschellen um? Sie denken doch nicht wirklich, dass sie Steve getötet hat? Wie, um Himmels willen, hätte sie das tun sollen?"

„Das wollen wir auch erfahren", sagte ich.

„Es war sehr clever, den Geheimgang zu benutzen", sagte Nathan zu Pippa. „Wir haben Sie völlig ausgeschlossen, weil Sie das Haus weit vor dem Mord verlassen haben und weit danach zurückkamen und während der meisten Zeit waren die Türen verschlossen. Und durch den Schnee konnten wir sehen, dass niemand in der Nacht auf das Haus zugekommen war. Wir waren überzeugt, dass es jemand sein musste, der im Haus geschlafen hatte."

„Geheimgang?" Di Jones sah verwirrt aus. Ich hatte beinahe vergessen, dass der arme Kerl auch noch im Zimmer war. „Wovon zur Hölle reden Sie?"

„Vom Tatort", sagte ich. „Wir sind ihn abgelaufen und jetzt raten Sie mal, wo er endete? Im Pförtnerhaus. In dem Pippa sich gerade für die Flucht bereitmachte." Ich wandte mich an sie. „Woher wusstest du von dem Gang?"

„Ich habe seit Jahren hier gearbeitet, lange bevor Trevor das Haus gekauft hat", sagte sie. „Ich war die Pflegerin der Mutter des vorherigen Besitzers, Mrs Wolstencroft. Sie haben mich im Pförtnerhaus wohnen lassen, damit ich nahe bei ihr sein konnte, und nachdem sie starb, setzten sie eine Vereinbarung auf, dass ich hier so lange leben konnte, wie ich wollte, auch wenn das Haus an neue Besitzer verkauft werden würde. Mrs Wolstencroft schlief in diesem Schlafzimmer und sie hatte mir von dem Gang erzählt. Sie meinte, er sei gebaut worden, um Priester aus dem Haus zu schmuggeln, aber das Thomas Dyneley – *sein* Vorfahre – seine Mätressen im Pförtnerhaus unterbrachte und sie den Tunnel nutzten, um sich in sein Bett zu schleichen." Sie funkelte Isaac an. „Manche Dinge ändern sich nie, wie? Reiche Männer, die arme Frauen ausnutzen, und immer sind es die Frauen, die dafür bezahlen."

Isaac war durcheinander. „Wovon sprichst du?"

„Tu nicht so, als ob du es nicht wüsstest", zischte sie, aber er schüttelte den Kopf.

„Ich weiß *wirklich* nicht, wovon du sprichst. Habe ich irgendetwas getan, was dich verletzt hat?"

Nathan und ich tauschten Blicke aus. *Zeit, den jungen Mann von der Fotografie zu erwähnen*, dachte ich.

„Wie alt ist dein Sohn, Pippa?", fragte ich. „Ist er immer noch bei der Armee?"

„Er ist neunundzwanzig", sagte sie und starrte Isaac nieder. Isaac starrte zurück, völlig entgeistert, und ich sah, dass er langsam begriff.

„Warte – du meinst doch nicht etwa –" Schockiert sah er zu James, der neben ihm saß, dann drehte er sich wieder zu Pippa. „Dein Sohn – du behauptest, dass er von mir ist? Ich wusste nicht – ich hatte keine Ahnung …"

„Ich glaube dir", sagte James. Er wandte sich an Nathan. „Sind Sie sicher, dass sie die Wahrheit sagt? Nichts für ungut", fügte er schnell hinzu, als Pippa einen mörderischen Blick in seine Richtung schickte.

„Er sieht Ihnen sehr ähnlich, Mr Barnes", sagte Nathan. „Er hat Ihr Kinn."

„Wie ist das passiert?", fragte ich. „Und wie kommt es, dass du nicht davon wusstest?"

Isaac seufzte laut. „Es war in der Nacht, bevor ich nach London ging. Wir alle gingen auf die Geburtstagsfeier eines Freundes –"

„Wir?", fragte Nathan.

„Ich, Phil und Mark." Er wandte sich mit einem traurigen Lächeln an Pippa. „Du und Mark wart füreinander bestimmt. Ich konnte nicht mit ihm mithalten. Er war ein guter Typ." Er schüttelte den Kopf. „Ich wusste, dass du wusstest, dass ich auf dich stand, aber als du sagtest, du hättest ein Abschiedsgeschenk für mich, wusste ich nicht, dass du meintest ..." Seine Stimme verlor sich und wir alle wussten, was das Abschiedsgeschenk gewesen war. „Ich wusste, dass ich es nicht hätte tun sollen, aber ich würde gehen und hatte nicht die Absicht zurückzukehren, und ich dachte, solange er es nicht herausfinden würde ... Wusste Mark es? Wusste er, dass er nicht der Vater war?"

Pippa schüttelte den Kopf, aber sie sah skeptisch aus. „Nein. Zumindest habe ich es ihm nie gesagt. Wir versuchten, noch ein Kind zu bekommen, aber es klappte nicht, und die ganze Zeit sah Lee immer mehr aus wie du ... Ich weiß nicht. Vielleicht hat er es erraten. Aber er hat es nie erwähnt."

„Also", sagte Nathan, „die ganze Zeit über, die wir angenommen haben, dass der arme alte Weihnachtsmann das Opfer sein sollte, lagen wir falsch, oder? Sie waren hinter Isaac her und nicht hinter Steve."

„Ich verstehe, dass du vielleicht sauer auf Isaac warst, weil er dich als Teenager in Schwierigkeiten gebracht hat", sagte ich, „aber was ich *nicht* verstehe, ist, warum du ihn jetzt töten willst? Was würde das bringen? Wenn ich es gewesen wäre, würde ich ihn auf Unterhaltskosten verklagen, auch wenn das ein wenig drastisch wäre, wenn man bedenkt, dass er nichts davon wusste. Und dein Sohn ist erwachsen. Wozu das Alles wieder ausgraben?"

„Der *Punkt* ist", schrie Pippa und ich machte einen Schritt zurück, denn es schien, als wäre sie kurz davor, komplett auszurasten. Nathan machte einen warnenden Schritt auf sie zu. Bis jetzt hatte sie nicht sehr gefährlich gewirkt, aber der blutverschmierte Weihnachtsmann-Darsteller oben besagte etwas anderes.

Pippa atmete ein, um sich zu beruhigen. „Der Punkt ist, dass er es *wusste*. Ich habe es ihm gesagt."

Alle wandten sich um zu Isaac, dem der Mund vor Überraschung aufstand. „Wann? Ich habe seit dieser Nacht nichts mehr von dir gehört. Ich habe Dinge *über* dich gehört, ich wusste, dass du und Mark geheiratet und ein Kind bekommen habt, nachdem ich gegangen war, aber du hast mir nie gesagt, dass es mein Kind war."

„Lügner." Sie starrte ihn an, ihr Gesicht eine Maske ruhigen Hasses. Aber der Rest von ihr war offensichtlich nicht so ruhig, denn sie schwankte und streckte eine Hand aus, um sich an der Wand abzustützen. Nathan griff nach ihr und schob einen Stuhl herüber, wies ihr an, sich zu setzen.

„Erzählen Sie uns Ihre Seite der Geschichte, Pippa“, sagte er, streng, aber freundlich. Sie atmete erneut tief ein.

„Ich wusste, dass ich schwanger war, ein paar Wochen nachdem du gegangen warst“, erzählte sie Isaac. „Und ich wusste, dass es von dir war, denn Mark und ich hatten es nie getan. Du warst mein Erster.“

„Oh Gott“, sagte Isaac und schien noch schuldbewusster als zuvor. „Wenn ich das gewusst hätte, hätte ich nicht zugestimmt. Dein erstes Mal hätte mit Mark sein sollen, nicht mit mir.“

„Das war meine Entscheidung. Ich wusste, du würdest nie zurückkommen, und außerdem mochte ich dich auch; ich wollte aber nicht mit dir zusammen sein, sondern mit Mark. Also habe ich mit ihm geschlafen und ihm gesagt, dass es sein Kind wäre.“ Sie sah in die Gesichter, die sie betrachteten. „Was? Ich war sechzehn Jahre alt, was hätte ich sonst tun sollen?“

„Die Wahrheit sagen?“, schlug DI Jones vor. James warf ihm einen genervten Blick zu.

„Leicht zu sagen, wenn man nicht derjenige ist, der das Kind hält“, sagte er und ich musste ihm zustimmen.

„Mark war ein wundervoller Ehemann und ein brillanter Vater. Wir hatten nie viel Geld, aber wir waren glücklich. Wir sahen immer wieder in der Zeitung, wie erfolgreich du warst, und Mark war so stolz auf dich, auch wenn wir dir inzwischen egal waren. Ich wusste, dass ich mir den richtigen Mann gewählt hatte, um meinen Sohn großzuziehen. Er war nicht so selbstsüchtig wie du.“ Isaac senkte seinen Kopf beschämt und James streckte seine Hand aus, um seinen Arm zu berühren. Ich erinnerte mich an unsere Unterhaltung in der

Küche am gestrigen Abend, obwohl es nun schien, als sei das Wochen her. Isaac war in seinem Leben selbstsüchtig gewesen und er wusste es. Aber er hatte versucht, es wiedergutzumachen. Sicher hätte er ihr, wenn sie ihn kontaktiert hatte, geholfen?

„Mark starb, als Lee vierzehn war. Wir hatten nichts gespart oder eine Lebensversicherung – wir hatten kaum genug, um über die Runden zu kommen, also konnte ich nichts zurücklegen – und ohne sein Einkommen konnte ich die Hypothek nicht bezahlen. Wir waren kurz davor, aus unserem Heim gekickt zu werden. Ich wusste nicht, was ich tun sollte." Sie sah Isaac an und lächelte düster. „Und dann warst da du, in den Nachrichten, hattest gerade eine Frau ausbezahlt, die behauptete, dass du sie vor ein paar Jahren auf einer Technikkonferenz geschwängert hattest. Du hast geleugnet, dass es dein Kind wäre, aber plötzlich doch zugestimmt, dich außergerichtlich zu einigen, also musst du gelogen haben. Du hast ihr eine lächerlich hohe Summe gezahlt, eine halbe Million oder so etwas. Alles, was ich wollte, waren zwanzigtausend, um die Hypothek zu bezahlen. Das war alles, worum ich bat, ein bisschen Hilfe, damit unser Sohn ein Dach über dem Kopf hat."

Isaac sah sie an, sein Gesicht ein Bild des Leids. „Oh Gott, Phil, wenn ich es gewusst hätte ..."

„Du wusstest es! Ich habe dir geschrieben!"

„Wann? Ich habe nie einen Brief bekommen." Isaac zog seinen Stuhl herüber und setzte sich neben sie. „Ich schwöre dir, ich hätte dir geholfen, wenn ich es gewusst hätte, natürlich hätte ich das." Er seufzte. „Wenn du mir gesagt hättest, dass du schwanger bist, hätte ich –"

„Was? Wärst du zurückgekommen und hättest mich gerettet?“, sagte Pippa, die Stimme voller Sarkasmus. Isaac schüttelte den Kopf.

„Nein, nicht, wenn du das nicht gewollt hättest. Aber ich hätte alles getan, damit du immer genug Geld hast.“

„Nachdem Sie sich mit dieser anderen Frau geeinigt hatten – ich nehme an, es gab eine Menge Leute, die sagten, Sie hätten ihnen dies oder jenes angetan, und versuchten Geld von Ihnen zu bekommen?“, fragte Nathan. Er nickte.

„So war es. Diese ganzen Frauen kamen von überall, behaupteten, wir hätten Affären oder One-Night-Stands gehabt.“ Er seufzte. „Wie ich dir gestern Abend erzählt habe, Jodie ...“ Ich sah, dass Nathan aufmerksam wurde; war er vielleicht ein bisschen eifersüchtig? „Zu dieser Zeit war ich kein netter Mensch. Ich war jung und reich und ein eingebildeter Kerl und einer Menge Frauen schien das zu gefallen. Also ja, ich *habe* wahrscheinlich mit ein paar von ihnen geschlafen, aber die meisten von denen kannte ich nicht. Manche beschuldigten mich, Sex mit ihnen in Städten gehabt zu haben, in denen ich noch nie gewesen bin. Die versuchten nicht einmal, überzeugend zu lügen. Aber ich habe nie etwas von Pippa gesehen.“

„Du hast mir erzählt, dass du ein krasses Anwaltsteam hattest, das dich – wie hast du es ausgedrückt – von allen Folgen und Konsequenzen isoliert hat. Wenn jemand versucht hätte, dich für deine unternehmerischen Taten zu verklagen, kümmerte sich sein Team darum.“ Ich dachte laut nach, aber es ergab Sinn für mich. „Vielleicht haben sie sich auch um deine erotischen Taten gekümmert?“

Isaac starrte mich an. „Du meinst, da könnten Frauen sein, die solche Sachen über mich sagten, und sie haben mir nichts davon erzählt?"

„Da könnten noch mehr Kinder von Ihnen unterwegs sein", sagte DI Jones. Isaac sah schockiert aus, während Nathan Jones einen weiteren genervten Blick zuwarf.

„Es ist nicht an uns, darüber zu spekulieren, DI Jones."

Ich wandte mich an Pippa. „Hast du eine Antwort auf deinen Brief bekommen?", fragte ich. Sie nickte.

„Ja, ich habe eine bekommen, und was für eine. Es hieß, dass Mr Barnes meine Vorwürfe absolut leugnete und dass er sich nicht einmal erinnern könnte, mich je getroffen zu haben. Sie sagten, es läge an mir, wenn ich das verfolgen wollte, aber wenn ich meine Beschuldigungen noch einmal äußerte, würde man mich wegen Verleumdung oder so was vor Gericht ziehen."

„Aber sicher hättest du einen DNA-Test machen können? Du hättest es beweisen können?"

„Lee hatte gerade seinen Vater verloren – seinen *richtigen* Vater, nicht den Samenspender. Ich wollte nicht vor Gericht ziehen und auch nicht, dass er von Isaac erfuhr. Ich wollte nicht, dass er denkt, dass alles eine Lüge war."

„Also haben Sie es dabei belassen?", fragte Nathan.

„Ich habe es noch einmal versucht. Ich habe zurückgeschrieben und erklärt, dass ich eine alte Freundin aus Cornwall wäre, aber man schickte mir einen Rechtsbrief, in dem es hieß, dass ich Isaac in Ruhe lassen sollte."

„Eine Unterlassungsanordnung?", fragte ich und sie nickte.

„Phil – Pippa – es tut mir so leid“, sagte Isaac. „Ich wusste wirklich von nichts …“

„Wir haben das Haus verloren“, sagte Pippa sachlich. „Das Haus, in dem mein Sohn aufgewachsen war, in dem ich viele Jahre mit meinem Ehemann glücklich gewesen war, in dem alle meine Erinnerungen mit ihm waren. Wir wurden in einem Sozialhaus untergebracht. Ich wurde schwer depressiv und sie nahmen mir meinen Sohn weg.“ Sie fuhr sich mit der Hand über die Augen und ich spürte, wie auch mir die Tränen kamen. Diese arme Frau hatte Fehler gemacht (nicht nur den, der oben im Schlafzimmer unter dem Laken lag und darauf wartete, dass ihn ein Leichenwagen abholte), aber sie hatte auch sehr gelitten. Manche Menschen würden sie vielleicht dafür verurteilen, dass sie die wahre Vaterschaft vor ihrem Sohn verheimlichte, aber sie war damals auch noch fast ein Kind. Teenager machen Dummheiten und die meiste Zeit werden sie dabei nicht erwischt; aber wenn es passiert, wie sollen sie damit umgehen? Teenager haben kein Team von Anwälten und Rechtsexperten, um sie vom Haken zu lassen, nicht wie millionenschwere Geschäftsmänner es haben.

„Was ist dann passiert?“, fragte ich sanft.

„Ich hatte Glück.“ Sie schnaubte. „Gott weiß, dass ich auch mal ein wenig Glück verdient hatte. Ich habe den Job hier bekommen, mit dem Pförtnerhaus, in dem ich leben konnte. Ich bekam Lee zurück. Aber er war seither beinahe ein Jahr bei einer Pflegefamilie. Es war das schlimmste Jahr meines Lebens.“

„Warum haben Sie Mr Barnes dann nicht konfrontiert, als Sie ihn gestern sahen?“, fragte Nathan.

Pippa sah uns aufrührerisch an. „Das wollte ich, aber als er hier aufgetaucht ist, herumstolzierte, als wäre er der Messias und als würde sein Geld alles heilen können … Nicht, dass er mir vor all den Jahren nicht das Geld gegeben hatte, dass ich brauchte – was würde mir dieses Geld jetzt noch helfen? Ich habe mein Zuhause schon verloren. Aber als er nicht einmal zugab, dass er mich kannte, weil ich nur irgendeine gewöhnliche Frau aus Cornwall war, eine Putzfrau, um Himmels willen, keine schicke Geschäftsfrau oder glamouröse Schauspielerin – du brauchst deinen Kopf nicht schütteln, Isaac, ich habe Bilder von dir und deinen Freundinnen gesehen, sie sind alle jung und blond. Du warst mein Erster und konntest nicht einmal zugeben, mich zu kennen. Oder schlimmer noch, du erinnertest dich nicht einmal daran." Sie sprach zu mir. „Ich wollte ihn nicht töten. Ich wollte ihn nur erschrecken oder ihn anschreien, ich wusste nicht wirklich, was ich wollte."

„Aber Sie haben das Schwert mitgenommen", sagte Nathan. „Das klingt für mich wie vorsätzlicher Mord."

„Nein! So war es nicht – ich wollte es nur in seinem Zimmer lassen. Ich wollte ihn erschrecken."

„Es ist ein Symbol des Verrats seiner Familie", sagte ich und sie nickte. Nathan schien verwirrt. „Lily hat uns die Geschichte des Schwerts erzählt. Isaac ist verwandt mit der Familie, die zur Zeit Elizabeths lebte. Sie haben hier gearbeitet und die Besitzer verraten, weil sie Katholiken waren, und man gab ihnen das Haus als Belohnung. Das Schwert wurde ihnen auch gegeben, um sie an den großen Dienst zu erinnern, den sie der Königin erwiesen hatten – es wurde benutzt, um den Besitzer zu köpfen. Aber es war auch eine ständige Erinnerung an ihren Verrat und trieb das Oberhaupt der Familie schließlich in den Wahnsinn."

„Du wolltest mich an meinen Verrat erinnern?", fragte Isaac. Pippa nickte. „Aber ich wusste ja nicht einmal, dass ich dich verraten habe!"

„Mir kam die Idee, das Schwert bei dir zu lassen, nachdem Lily allen davon erzählt hatte", sagte Pippa. „Ich hatte es vorher schon aus der Glasvitrine geholt, um es von den Kindern fernzuhalten. Es war einfach, es unter meinen Mantel zu stecken, als ich nach Hause ging."

„Das erklärt immer noch nicht, wie das Schwert schließlich in der Brust des Opfers landete", sagte Nathan.

„Oder wie du ihn für Isaac halten konntest", sagte ich. „Er ist zweimal so breit wie er."

Pippa schüttelte den Kopf. Zum ersten Mal wirkte sie wirklich reumütig.

„Ich habe ihn nicht getötet. Ich weiß nicht, wie das Schwert in ihm gelandet ist, ehrlich nicht. Ich wollte nie jemanden verletzen, am wenigsten diesen armen alten Mann."

„Was hast du getan, Pippa?", fragte ich ruhig.

„Ich wollte es einfach nur auf dem Tisch lassen, damit Isaac es sehen würde, wenn er aufwacht", sagte sie. „Als ich das Zimmer für den Abend richtete, bevor ich gegangen bin, habe ich den Tisch von der Geheimtür weggeschoben, damit ich geräuschlos hereinkommen konnte. Aber als ich hereinkam, war das Bett leer und das Badezimmerlicht war an, und ich dachte, wenn ich es im Bett lassen könnte, wäre es noch besser. Das wäre noch verstörender."

„Du hast ein Schwert in meinem Bett gelassen, obwohl du wusstest, dass mein achtjähriger Sohn auch in diesem Bett schlafen würde?" Isaac sah sie angeekelt an. Sie ließ ihren Kopf hängen.

„Ich weiß, ich weiß. Du warst mir egal, aber ich würde niemals ein Kind verletzen. Ich dachte darüber nach, es unter den Laken zu lassen, aber ich machte mir Sorgen, dass du es nicht sehen würdest und dein kleiner Junge sich darauflegen und sich schneiden würde – es ist immer noch sehr scharf. Ich dachte, es wäre wirklich dramatisch, wenn ich es aus dem Bett ragen lassen würde, also habe ich es in das Kissen gesteckt. Ich wollte die Matratze nicht einschneiden, weil der Ersatz Trevor mehr kosten würde. Aber der Knauf des Schwertes war so schwer, dass es umfiel."

„Dann hast du es anders herum stehend versucht", sagte ich. Ich konnte mir langsam vorstellen, was sie getan hatte. „Warst du es, die den Ledergürtel an den Bettpfosten gebunden hat?"

Sie nickte. „Ich hatte nicht viel Zeit, darüber nachzudenken. Der Gürtel lag auf dem Boden neben dem Bett – ich stand darauf und dann dachte ich, dass ich ihn verwenden könnte, um das Schwert an den Bettpfosten zu binden oder so. Aber ich konnte es nicht fest genug binden, sodass das Schwert *immer noch* aufrecht stehen würde, und ich konnte Isaac – oder Steve, wie ich jetzt weiß – im Badezimmer fertig werden hören. Da war ein großer Haufen Kissen und Decken auf dem Bett, also hielt ich das Schwert aufrecht und stach ein paar Kissen darauf ..." Sie demonstrierte es, indem sie ihre Hand anstelle des Schwertes verwendete.

„Wie bei einem Kebabspieß?", fragte ich. „Du hast die Kissen auf das Schwert ‚gefädelt' und es dann aufrecht stehen lassen, mit dem Knauf am Boden und dem spitzen Ende nach oben, von den Kissen gehalten?"

Sie nickte. „Ich habe auch noch eine Decke darum gewickelt, um es wirklich an Ort und Stelle zu halten. Es musste lange genug stehen bleiben, damit Isaac es sah, wenn er und Joshua aus dem Bad kamen. Und so war es, als ich gegangen bin."

„Mit den Laken zurückgezogen, damit das Schwert voll sichtbar war?", fragte Nathan. Ich konnte an seinem Gesicht erkennen, dass er es sich auch vorstellte. Sie nickte.

„Ja, das schwöre ich. Ich war mir sicher, dass Isaac das Badezimmerlicht anlassen würde, bis Joshua sicher im Bett war, also ging ich davon aus, dass sie es sicher beide sehen würden."

„Aber da lagst du falsch." Isaac schüttelte den Kopf, seine Augen verließen ihr Gesicht nicht. „Was wenn das, was Steve passiert ist, Joshua passiert wäre?"

„Damit hätte ich nicht leben können –"

„Denkst du nicht, dass das schlimmer wäre, als keinen Unterhalt für einen Sohn zu zahlen, von dem ich nicht wusste, dass ich ihn habe?" Isaacs normaler und kontrollierter Tonfall stieg an. James legte seine Hand auf Isaacs Arm, aber er schüttelte ihn ab. „Es geht mir gut. Ich werde mich wegen ihr nicht vergessen."

„Ich würde es dir nicht übelnehmen", sagte Pippa mit leiser Stimme, ganz anders als die hasserfüllte und boshafte, die sie zuvor verwendet hatte. Ich begriff jetzt, dass sie in einem Zustand des Schocks, der Verdrängung gewesen war, seit sie Steves Leiche entdeckt hatte, und das volle Ausmaß dessen, was sie getan hatte, wurde ihr jetzt erst klar.

„Gut, also haben Sie das Schwert in einer hochgefährlichen Position zurückgelassen", sagte Nathan und betonte seine Autorität über diese Unterhaltung. „Was also ist passiert? Wie ist Steve gestorben?"

„Ich denke, ich weiß es", sagte ich. „Aber dazu müssen wir uns noch einmal den Tatort ansehen, glaube ich."

***

Nathan und ich gingen zurück in die Dyneley Suite, DI Jones folgte uns etwas trotzig. Nathan lehnte sich nah an mich.

„Das wäre ein schöner Ort für ein romantisches Wochenende, oder nicht?", murmelte er. Ich lachte.

„Ich hatte denselben Gedanken, bis Steve sich hat töten lassen. Ich denke, wir suchen uns besser einen Ort ohne Tote im Zimmer nebenan ..."

Wir erreichten den Treppenabsatz, dann mussten wir uns an eine Seite stellen, als zwei Männer, anständig in schwarze Hosen und Poloshirts gekleidet, einen Wagen auf uns zu schoben, beladen mit einem großen schwarzen Leichensack, der unsere heitere Unterhaltung sofort unterbrach.

„Armer Steve", sagte ich. „So einen grausamen Tod hatte er nicht verdient."

„Das tut niemand", sagte Nathan. „Komm schon." Wir ließen die Leichenbestatter an uns vorbei und steuerten auf den Tatort zu.

Die Medizinerin hatte ihre Sachen weggepackt und plauderte mit dem forensischen Team. Sie lächelte Nathan an.

„Ich bin hier fertig. Den Todeszeitpunkt setze ich zwischen zwei Uhr nachts und sechs Uhr morgens an."

„Das passt zu dem, was uns erzählt wurde", sagte er. Sie schien überrascht.

„Sie haben den Kerl schon? Sie fackeln ja nicht lange, DCI Withers." Sie zog ihre Latexhandschuhe aus, knüllte sie zusammen und warf sie in eine Mülltüte vor der Tür. „Ich freue mich darauf, Sie in der Leichenhalle zu sehen."

„Ich denke, dieses besondere Vergnügen überlasse ich DI Jones", sagte Nathan. Jones, der mit einem der Forensiker sprach, schaute bei der Erwähnung seines Namens auf. Die medizinische Expertin nickte, nahm ihre Sachen und ging.

„Na dann kommen Sie mal, Ms Parker", sagte Nathan. „Sagen Sie mir, was Sie denken ..."

„Ich denke, dass wir Steves Schritte nachvollziehen müssen", sagte ich. Ich ging hinüber zu der Tür des angrenzenden Badezimmers. „Er war da drinnen, als Pippa durch den Geheimgang hereinkam." Ich ging hinein und stellte mich vor die Toilette.

„Sag mir bitte, dass du nicht gerade so tust, als stehst du da und pinkelst wie ein Mann", sagte Nathan hinter mir. Er kannte mich wirklich zu gut.

„Muss mich in die Rolle einfinden, oder nicht?", sagte ich. Ich tat, als würde ich den Reißverschluss hochziehen.

„Er war nackt“, bemerkte Nathan. „Kein Reißverschluss, den man zumachen muss.“ Ich öffnete meinen unsichtbaren Reißverschluss wieder.

„Besser?“

„Oh, um *Welten* besser.“ Nathan grinste mich an. „Also, er ist fertig mit seinem Freund an der Schüssel, was nun?“

„Er hat das Licht an, erinnerst du dich?“, sagte ich, drehte mich und lief zurück zur Tür. „Und er ist betrunken und er hat vermutlich eine Schlaftablette genommen. Debbie hat bestätigt, dass es sehr starke Tabletten waren. Also steht er ziemlich neben sich. Er hat vielleicht sogar schon geschlafen und ist dann zum Pinkeln aufgestanden. Du weißt schon, wenn man sowas macht, dann stolpert man aus dem Bett, halb im Schlaf, will nicht richtig aufwachen, weil man in einer Minute wieder zurück ins Bett geht? Vielleicht hat er seine Augen auch halb geschlossen gehalten, um nicht ganz aufzuwachen.“

Ich stand im Türrahmen. Von hier aus konnte ich die Vorderseite des Himmelbetts sehen, aber der Pfosten, an dem der Ledergürtel befestigt war, wurde beinahe komplett von der Lampe auf dem Nachttisch verdeckt. Abgesehen davon war das Schwert selbst etwas neben der Mitte des Bettes aufgebaut gewesen. „Von hier aus hätte er das Schwert nicht sehen können oder Pippa, die sich am Bett zu schaffen machte“, sagte ich, „selbst, wenn er stehen geblieben wäre und es versucht hätte.“

„Und wenn er betrunken und schläfrig von den Pillen war, dann wäre er nicht sehr aufmerksam oder alarmiert gewesen“, sagte Nathan. „Was erklärt, wie Pippa mit dem Schwert, dem Gürtel und allem herumspielen konnte, ohne dass er sie hörte."

Ich streckte mich und schaltete das Badezimmerlicht an. Ein automatischer Belüftungsventilator ging mit ihm an.

„Das Geräusch des Ventilators hätte ohnehin jedes Geräusch, das sie gemacht hätte, übertönt", sagte ich. „Und das Licht ist sehr hell. Stell dir vor, du bist hier fertig, machst das Licht aus ..." Ich schaltete es aus, „und dann trittst du wieder in das Schlafzimmer, wo das Licht aus ist."

„Es war schon dunkel hier drinnen, mit den schweren Vorhängen und allem, aber nachdem man hier in der Helligkeit des Badezimmers war, würde einem das hier wie absolute Dunkelheit erscheinen." Nathan sah mich an. „Er muss einfach in das Schwert gestürzt sein."

„Ja, du hast Recht." Ich sah auf den Boden zwischen mir und dem Bett. „Schau mal hier unten", sagte ich. Steves abgelegte Kleidung lag noch in einem Haufen auf dem Boden neben dem Bett.

„Seine Schuhe müssen hier unten sein."

„Er hatte große Füße", merkte Nathan an.

„Und große Schuhe. Groß genug, um ihn stolpern und ihn ins Bett segeln zu lassen."

„Und in das Schwert." Nathan sah mich an. „Sein eigenes Gewicht muss die Kissen komplett geplättet und das Schwert direkt durch ihn durchgeschoben haben." Er sah sich die blutverschmierten Laken an und schüttelte den Kopf. „Armer Kerl. Was für eine furchtbare Art zu sterben. Es muss einen kleinen Moment gedauert haben, bis er ganz verblutet war."

Ich zitterte, fühlte mich plötzlich den Tränen nahe. Armer Steve. Er war nur nach Kingseat Abbey gekommen und hatte den roten Anzug angelegt, weil er seinem Sohn helfen wollte.

Nathan sah mich an und zog mich in eine Umarmung, sehr zum Amüsement von DI Jones, der nah genug herumgelungert hatte, um zu hören, was wir gesagt hatten.

„Geht's dir gut? Ich weiß, du hast schon viele Tote gesehen, aber wenn es jemand ist, mit dem man erst vor ein paar Stunden gesprochen hat ...“

„Es ist nur ... Ich habe mir überlegt, was ihm durch den Kopf gegangen sein muss. Angst und Verwirrung, und Schmerz natürlich, aber er wird sich auch Sorgen um seinen Sohn gemacht haben ...“ Ich fühlte die Tränen kommen. „Hier allein zu sein, wissend, dass er sterben wird, vielleicht hat er versucht, sich aus dem Schwert zu ziehen, konnte es aber nicht – nicht, dass es am Ende einen Unterschied gemacht hätte, wahrscheinlich nicht, aber ...“ Ich vergrub mein Gesicht in Nathans Schulter und er zog mich enger an sich. Er sprach über meinem Kopf.

„DI Jones, ich denke, wir sind hier fertig. Wenn Sie einen Transport für Pippa Sykes zurück nach Carricksmoor arrangieren könnten, ich bringe Ms Parker nach Hause. Sie hat uns heute genug geholfen.“

„Ja, Boss“, sagte DI Jones. Ich wartete darauf, dass er einen sarkastischen Kommentar abgab, aber das tat er nicht.

„Holen Sie die Tatortjungs, um die Habseligkeiten des Opfers einzupacken, und bringen Sie sie auf die Wache, damit seine Familie sie abholen kann. Und besprechen

Sie sich mit dem Eigentümer, Mr Manning, wegen der Reinigung des Zimmers hier. Geben Sie ihm die Nummer Ihres üblichen Tatortreinigers.“

„Ja, Boss.“ Ich lehnte mich von Nathan weg und sah auf, Jones beobachtete mich. Er warf mir ein zögerliches Lächeln zu.

„Gute Arbeit, Ms Parker. Mein DCI in Carricksmoor sagte, dass, wenn Sie nur ein bisschen wie Ihr Vater sind, man auf Sie Acht geben muss.“

„Danke, DI Jones“, sagte ich.

KAPITEL 18

Wir standen in der Eingangshalle und sahen durch die offene Tür, wie DI Jones und DC Carver Pippa zu einem der wartenden Range Rover führten. Eine schockierte Lily war ihnen gefolgt und es freute mich zu sehen, dass Jones ein wenig Menschlichkeit zeigte und ihr eine Umarmung mit Pippa erlaubte, bevor er sie freundlich wegschickte. Er schloss Pippas Handschellen auf und half ihr auf den Rücksitz des Autos, dann setzte er sich neben sie, während Carver sich vorne platzierte und den Motor anließ.

„Sie werden sie gut behandeln", sagte Nathan. „Sie ist keine Mörderin, auch wenn sie für den Tod von jemandem verantwortlich ist."

„Was denkst du, was mit ihr passieren wird?", fragte ich. Er schüttelte den Kopf.

„Keine Ahnung. Gefängnis vermutlich. Wenig Überwachung, denke ich. Sie ist nicht gerade stabil, oder? Sie braucht Hilfe, nicht nur eine Strafe."

„Arme Pippa." Ich seufzte.

„Jodie?" Wir drehten uns um und sahen Isaac, der hinter uns stand.

„Wie geht es dir?", fragte ich ihn.

„Ich weiß es nicht wirklich." Er lächelte ein bisschen. „Ich fühle mich schuldig, obwohl ich wirklich nichts von Lee wusste. Er ist anscheinend bei der Royal Artillery, in Salisbury stationiert." Er wirkte durcheinander. „Und er hat keine Ahnung, wer ich bin."

„Werden Sie es ihm sagen?", fragte Nathan. Er nickte.

„Ich habe Pippa gefragt, was sie von mir möchte. Sie wird eine Weile weg sein, nicht wahr? Sie hat mich gebeten, ihn zu besuchen, die Dinge zu erklären." Er seufzte. „Ein Teil von mir sträubt sich davor, aber ein Teil von mir denkt, dass es für Joshy schön wäre, einen großen Bruder zu haben. Wenn er überhaupt etwas mit uns zu tun haben will."

„Es wird klappen", sagte ich. „Was sein soll, wird sein. Weiß Joshua, was passiert ist? Mit Steve und Pippa und alldem?"

„Nein." Wir alle wandten uns um, als James aus der Küche kam, Joshua auf seinen Schultern, der einen Schokoladen-Santa in der Hand hatte. „Nein, und ich möchte auch nicht, dass er es erfährt, bis er älter ist." Er lächelte, während James etwas sagte und Joshua in Gelächter ausbrach. „Ich habe außerdem beschlossen, James zu vergeben", sagte er und sah mich an. „Du hattest Recht, Jodie. Wir alle machen Fehler. Er ist ein guter Kerl. Mit ein bisschen Hilfe kann er ein großartiger werden." James kam zu uns.

„Dürfen wir jetzt gehen?", fragte er. Nathan nickte. „Danke. Es tut mir leid, wenn ich vorhin unhöflich war. Ich war ein bisschen gestresst. Ist keine Entschuldigung, unhöflich zu sein, ich weiß, aber ... Tut mir leid."

„Ist schon gut, Sir. Seien Sie einfach in Zukunft vorsichtiger, von wem Sie sich Geld leihen, okay?"

„Ich werde mir *nie wieder irgendetwas* leihen“, sagte James leidenschaftlich. Isaac klopfte ihm auf die Schulter.

„Lass uns das jetzt vergessen. Es ist beinahe Weihnachten! Joshy freut sich, oder Sohn?“

„Ja, Papa“, bestätigte Joshua und sah Nathan schüchtern an. Nathan lächelte, woraufhin mein Herz zu flattern begann. Er wäre wirklich ein toller Vater.

„Ich hoffe, der Weihnachtsmann bringt dir etwas wirklich Tolles, Joshua“, sagte Nathan.

„Ich hoffe, er bringt mir einen Hund wie Germaine“, sagte er eilig. Ich grinste Isaac an.

„Ups. Sorry ...“

Wir sahen zu, wie Isaac und James sich von Lily und Trevor verabschiedeten und dann in Isaacs Porsche SUV stiegen. Matt Turner tauchte mit den Nachzüglern des Forensikteams auf und half ihnen, ihre Ausrüstung und die eingeschweißten Beweismittel einzuladen. Und dann erschien der Abschleppwagen mit dem Mietwagen der Mädels bereits aufgeladen, um sie mit zurück in ihr Hotel in London zu nehmen.

„Woran denkst du gerade?“, fragte Nathan.

„Ich dachte gerade daran, wie wichtig Väter doch sind“, sagte ich. Er sah mich an, überrascht. „Denk mal darüber nach“, sagte ich. „Steve war nur hier, weil er sich Sorgen um seinen Sohn machte. Er hat den Job nur angenommen, damit er Isaac deshalb konfrontieren und Hilfe bekommen konnte. Das hat er getan, aber es hat ihn sein Leben gekostet.“

Nathan nickte. „Wenigstens wusste er, dass es seinem Sohn gut gehen wird.“

„Ich hoffe, das wusste er. Isaac nimmt an, dass er total besoffen war, als er zu Bett ging. Dann ist da noch James. Sein Vater scheint ein richtig anstrengender Typ zu sein. Stell dir mal vor, du verbringst dein ganzes Leben damit zu wissen, dass dein Vater denkt, du bist ein Versager? Der Versuch, sich seinem Vater zu beweisen, hat James beinahe seinen Job gekostet und er hätte seine Zukunft zerstören können. Ich meine, ich wollte auch immer, dass mein Dad stolz auf mich ist, aber ich musste mir nie Sorgen machen, dass er enttäuscht von mir war. Ich wusste, dass er mich liebte, egal was ich tat."

„Er *war* so stolz auf dich", sagte Nathan. „Deine Mum hat mir erzählt, wie ähnlich du und dein Vater euch waren, und sie sagte, dass er noch viel stolzer auf dich war, als du weißt." Er nahm meine Hand und drückte sie.

Ich lächelte. „Was ist mit deinem Dad? Ich weiß nicht viel über deine Eltern."

„Sie hatten einen Pub in Crosby", sagte er. „Mein Dad hat mir gezeigt, wie man ein Pint über die ganze Nacht streckt, sodass ich vor meinen Kumpels nicht wie ein Leichtgewicht aussehe, aber am nächsten Tag auch keinen Kater habe." Er lächelte, während er über Mr Withers Senior nachdachte, den ich noch nicht kennengelernt hatte, aber noch kennenlernen würde – wenn es etwas Ernstes war. „Das Beste, was mir mein Vater beigebracht hat, ist, zu wissen, dass es in Ordnung ist zu weinen."

„Wirklich?"

„Jap. Ich erinnere mich an einen Sonntagabend, an dem sah ich mir *Unsere kleine Farm* an –"

„Ich habe diese Sendung geliebt! Und *Die Waltons*."

„Ja, die haben wir auch geschaut. Wie auch immer, in dieser bestimmten Episode war die Frau von einem Typ gestorben und sie haben versucht, ihm seinen Sohn wegzunehmen. Mein Dad hat geheult wie ein Schlosshund, der alte Softie. Mum hat ihn umarmt – sie hat keine einzige Träne vergossen, wenn ich mich recht erinnere – und ich habe zu ihm gesagt, dass es doch bloß im Fernsehen ist, da lachte er und wischte sich über die Augen, aber es war ihm nicht peinlich. Und er war ein großer Kerl, mein Dad, der die Besoffenen nach der Sperrstunde aus dem Laden werfen musste. Und ich dachte, *wenn das für ihn in Ordnung ist, dann ist es für mich auch in Ordnung.*"

„Oh, das ist so süß ..."

„Sie haben den Pub vor ein paar Jahren aufgegeben, als es für sie ein bisschen zu viel wurde. Sie sind jetzt so halb im Ruhestand, aber machen eine Menge Freiwilligenarbeit. Dad geht ein paar Mal die Woche zum Tierheim und führt Hunde aus. Er hat Hunde schon immer geliebt, aber ein Pub war nicht der richtige Ort für einen. Mum sagt, sie wartet nur darauf, dass er ein paar mit nach Hause bringt. Sie hilft im örtlichen Krankenhaus, besucht junge Mütter in der Frühchen-Station der Klinik."

„Solange sie keines von denen mit nach Hause bringt ..."

Wir beobachteten, wie die japanischen Mädchen in das Führerhäuschen des Abschleppwagens stiegen und dabei vor Gelächter kreischten. Lily und Trevor verabschiedeten sich am Fenster von ihnen und winkten ihnen hinterher. „Jeder weiß, wie wichtig Mütter sind", sagte ich, „aber Väter ... Isaac hat seinen Vater gehasst, deshalb ist er von zu Hause weggegangen und wollte etwas aus sich machen, aber das hat die Art, wie er seinen Sohn erzogen hätte, beinahe auch zerstört. Das hat er glücklicherweise erkannt, als Joshua geboren wurde. Und natürlich war da noch Pippas Ehemann – wie hätte er nicht wissen können, dass sein Sohn tatsächlich Isaacs war? Er sieht ihm so ähnlich. Aber selbst, wenn er es vermutete, machte es nichts, er liebte ihn trotzdem und kümmerte sich um ihn.“

„Machst du dir manchmal Sorgen um Daisy? Weil sie ihren Vater nicht sieht, meine ich.“

Ich schüttelte meinen Kopf heftig. „Nein. Zuerst habe ich das, aber sie braucht ihn nicht. Er ist sowieso nutzlos. Sie war schon immer von großartigen männlichen Vorbildern umgeben. Mein Vater war ein fantastischer Großvater und natürlich war Tony immer da, wenn wir meine Eltern besucht haben. Wir sind vielleicht nicht verwandt, aber er ist auf jeden Fall ihr Onkel Tony.“ Ich lächelte und sah Nathan an, denn plötzlich wurde ich ein wenig schüchtern. Aber ich musste es sagen. „Und dann bist da natürlich noch du.“

„Ich?“ Nathan wirkte überrascht, aber (ich war froh, es zu erkennen) auch sehr stolz.

„Natürlich. Sie sieht, wie du mit mir umgehst, respektvoll, freundlich und wohl überlegt. Du übergehst mich nie in Gesprächen, oder gibst mir das Gefühl dumm zu sein, wie Richard es getan hat. Du hilfst mir, ihr zu zeigen, wie eine richtige Beziehung aussieht. Sie wird sich jetzt nicht mit einem Arschloch wie ihm zufriedengeben. Sie wird einen Partner wollen, der sie behandelt, wie sie behandelt werden *sollte*.“ Ich himmelte ihn an, wahrscheinlich mit einem dämlichen großen

Grinsen im Gesicht, aber es war mir egal. „So wie du mich behandelst."

Nathan lächelte, streckte seine Hand aus und berührte sanft meine Wange. „Du weißt, warum ich dich so behandle, oder nicht?"

„Weil du Angst vor mir hast", sagte ich und dachte: *Oh, das wird jetzt wirklich ernst, benimm dich wie Clown, schnell!*

Er lachte. „Ein bisschen, ja. Ich nenne es lieber, eine gesunde Rücksicht auf meine eigene Haut haben." Er zog mich an sich, seine Arme schlangen sich um meine Hüfte und seine Augen blickten tief in meine. „Das ist aber nicht der einzige Grund. Es ist, weil ..." Er atmete tief ein. *Sag es!,* dachte ich. Also tat ich es.

„Ich liebe dich, Nathan."

Er stieß die Luft aus. „Das wollte ich gerade sagen!"

„Dass du dich selbst liebst? Ein bisschen narzisstisch, oder?" Er lachte erneut und schüttelte den Kopf, zog mich in den Türrahmen der Stube und positionierte mich unter dem Mistelzweig.

„Wirst du wohl mit den Scherzen aufhören und dich endlich küssen lassen, Frau?", fragte er. Also tat ich das.

JODIES LIEBLINGS-REZEPTE #4

Frangipane Mince Pies – mit Mandelcreme und Trockenfrüchten gefüllte Küchlein

Ach, Weihnachten! Gibt es irgendetwas Besseres als diese festliche Saison? Zu welcher anderen Zeit des Jahres kann man in einem geschmacklosen Pullover oder Pyjama herumsitzen und Schokoladenorangen von Terry's zum Frühstück essen, ohne Missbilligung, Verbot oder Verurteilung zu erfahren? Ich meine, ja, okay, ich hatte eine Phase, als ich gerade zu Hause ausgezogen war, in der ich das jedes Wochenende gemacht habe, und Debbie sagt, ihr ging es genauso (nur dass es bei ihr Rosinen-Keks-Riegel von Yorkie waren) während ihrer Krankenschwester Ausbildung, aber sonst – oh und natürlich an Ostern, Schokoladeneier sind definitiv eine akzeptable Alternative zu Cornflakes – aber ansonsten ...

Weihnachten ist eine besondere Zeit, eine Zeit der Familie und des Essens, die wir im Parker-Haushalt auch besonders zelebrieren. Truthahnbraten mit allen Beilagen – Würstchen im Schlafrock (Würstchen in Speck eingewickelt, nicht wirklich Würste in *tatsächlichen* Schlafröcken – das wäre seltsam), Yorkshire Puddings (nicht *wirklich* Pudding, obwohl ich glaube, dass das Rezept tatsächlich aus Yorkshire kommt, aber nicht speziell für Weihnachten gedacht ist, aber wir lieben sie nun mal), Salbei- und Zwiebelfüllung, geröstete Kartoffeln und Pastinaken ... alle getränkt in Bratensoße. Manche Leute fügen auch noch Schinken oder eine Schweinshaxe hinzu, aber das ist doch nur gierig. Aber lecker.

Und danach gibt es einen flambierten Christmas Pudding, reichhaltig und fruchtig (wie Mum ihre Männer mag, Zitatende), serviert mit einem Hauch Brandybutter, Puddingsoße oder Eiscreme (für die Nicht-Traditionalisten unter uns) oder mit allen dreien (für die unter uns, die Desserts *lieben*).

Weil das Weihnachtsessen normalerweise am Nachmittag gereicht wird (wenn man wirklich Englisch ist, dann sollte alles um drei Uhr erledigt sein, wenn die Ansprache der Königin oder des Königs im Fernsehen läuft), wird man sich am Abend, um sieben Uhr herum, vielleicht wieder etwas hungrig fühlen, obwohl man zweifellos, ein wenig an Quality Street Schokolade oder Ferrero Rochers geknabbert hat, welche die Nachbarn vorbeigebracht haben. Und hier kommt der Kuchen ins Spiel.

In Europa machen wir die *besten* festlichen Kuchen. Die Italiener haben ihren *Panettone,* eine Art süßes Früchtebrot, das so locker ist, dass man ein RIESIGES Stück essen kann, ohne sich wie ein Ferkel zu fühlen. Mir geht es zumindest so. Die Deutschen – nun, ja, die Deutschen haben die Weihnachtsleckereien einfach drauf, mit Honig- und Lebkuchen und *Stollen* (eine meiner liebsten). Wenn man jemals die Chance hat, einen bayrischen Weihnachtsmarkt (oder einen Lidl im Dezember) zu besuchen, sollte man es machen, aber tragt ein Outfit, das elastisch ist. Lycra und Gummizughosen sind da ein Muss.

Für mich ist es aber nicht wirklich Weihnachten, bis man die Mince Pies auspackt. Heutzutage haben die Supermärkte sie im verdammten *Oktober* (neben dem Halloween Kram!) in den Regalen, also beginnt die Weihnachtszeit sehr früh für uns, denn ich bin *süchtig* nach ihnen. Mum machte sie früher mit Blätterteig und dann plusterten sie sich so auf, dass sie praktisch im Ofen explodierten, aber sie waren köstlich. Traditionell macht man sie mit einem süßen Mürbeteig, aber ich habe kürzlich ein Rezept entdeckt, das beides noch übertrifft und, was noch besser ist, das Jahr über verwendet werden kann, einfach mit einer anderen Füllung. Probiert das Rezept aus und ihr werdet genauso verrückt nach ihnen sein!

Wenn man *wirklich* reinhauen (oder angeben) will, oder man sich als nächste Mary Berry betrachtet (es kann nur eine geben), dann macht man das alles selbst. Oder man kann die nächste Jodie Parker sein und schummeln, beziehungsweise, sich Zeit und Stress ersparen, indem man einen fertigen Teig und Mincemeat kauft. An alle nicht-britischen Leser: Mincemeat beinhaltet kein *meat* (dt. Fleisch; Hack oder anderes). Früher, in den guten alten Zeiten, war Hackfleisch enthalten, stark gewürzt, mit Früchten, aber irgendwann fragten sich die Leute: *Oh mein Gott, Hackfleisch und Früchte IM SELBEN TÖRTCHEN? Was sind wir, WAHNSINNIG?,* und ließen das Hackfleisch aus. Also ist es im Prinzip eine Mischung aus Trockenfrüchten mit Zucker und Gewürzen. Die Supermarktsachen sind ziemlich gut, also, wenn man keinen Spaß daran hat, es selbst zu machen, schummelt man. Aber ich habe am Ende ein Rezept für Frucht-Mince hinzugefügt, wenn man es mal probieren möchte (es ist nett, wenn man die Zeit und die Lust hat, denn dann kann man die Mengen der Früchte, die man lieber mag als andere, bestimmen).

Fertiger Teig ist heutzutage auch sehr gut und (wenn es für einen wichtig ist) die meisten sind vegan (im Vereinten Königreich zumindest – für andere Orte kann ich mich nicht verbürgen). Hier ebenso, wenn man es selbst machen möchte (Teige zubereiten ist ein wertvolles Talent und nicht besonders schwer), ist am Ende ein Rezept angehängt.

Okay, dann legen wir mal los ... Das hier ergibt etwa fünfzehn bis zwanzig Küchlein, es hängt von der Größe eurer Cupcake Formen ab. Oder man macht einen riesigen Pie.

Lasst uns beginnen ...

1. Den Ofen auf 190°C vorheizen.

2. Das Backblech mit den Cupcake-Formen mit dem süßen Mürbeteig ausfüllen. Nicht vergessen, die Formen zuerst einzufetten, damit der Teig nicht kleben bleibt, sonst zerhackt man seine Pies mit einem Messer, unter Tränen, weil sie (und ihr) zerstört sind und sie so verdammt gut riechen ... (Ja, das habe ich alles schon hinter mir, meine Freunde). Man kann dazu Butter oder Raps-

oder Sonnenblumenöl verwenden (nehmt kein Olivenöl, denn das wird den Geschmack des Teigs verändern). Ein weiterer Tipp ist, die Formen danach leicht mit Mehl zu bestäuben. Der einfachste Weg, die Formen zu füllen, ist es, eine Tasse zu finden, deren Durchmesser etwas größer ist, als der der Form, und dann um sie herumzuschneiden – das sollte euch die perfekt-proportionierten Teigteile geben, um die Formen mit eurem Pie auszufüllen. Nicht vergessen, was Pies angeht (wie auch euren eigenen Hintern), JE GRÖSSER, DESTO BESSER! Denn kleiner geht es immer noch. Obwohl mein eigener Hintern (und auch Debbies, um ehrlich zu sein) bisher allen Versuchen widerstanden hat, kleiner zu werden.

3. Die mit Teig ausgekleideten Pie-Formen mit dem Fruitmince, der Fruchtfüllung oder euren gewünschten Früchten füllen. Frische Himbeeren oder Blaubeeren funktionieren besonders gut mit diesem Rezept. Man könnte zuerst sogar eine dünne Schicht Marmelade auf den Boden auftragen. Aber füllt die Formen nicht ganz bis zum Rand – vergesst nicht, dass man noch Platz für die Mandelcreme braucht.

4. **140g weiche Butter oder Margarine** mit **140g Zucker** cremig schlagen.

5. **85g selbst treibendes Mehl, 100g gemahlene Mandeln** und **2 große Eier** hinzufügen und vermengen, bis alles cremig und glatt ist. Man kann auch noch **einen halben TL Mandelextrakt** hinzufügen, wenn man den nussigen Geschmack gerne hervorheben möchte, aber keine Panik, wenn man das nicht möchte, sie werden trotzdem köstlich sein.

6. Die Fruchttarts mit der Mandel-Mehl-Mischung vervollständigen und die Ränder glätten. Mit **Mandelblättchen** bestreuen.

7. Für 20-25 Minuten backen, bis sie goldbraun sind und bis die Mandel-Mixtur gebacken ist (einen Spieß einführen, wenn er sauber herauskommt, ist sie durch). Es ist einfacher, wenn man ein flaches Cupcake-Backblech nimmt, anstelle eines tiefen, denn dann backt die Mischung schneller.

8. Die Pies in der Form für 5 Minuten auskühlen lassen, bevor man sie herausnimmt und sie auf einem Gitter kühlen lässt. (Oder man isst sie, während sie noch heiß sind. Vielleicht bekommt man eine Magenverstimmung, aber das wird es wert sein. Ja, das habe ich auch schon durchgemacht.) Mit einem Klecks Sahne, für extra Köstlichkeit, servieren.

Süßer Mürbeteig

Dieses Rezept ergibt 1kg Teig, aber man wird nicht alles für die Mince Pies brauchen. Was übrig bleibt, kann eingefroren werden oder für Marmeladentarts oder ähnliches verwendet werden.

Es ist ein reichhaltiger, süßer Teig, der Eier beinhaltet – also anders als der vom Supermarkt, ist er nicht vegan. Aber er ist köstlich …

1. **500g Mehl, 100g Puderzucker** und **250g Butter oder Margarine** miteinander mischen, bis die Mixtur wie feine Brotkrumen aussieht. An dieser Stelle kann man weitere Aromen hinzufügen, wenn man möchte, zum Beispiel ein wenig **Zitronen- oder Orangenschale** (beides passt sehr gut zu Fruitmince und der Mandelfüllung).

2. **2 große Eier** und einen Spritzer **Milch** hinzufügen – gerade genug, um das Ganze zu einem festen Teig zu formen.

3. In Frischhaltefolie einwickeln und 30 Minuten im Kühlschrank ruhen lassen. Versucht den Teig nicht zu viel zu kneten, denn das kann zu einem zu festen Teig führen. Wenn ihr ihn dann ausrollt, macht es entweder auf einem leicht mehligen Untergrund (und auch mit Mehl auf dem Nudelholz, um festkleben zu verhindern), oder legt den Teig zwischen zwei Backpapiere. Das hält einen davon ab, dem Teig unweigerlich mehr Mehl hinzuzufügen und ihn so trockener werden zu lassen.

Fruitmince – Fruchtfüllung

Das hier ist ein Grundrezept für eine Fruchtfüllung. Man kann die Menge der Früchte anpassen, ganz nach persönlichem Geschmack. Dieses Rezept beinhaltet Alkohol, aber man kann ihn weglassen und es kinderfreundlich, geeignet für Leichtgewichte oder trockene Alkoholiker machen.

Letztendlich erfordert es nicht besonders viel Vorbereitung, aber man muss es im Voraus machen, damit die Früchte marinieren und sich alle Aromen entfalten können.

Diese Füllung kann (wenn man sie richtig lagert – mehr dazu später) bis zu einem Jahr lang aufbewahrt werden, was in unserem Haushalt nicht der Fall ist; alles, was nicht in einem Mince Pie landet, wird mit gutem Vanilleeis gemischt, sobald das neue Jahr im Anmarsch ist.

1. **400g Trockenfrüchte** mischen. Traditionell nimmt man Sultaninen, Korinthen und kandierte Früchte und Schalen, aber man kann tatsächlich verwenden, was man möchte. Getrocknete Cranberrys wären gut und sehr weihnachtlich.

2. **Einen Apfel** schälen, entkernen und fein hacken und zu den Trockenfrüchten hinzufügen, zusammen mit der geriebenen Schale und dem Saft **einer Zitrone** und **einer Orange**.

3. **175g gemahlenen Talg** (ich verwende vegetarischen, aber Rindertalg ist auch in Ordnung – es wird nicht nach Rind schmecken, ich verspreche es!) und **225g braunen Zucker** und **2 TL Mixed Spice (Lebkuchengewürz)** hinzufügen. Wenn ihr weitere Gewürze hinzufügen möchtet, zum Beispiel etwas mehr Zimt oder Muskat, dann tut es, aber übertreibt es nicht.

4. Das Ganze gut verrühren, mit einem sauberen Geschirrtuch bedecken und über Nacht ruhen lassen, damit die Aromen durchziehen können.

5. Am nächsten Tag den Ofen auf 110°C vorheizen. Die Schüssel mit Alufolie bedecken und für etwa 2 ½ Stunden im Ofen lassen. Dann herausnehmen und abkühlen lassen, ab und zu umrühren, damit sich die Früchte und Gewürze gleichmäßig verteilen.

6. Wenn es abgekühlt ist, **4 EL Brandy** (wenn ihr möchtet) hinzufügen – das wird helfen, das Mincemeat zu konservieren, aber wenn man es schnell aufbraucht und man die Mischung nur ein wenig auflockern will, kann man auch einen Spritzer Orangen- oder Apfelsaft hinzufügen.

7. Noch ein letztes Mal umrühren! Dann verteilt man das Mincemeat in sterilisierte Gläser, verschließt sie mit einem Wachstuch und schraubt das Glas zu.

Eine Notiz zu sterilisierten Gläsern
Geht sicher, dass ihr das Glas und den Deckel in sehr heißem Spülwasser wascht und sie lange ausspült. Dann trocknet sie bei 120°C für 10-15 Minuten im Ofen. Macht euch bewusst, dass sie, wenn ihr sie aus dem Ofen holt, heißer sein werden als ein bestimmter DCI unter dem Mistelzweig …

DANKSAGUNGEN

Man sagt ja, es braucht ein ganzes Dorf, um ein Kind zu großzuziehen. Nun, mit Buchbabys ist es nicht wirklich anders. Eine riesige Menge an Leuten hat geholfen dieses Buch auf die Welt zu bringen …

Es war eine recht kurze, aber gelegentlich schmerzhafte Schwangerschaft. Gott sei Dank hatte ich meine Geburtspartner, Autorenkollegen und wunderbare Frauen *Carmen Radtke, Jade Bokhari, Sandy Barker, Andie Newton* und *Nina Kaye*. Sie haben mich in den frühen Stadien erlebt, mich davon abgehalten, seltsamen Gelüsten nachzugeben, und mich überzeugt, dem Buchbaby keinen ‚seltsamen' Namen zu geben, der dazu führen würde, dass es gemobbt oder auf dem Spielplatz verprügelt wird.

Während meiner Wehen wurde ich stetig von meinem Ehemann *Dominic* und meinem Sohn *Lucas* unterstützt und gepusht, die mich mit der regelmäßigen Zugabe großzügiger Mengen an Tee, Schokolade und Umarmungen weitermachen ließen.

Und als es Zeit war, brachte die talentierte literarische Hebamme, die meine Lektorin bei One More Chapter, *Bethan Morgan,* ist, das Buch auf die Welt. Ihr Rat half mir, die Nabelschnur zu durchtrennen, bevor sie es losschickte, damit das super Redaktionsduo, *Simon Fox* und *Nicky Lovick*, seine kleinen Buchfinger und -zehen zählen konnte. Und dann überlegte sich unsere talentierte Buchcoverdesignerin *Lucy Bennett* ein wunderschönes Outfit, das es tragen würde.

Stets präsent war die beruhigende, ruhige Art der guten Bücherfee, meiner Agentin *Lina Langlee* bei The North Literary Agency, auch wenn sie mit ihrer eigenen kleinen Kreation (und unbestreitbar süßerem) Wonneproppen klarkommen musste. Ein großer Dank geht auch an die wundervolle Gemeinschaft von Autorenkollegen, Buchbloggern, Tweetern und Instagrammern, die mir geholfen haben, den Neuankömmling bekannt zu machen.

Ich habe die Baby-Metapher vielleicht ein wenig zu weit getrieben (meint ihr nicht?!), aber das Schreiben und Veröffentlichen eines Buches kann sich wirklich wie eine Geburt anfühlen und es fühlte sich so viel einfacher an durch das fantastische Team hinter mir. Ich danke euch allen!